王湜华 ◎ 著

淡如水的君子交——

弘一法师与夏丏尊

王湜华自署

华艺出版社
HUA YI PUBLISHING HOUSE

图书在版编目（CIP）数据

弘一法师与夏丏尊：淡如水的君子交 / 王湜华著 . — 北京：华艺出版社，

2015.10

ISBN 978-7-80252-576-4

Ⅰ.①弘… Ⅱ.①王… Ⅲ.①传记文学—中国—当代 Ⅳ.① I25

中国版本图书馆 CIP 数据核字（2015）第 246111 号

弘一法师与夏丏尊：淡如水的君子交

著 者 王湜华
责任编辑 殷 芳 郑再帅
封面设计 孟凡革

出版发行 华艺出版社
社 址 北京市海淀区北四环中路 229 号海泰大厦 10 层
电 话 （010）82885151
邮 编 100083
电子邮箱 huayip@vip.sina.com
网 站 www.huayicbs.com
印 刷 北京天正元印务有限公司
开 本 710mm×1000mm 1/16
印 张 23.5
字 数 271 000
版 次 2015 年 10 月第 1 版
印 次 2015 年 11 月第 1 次印刷
书 号 ISBN 978-7-80252-576-4
定 价 36.00 元

右係長壽鉤、銘三字玩元采銘作隸欵揣其制
當更有一鉤文山陽識古人合之以霤符春也
癸丑五月十四山翁同學二十八年誼長奉此以祝
正翁長壽
雪湖老人息翁

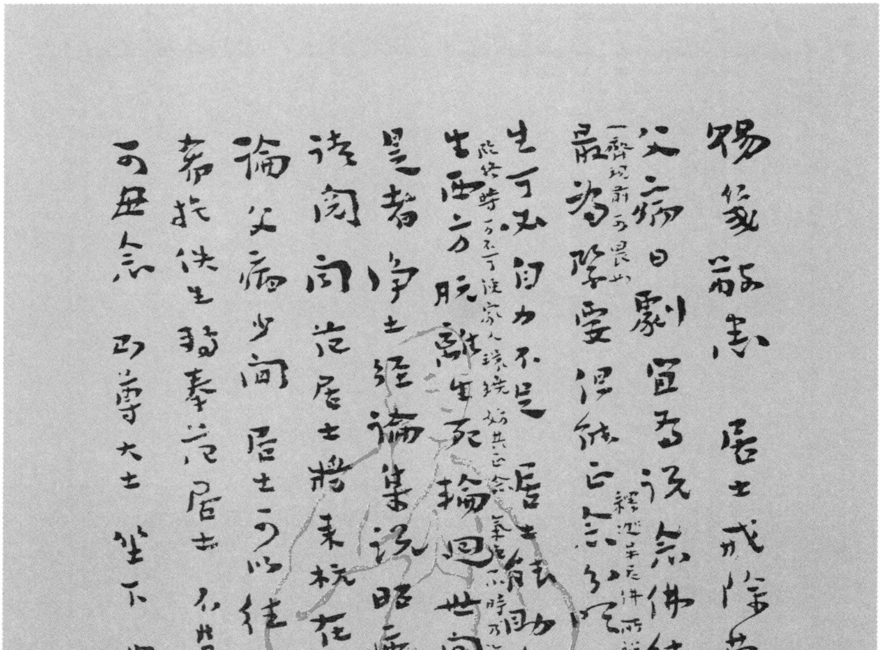

錫箋觀宗　居士戒陰軍酒意意善心

父病日劇宜多浹念佛往生之志勿作一念

最為緊要雲沼紙已念勿殺勿殺即往

一經坦病可農此　親必果而件而談云淨佛若善報苦有監語

生了功自力不足　居士能勸之尤善勸親

出西方淨土經年而死�‧瑜迴世尚大孝尊有途於

昇者淨土經論集說昭慶經房皆備勿以

諸閣向志居士將末杭在浹生梅的溝起信

論父病少向居士之心往聽紫拍老人集送如築

嘉招浹土稱奉范居士化豊西遠氣體殊通

可毋念　西資大士　坐下演音稽頁

六月十六日

曩永遠送溪感厚谊来新居

樓居士家數日將於二日後入山七月

十三日掩關以是日為 音弉第柒二周

年也吳達東居士前屬撰揚溪尾

惠濟橋記音以掩關期近未暇搆思

顧賢昆代我為之某氏所撰草稿

附奉以備參攷撰就怖交吳屋

士收相見無日幸各努力勿放逸不一

丏尊居士文席　演音

六月
廿五日

雨堂居士文席　捨人乙拾　九月　初四日

遷化曾賦二偈　附錄於後

君子之交　其淡如水　執象而求　咫尺千里

問余何適　廓爾忘言　華枝春滿　天心月圓

謹達不宣

音啟

前一兩記月日係依農曆

又白

目 录

楔 子

　　辛亥革命推翻了盘踞在中国百姓头上几千年的封建帝王制，真是振动乾坤、惊翻天地的创举。尤其是对当时的年轻人来说，更是激动难已，对革命的成功，抱有莫大希望，预想着将来的一片光明。百姓再有出息，不管如何自我奋斗，在封建统治的笼罩下，就算通过科举考试一级级、一层层地往上爬到了一品当朝，成为了大学士宰相，还依然脱不开"臣"的大范畴，对"臣"而言，终究还是个奴才，永远没有真正的、独立的人格。

　　清朝末年，已有不少人出洋留学，吸到了不少洋空气，喝了不少洋墨水，大大开阔了眼界：那些国家都比中国先进，科学发达，枪炮坚利。尽管英国也还是王国，日本还有天皇，但他们的军事、经济实力，都大大超过了我国，其中差异究竟何在？对比思考之下，我国的清王朝，确实是太糟糕、太腐败了。

　　大量的留学生，学到了先进的科学技术，回国来却报国无门。所以武昌起义成功，推翻腐败透顶的清政府，给归国留学生带来的振奋，虽然不免短暂，在当时爆发出的火花，还都是绚丽多彩、光耀夺目的。

　　李叔同在辛亥革命前半年，结束了留学生涯，回到了祖国，仍住在他的出生地——天津。性格内向，一向抑郁多于欢愉的他，对民国之肇建，还是在一阕《满江红》词里，流露了外向而奔放的感情：

皎皎昆仑，山顶月，有人长啸。看囊底，宝刀如雪，恩仇多少。双手裂开鼷鼠胆，寸金铸出民权脑。算此生，不负是男儿，头颅好。

荆轲墓，咸阳道；聂政死，尸骸暴。尽大江东去，余情还绕。魂魄化成精卫鸟，血花溅作红心草。看从今，一担好山河，英雄造！

昆仑绝顶高挂明月，照得中华河山皎皎如白昼，这是一幅画笔难描的壮丽景色。志士对此浩歌吟啸、悲壮苍凉之中，几多恩仇映入眼帘。身佩之宝刀，被照得更加耀眼。昔日或许只是健身之器械，粉墨登场舞弄于戏台之砌末，而如今月光如水，刀光似雪，却再也不是器械砌末之堪比，君子壮士将持之裂开鼷鼠城狐辈的肝胆，从而彻底推翻压在民众头上长达数千年的大山、枷锁，铸造起人人平等、拥有真正民权的天下，这是多么令人向往的美景啊！想必李叔同在日本留学期间对同盟会等等也总会有所耳闻；对民权思想的提出亦多方向往。到动笔颂赞民国肇建时，则又不仅仅是耳闻与向往，更进一步愿作好男儿，愿效法荆轲、聂政去抛头颅洒热血。还不止此，随着岁月的推进，大江不断地东去，壮志情怀却难付东流，始终萦绕于胸次，愿为这翻天覆地的大事业添砖加瓦，用一己的精魂浩魄，化作精卫鸟来移山填海，像杜鹃啼血，溅于花瓣，酿成山花一片红的同时，自己却甘愿作默默红彻心中的一颗小草，更为革命果实的来之不易，盛赞为此已献出了宝贵生命的英雄志士。这又是何等高尚精诚的情怀啊！

夏丏尊是光绪三十一年（1906）乙巳向亲友们凑借了五百大洋，赴日留学的。一到日本便考入东京宏文学院，先请人补习日文，半工半读，一边教中学，一边进修，然后中途插班，用不到两年的时间，通过了该院普通科两年的学业，又在毕业前考入了东京高级工业学校。如此刻苦节俭，真不容易。但天道并不酬勤，按当时清廷的规定，只要考入日本公立学校，便可向本省申请到一份官费，即所谓助学金，来维持留学期间的基本生活，但当时在东京高级工业学校就读的浙江籍学生为数已不少，再无力增支了。就这样，明明已经考上了高工，也无法入学并维持学业。这五百大洋再省，也总有用完的时候，况且还必须留出回程的船票钱，终于在光绪三十三年（1907），不得不辍学回国。

李叔同与夏丏尊虽先后都在日本留过学，但他们并不是在日本认识的。

光绪三十四年（1908）戊申，夏丏尊应聘到杭州浙江省两级师范学堂任通译助教。因为这所省立的两级师范学堂当时聘有多名日本教员，所以上课时必须有翻译。开讲"教育学"这一科目的日籍教员叫做中桐确太郎，夏丏尊就为他来翻译。不旨称翻译者为通译。

没想到，由于夏丏尊教书认真，对教育事业的敬业精神更是勿庸言宣，好像他天生就是为专门从事教育事业才降临到这世上来的那样，在这浙江两级师范学堂，一干就干了十几年。

辛亥革命成功后，夏丏尊对之抱着满怀的希望，积极参加杭州市的庆祝活动。虽没像李叔同那样留下了充满激情的词作，但其内心之激动是不难想象的，但很快也就减退了不少。到民国之年，听说要实行普选，他就怕当选，于是把自己的字"勉旃"改成了容易写错的"丏尊"，因为选票上只要出现错字，即作废票论。由此已可见，对什么光复、肇建民国等，早已不那么热情了。

也没想到，在日本留学期间无缘相识的李叔同与夏丏尊，却在浙江两级师范因同事而认识而订交，及至结下了一段非同常情而又其淡如水的君子之交。李叔同出家当了和尚，成了高僧弘一法师，而夏丏尊几十年如一日，虽后来也离开了学校，不再当教员而当上了编辑，也成了著名翻译家，但依然是一位不折不扣的教育家。二人志向各别，情志迥异，而两位在浙江两级师范订定的交情，却是永留人间的。这交情将世世代代被人称颂，成为人们择友订交的楷模。

订交浙师

　　师范院校，顾名思义，当然是培养师资的地方。虽然学堂的学生都是将来教课的老师，尤其到了翻天覆地的民主革命之后，师范院校当然都应开设教育学这一课程，而且是基本的，不论将来教哪门课都应学好学透的课程。浙江两级师范学堂不但辛亥革命前就开这门课，还特地聘请日本教师来讲课，用现在通用语来说，是高薪聘请外国专家，这是十分顺理成章的。夏丏尊被聘来做日本教员的通译，职称的全名是通译助教，顾名思义，即不但日本教员讲课时要做当场的口译工作，本身也责无旁贷地担有教课的任务。仅此一端而受校方的重视自不必赘述，更何况还能独立教国文、日文，又愿全心全意扑在教育事业上，所以校方重视他，学生们、同事们尊敬他，乃势所必然之事。师范学堂学生都住校，校方对学生的学习生活负有更全面的责任。应该说，生活管理方法的事务，是多而繁复的，而一般教员都只愿教好自己本职的课程，却不愿分心去从事训育、学舍监这类既担责任又烦人的事务性工作。这也是人之常情。但夏丏尊却不然，主动愿意在教好本职的国文、日文等等以外，还来兼任学舍监、司训育。

　　李叔同是在民国元年（1912）的秋天来到浙江两级师范学堂的。因为他在日本学的主课虽是美术，但文艺、音乐、戏剧等，亦无不精擅。所以经亨颐校长请他来任教的，就是美术与音乐两门课程。在一般中小学，音乐、图画两门课是都要开的，但毕竟只是副课。在某些人眼里，还只是副课里的副课，可以说，是不太受重视的。而在师范学堂里，有的学生毕业后就是要去当音乐老师、美术老师的。所以情况自有所不同。

经亨颐校长本人就是位多才多艺的人物，尤其擅长刻图章，可以说是位不可多得的才人志士。据姜丹书《夏丏尊先生传略》云，夏丏尊刻图章，还是从效仿经亨颐开始的。由经校长敦聘来任教美术、音乐的李叔同老师，因品德高超、修养不凡而博得了全校上上下下的普遍敬重，更因他在美术、音乐方面的独到而大大加强了这两门课对全校师生的感染力。本来属副课的，因老师之威仪与神奇，致使人人都爱上了这两门课。在受到李叔同人品修养熏陶的同时，几乎人人也都得到了艺术的熏陶。

李、夏二人虽不曾在日本谋面，但留学日本毕竟是他们的共同经历。他俩又都有极深厚的旧学底子，行文、作诗、填词等等都不在话下。尤其李叔同，早在赴日留学之前，就已是诗坛、艺坛崭露头角的风流才子，与许幻园、袁希濂、张小楼、蔡小香结为异姓兄弟，号称"天涯五友"，互

弘一法师像

夏丏尊像

相切磋诗词歌赋，联袂邀宴，指点江山，一时传为佳话；粉墨登场，串演文武，堪称丝丝入扣，风流倜傥；书法篆刻，更是众所周知，闻名遐迩；……而今游历东瀛，学成回国，先在上海城东女学教文学，后又在陈英士创办的《太平洋报》任文艺编辑，主编《太平洋报画报》，使该报一时生色不少。后因《太平洋报》负债停办，遂应经校长之邀约来校任教。二人自然一见如故，深恨相识之晚，甚至深恨为什么不在留学时就成了同窗。亦正因此，不少人还认为他俩本是一同留学日本的呢。李叔同比夏丏尊长六岁，处事又老成，夏丏尊自然敬重之如兄长，事事都要求教于李，与李商量着办。

夏丏尊认为：李叔同虽只教图画、音乐两科，却能吸引全校学生，除他多才多艺、为人真诚之外，"这原因一半当然是他对于这两科实力充足，一半也由于他的感化力大"。甚至还说："我只好佩服他，不能学他。"由此，一方面证明李叔同感化力大到了一般人难以想象的地步，同时另一方面也证明夏丏尊为人之诚恳笃实、全无虚饶的纯朴本质。

二人在浙江两级师范学堂（后来名为浙江省立第一师范学校）虽只共事了七年，但却订定了坚牢永固的终生友谊。李曾几次都要离任他就，都是在夏的诚心劝说与挽留下，念于彼此之情深意厚，才继续留下任教的。

李叔同在校短短七年，但教出的人才可真不少，而且质量之高、造诣之深，在近代史上岂仅是佼佼二字所可概括。青出于蓝胜于蓝本是常情常事，而李叔同的弟子在自身已攀上某顶峰后，依然五体投地地敬重老师，这在教育师承的长河中，亦实属罕见。

夏丏尊一生教过的学生自是难以数计，如若加上因读他的著作、译作，灵魂得到升华，从而成为社会有识之士、栋梁之才的人数，那就更是用任何科学先进的计算手段，也是无法统计出来的。

李、夏二公各自的人品自是高尚脱俗，他二人间的友谊也同样高尚脱俗。笔者握管至此，不得不套用前引夏公的那句话：

我只好佩服他！但尽管难能学他，还当以努力学他来自勉才是！

自杀与绝食感化

虽说浙江两级师范学堂上有经亨颐这样的人任校长，又有李叔同、夏丏尊等辈任教席，就学者也多为有志之士，都是未来的为人师表者，应该说，学堂可以成为一片净土。然而时处清末民初，国力薄弱，民心涣散，社会的不稳定因素太多，学堂即使真堪称净土，也难免掉进一只老鼠坏了一锅汤。所谓害群之马，几乎在在皆有，本亦不足为怪。

一天，学生宿舍里发生了丢东西的事，引起了全校上下的不安。很多人猜测，都认为是某同学偷的，并报到了校舍监夏老师那里。但经查检，却找不到任何赃物与证据。

这本也是常有之事，不是直到现如今，还有百分比相当高的案件破不了，而不了了之吗？但夏丏尊为此事却由衷难过，感到惭愧苦闷，因为他身为校舍监，而且是自告奋勇担任的，面对此等情况，他一时真不知怎么办才好了。他灵机一动，去请教李老师吧！

夏丏尊为此专门跑到李老师宿舍，把他一腔的惭愧与苦闷向李叔同诉说，一愁莫展的神情，多么盼望在李的指点下，能舒松化解开来啊！

慈眉善目的李先生，一向严肃认真，闻得此言，顿时更加严肃认真起来，说道：

"那你就自杀吧！"

"……"夏丏尊无言以对。

李先生当然不是戏言。夏老师深深体会到这话的份量有多重。一言既出，驷马难追。如果布告贴出去，说，三天之内没有人来自首，夏舍监即以自杀来殉教职的，那到时候要是真没有人来自首，交出赃物，就只有真的自杀而别无退路了。于是夏舍监也老老实实告诉李先生，做不到。李先生自然不会强逼夏舍监一定要去自杀，而二人在感化教育方面所作出的努力已跃然纸上了。

此事据姜丹书先生《夏丏尊先生传略》记载，夏先生为此而绝食，终于还是感化了偷东西的学生，自动认错交赃。夏先生自然还以治病救人的精神，引导他重新做人。

从此以后，这师范学堂里还真再也没发生过失窃偷盗这类事。

夏、李两先生的身教、感化教育，在他们的范围所及，影响力之深远，于此更可见一斑。

夏丏尊在《弘一法师之出家》一文中简述了这件事，跳过了绝食感化生效之事不提，接着写道：

我们那时颇有些道学气，俨然以教育者自任，一方面又痛感到自己力量的不够。可是所想努力的，还是儒家式的修养，至于宗教方面简直毫不关心的。

夏先生之所以要写这段话，自然有转入一个话题——断食从而走上出家之路——的作用，而尤感一己感化力之不足，尚有道学气，停留在孔孟之道一般修养的水平上，还想向更高层次的修养去努力之心，已跃然纸上。

这更高的一层楼又是什么呢？李、夏二公所指的非常明确，即宗教的信仰与力量。

夏对李的出家所持看法与态度，也有一个量变到质变的过程。开始是由一极偶然的事引起的，夏先生是想劝李先生不要信佛出家的，后渐渐被李的虔诚与执着所感动，遂深感宗教感染力之伟大，从而更加敬仰李先生——弘一法师的。就中的步步轨迹不难演绎，夏先生虽没有追随弘一法师出家，但夏先生随着弘一法师一步步由断食到出家到剃度，他对佛教的了解，也一步步由理解到研究到崇敬。虽始终没有同步，但这循序渐进的方向是完全一致的。

《白阳》《春游》《长寿钩》

1913 年癸丑，民国二年，浙江两级师范学堂进行了改革。原来的所谓两级，是指初级师范与优级师范（即高级师范）。改革后取消优级只保留初级，并改称浙江第一师范学校。相应的，监督之称亦改为校长了。

早在夏丏尊来校任教的第二年，即 1909 年己酉，宣统元年，鲁迅留日归来，也就在这所两级师范任生物学科之通译与生理学教员。鲁迅还将《域外小说集》送给夏丏尊。夏对他很尊重，自称是"受他启蒙的一个人"。

就在这一年之冬，原任监督（即校长）的沈钧儒辞职，继沈来任监督的是夏震武。这位夏震武先生十分因循守旧，简直堪称顽固不化，因此学生们便给他起了个绰号，叫做"夏木瓜"。由此可见他在学生心目中是个什么形象。学生讨厌他，教员们则更甚之。他要求教员们，凡到礼堂参加学校的活动，必须穿礼服，要毕恭毕敬。当时任教务长的许寿裳先生，在孔圣节时，夏震武还要求他陪着一起去谒圣祭孔。为此夏丏尊与鲁迅、许寿裳等便相率罢教，以示抗议。一开始夏震武气焰十分嚣张，还想用高压手段来镇压罢教。无奈师生几乎全都不买他的帐，像鲁迅这样的知名之士都与他势不两立，不但罢教，还离校出走了，弄得他实在下不来台。夏震武无计可施，只好辞职，一走了之。学校师生大获全胜，称这场斗争为"木瓜之役"。当鲁迅等人重返学堂时，还特地合影留念。这张距今已将近一个世纪的照片，幸而还完好地保存了下来。据记载，照片是在湖州同乡会照的，参加聚会的教职员有二十五人之多。

改称浙江第一师范之后，夏丏尊更自告奋勇出任学校舍监。当时学校的教员们一般都只管教书，这大概也是光复后热情很快衰减，不愿多管杂务的缘故吧。而且舍监是属职员的范畴，地位本来就比教员要低。尤其舍监一职，还往往遭到学生们的轻侮，真所谓是个吃力不讨好的苦差役。而夏丏尊觉得学生既住校，课堂上受教育只是一个方面（当然是重要的方面），课下的生活也是有机的另一方面。所谓做人，则是课上课下不可分割的整体。

"木瓜之役"之后的合影

夏丏尊担任舍监之后，出于真心爱护学生身心健康成长就对学生课外的方方面面严格要求。所以一开始学生也许不欢迎，认为管得太多太严，但慢慢习惯了，并切身体会到夏舍监虽严格并严肃，而实际上是爱护备至的。所以都对他十分爱戴，敬重倍至，甚至有人称夏丏尊对学生的教导与爱护为"妈妈的教育"。这似乎有些"过了头"，但夏丏尊当时确实是这样去做的，真可谓全心全意扑在了教育事业上。

夏丏尊要求学生虽严，但严而不死。正相反，他是提倡学生要具备自由的思想的。

当发现学生中文程度普遍较低时，夏丏尊又主动担任起了国文课的教职。他鼓励学生多看新书，多写文章。他是把自由思想的种子播撒给学生的好园丁。同时他又帮学生养成了严于律己的好习惯。学生们在夏舍监的督教下，一般都养成了自我要求严格的好品格。

不久，夏丏尊还被选为校友会文艺部部长。文艺部下设杂志部、言论部，领导与组织学生自己办各种刊物，一切自己动手，自己写稿，自己编辑，或出壁报，或油印分发，既培养了学生的写作兴趣，进而养成了写作习惯，使学生终身得益；还领导与组织学生举办演讲会，出题目让学生自行撰写演讲稿，轮流登台演说，所以不但很快普遍提高了语文水平，还大大提高了口头表达能力。从而更掀起了学生的求知欲，掌握了学习方法，体会到努力学习的甜头。

夏丏尊的教育之所以卓有成效，多为身教重于言传之举。就拿领导与组织学生搞各种活动来说，往往都是自己带头亲自去做的。出题让学生写诗写文章，他自己也写。所以他早年的一些诗文作品，就发表在《校友会志》上。既跟学生打成了一片，又起到了示范作用。学生们碰上了这样的好老师，真是幸福啊！

也就在这一年（1913）三月的下旬，宋教仁遭到了暗杀，这是辛亥革命成功肇建了中华民国以来令人触目惊心的大事。夏丏尊得知消息后，十分感慨地说：

变法十几年了，成效在哪里？革命以前与革命以后，除一部分的男子剪去发辫，把一面黄龙旗换了面五色旗以外，有什么大的分别？迁就复迁就，调停复调停，新的不成，旧的不成，即使再经过多少的年月，恐怕也是不能显著地改易这老大国家的面目吧？

由此可见，夏丏尊在光复时所迸发出的那般颇为绚丽的火花，至此已消融殆尽了。

而此时的李叔同，与校友会编集了师生诸作，定名为《白阳》，出版面世了。

《白阳》中，不论中文还是英文，都由李叔同亲自手写，付石印出版。封面也是由李叔同设计，图画至为美观。刊名"白阳"二字，为黑底白字，列于左侧偏上。其右侧书写"诞生号""癸丑五月"等字样，白底黑字，外加框，也均出自李叔同的手笔。下侧图案为两条底线，线上为一排略呈塔松形的三角形，应有七棵，一棵被"诞生号"等字之框所挡，余六棵；上侧为一排墨方块，又被"白阳"二字之黑块挡去部分。整体画面即给人宽阔明亮的感觉，真好似白茫茫一片大地，在白而亮的阳光照射下，远处一片丛林，"白阳"二字的黑底与丛林、底线上，又有不规则的星星白点，宛似片片雪花正在飘洒，又好像向阳强光下映出的闪光点，完全是治古玺印、秦汉印时所常用的效果。由此正可看出，此时李叔同治印之道已臻十分高超的境地，已是许多人追求一辈子都难以企及的了。后来中国各杂志，乃至各书刊，都必须有封面设计这一行的专业人员来从事精心设计，这一张李叔同设计的《白阳》封面，堪称是后世封面实际之滥觞了。

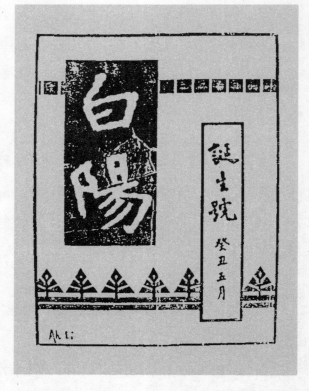

今再来看这张封面，依然还是那样的清新喜人，既富立体感，还呈明亮感、辽阔感，真是一副千古不磨的封面设计。

李叔同还为这本《白阳》杂志的"诞生号"写了篇《白阳诞生词》：

技进于道，文以立言。悟灵感物，含思倾妍。水流无影，华落如烟。掇拾群芳，商量一编。维癸丑之春，是为白阳诞生之年。

行文简洁而灵动，读之如饮醇醪，更可感到一股清新郁茂之气，好像正从纸上跳出来。

还在这一年，校方请到某名人来校演讲，想必是十分枯燥乏味的，大概与解放以来的听报告差不多，于是李叔同与夏丏尊便躲清净"逃会"。两人联袂游西湖，游到湖心亭喝茶去了。后来弘一法师在《我在西湖出家的经过》一文中，追忆起这段往事，这样写道：

当民国二年夏天的时候，我曾在西湖的广化寺里住了好几天，但是住的地方却不是出家人的范围之内，那是在该寺的旁边，有一所叫作痘神祠的楼上。痘神祠是广化寺专门为着要给那些在家的客人住的。当时我住在里面的时候，有时也曾到出家人所住的地方去看看，心里却感觉得很有意思呢！

记得那时我亦常常坐船到湖心亭去吃茶。

曾有一次，学校里有一位名人来演讲，那时我和夏丏尊居士两人，却出门躲避，而到湖心亭上去吃茶了。当时夏丏尊曾对我说："像我们这种人，出家做和尚倒是很好的。"那时候我听到这句话，就觉得很有意思。这可以说是我后来出家的一个远因了。

由此不难看出，两人在共事教书期间，虽都严肃认真地从事于教育事业，但已不乏躲清净逃禅的雅致。这两位一辈子交情其淡如水的君子，一位走上出家的道路，成为上人和尚高僧；一位则在家学佛，终为居士。出家人出家的远因还来源于未出家人的一句话，其间的因缘、消息，真有些不可思议。而时至今日，在后人看来，这一切又发生得那么自然，好像又都是本该发生的。

也就在这个时期，即发表在《白阳》诞生号上的《春游曲》三部合唱曲（此曲后被收入《中文名歌五十曲》中，曾影响了一代又一代人的成长），开始从两级师范校园里唱起，很快越出园墙，渐渐唱遍江浙，甚至唱彻大江南北直至全国各地。

《中文名歌五十曲》是由李叔同的大弟子丰子恺、裘梦痕合编，开明书店据丰子恺手写的五线谱版照相制锌版印行的，多是李叔同编配的名曲，即采用西洋名曲或名歌剧选曲，配上中国古典的有名诗词，配得天衣无缝，好像词与曲原来就是孪生的，唱起来朗朗上口，绝无佶屈聱牙之病。这事亦是李叔同的一项创举，他就是通过这手段，将西洋音乐深入浅出地介绍到中国来。直到现当代，还有人步其后尘，从事这一工作。《中文名歌五十曲》之在开明书店出版，并不知再版了多少次，当然是夏丏尊主持其事的，也说明以夏丏尊为首的一群开明人，都是弘一法师的崇拜者，是由衷敬仰他的为人的。而此处笔者要提出特别介绍的还不是那些编配得天衣无缝的名曲，而是这首《春游曲》三部合唱。

《春游曲》在《中文名歌五十曲》中地位特殊，因为它既不是外国曲调，也不是中国前贤的名诗词。它的词与曲都是李叔同自己的创作。词如下：

> 春风吹面薄于纱，春人妆束淡于画。
>
> 游春人在画中行，万花飞舞春人下。
>
> 梨花淡白菜花黄，柳花委地荠花香。
>
> 莺啼陌上人归去，花外疏钟送夕阳。

诗是古体，虽七言八句而不是律诗，前四句押仄声韵，后四句转平声韵。可谓无甚奇特，更无什么标新立异之处。笔者臆测，或许即某次游湖或品茗湖心亭时的神来之笔吧。曲调亦自然清新，朴实无华。虽不是五声音阶，即已用了 fa 和 ti，但仍不失为中国曲调，表面看来颇为简单，但唱上几遍便可记确于心，连调一起都记熟，并终生不忘。就拿笔者的经验来说，本人是从小跟着哥哥姐姐们唱会的，当时还未入学，根本还不识字，但此曲已娴熟于心中口上，至今仍随口即可唱出。而不少特意着力去背诵过的唐诗宋词名句，却反而忘得干干净净了。之所以要插入絮叨"个人经验"，无非是想借此来证明李叔同的感人之深。而每唱此曲，李夏二公逃避听报告、游湖上湖心亭吃茶的情景，却每每会呈现出来，历历如在目前啊！

就在这一年的五月十四日，是夏丏尊的二十八岁初度。李叔同特地摹了一副汉长寿钩的钩铭题了款，送给夏丏尊为寿礼，真所谓秀才人情纸半张啊！

这副书法作品曾多次被影印面世，所以大家都应很熟悉。双钩钩形于右侧，钩上有三孔，均作墨点，"长寿"二字虽系照摹，而没有多年的篆书功底是难以摹成的。左侧题记凡四行，位置安排得妥妥帖帖，真可谓上移一分则太高，下移一分则太低，右移一分则中间太挤，左移一分则中间空白太宽而边缘又太挤，又是一个天造地设。题记曰：

右汉长寿钩"钩铭"二字，阮元案：铭作阴款，揣其制。当更有一钩，文必阳识，古人合之以当符券也。

癸丑五月十四日，丏翁同学二十八年诞辰，摹此以祝丏翁长寿。

当湖老人息翁

这样的祝寿，真是高雅到了极顶，而寓意又颇深远。还值得啰嗦一说

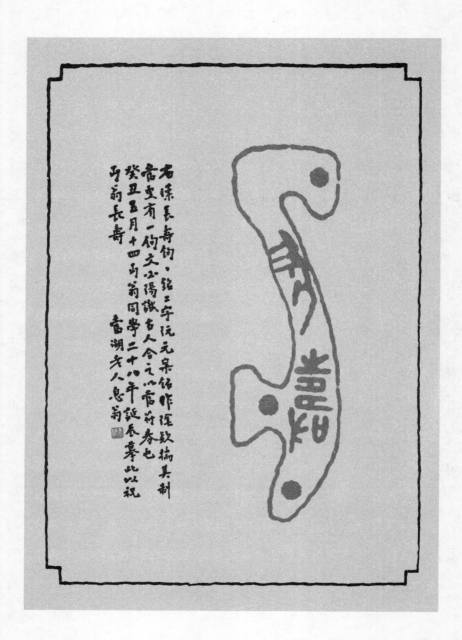

石溪長壽鉤。鉊三字阮元朵銘作陰款摹其制
當必有一鉤交虹陽識古人合之心當前參也
癸丑五月十四鉊翁同學二十八年誕長奉此以祝
乃翁長壽
雷湖老人息翁

20

的是，夏丏尊当时明明才二十八岁，李叔同也才甫过而立，却称人为翁，亦自称为翁。现在的年轻人或许会难以理解，这或许是当时的一种风气吧。那个时代，本不一定非要年过花甲，才能被人称为老翁，或自称翁。这翁字的用意与现代不同。什么渔翁、卖炭翁、折臂翁，都不一定是老掉牙的老者。在此自称与尊称对方，本都是可称翁的，很正常。当然，由此或反映出二人交谊的其淡如水的风范，李对夏是出于敬重，李自称或带有一定意义的名士气与颓丧成分吧！

小梅花屋与乐石社

1914 年，民国三年甲寅，夏丏尊长子采文已虚岁十一，次子文龙亦已五六岁。也就在这一年，长女吉子又来到了人间。三个孩子都由夫人金嘉一人在乡间照应，亦自是艰辛，而夏丏尊长期独自在外，两地分居亦非久计。故在省城里的弯井巷，租了几间房屋，将家眷们亦从上虞接来杭州城里同住，生活上方便多了。

小屋窗外有株梅树，庭院虽不大，倒亦颇有情趣。夏丏尊便为自己起了小梅花屋的书斋名，并请留日时同学、画家、篆刻家陈师曾画了一幅《小梅花屋图》，一时朋辈多为此图题咏，一时传为佳话。1940 年 12 月上海《觉有情》半月刊第四卷六至八号上，夏丏尊发表了李叔同所题的《玉连环影》词，并附《自记》云："民初，余傀居杭城，庭有梅树一株，因名之曰'小梅花屋'。陈师曾君为作图，一时朋友多有题咏。图经变乱已遗失。此小词犹能记诵，丞为录存于此。丏尊记。"

1940 年正值抗战之中，夏丏尊为避难，居家迁入上海法租界住，书物杂乱，遗失东西不少，一时没有找到这幅《小梅花屋图》，还以为是遗失了，其实并未丢失，至今仍完好地保存在他的小女儿夏满子及女婿叶至善的手里。尔今此图已成为近现代史上的一件重要文物，更是李、夏及陈师曾等人的一段大好纪念。

1979年9月，夏满子又撰文专门介绍此图，发表在《人民日报》的《战地》增刊第六期上，题记为《"小梅花屋图"及其他》，还附有该图的照片，上面几乎题满了字。幸亏夏满子文章中已将全文等等都一一移录并交代清楚。为省事，照录全文如下：

小梅花屋图，是陈师曾先生给我父亲画的。落款"朽道人衡为夏盖山民制"，盖两方阴文印章，一方是"师曾"，一方是"陈衡恪印"。图上的题辞有章嶔先生的两首七绝，李叔同先生的词《玉连环影》，陈夔先生的词《疏影》。我父亲自己题了一首《金缕曲》，题记下盖一方小印章，是阴文"丙尊"两字，看来是李叔同先生刻的。"夏盖山民"是我父亲年轻时的别号，等于说"上虞崧夏人姓夏的"。听老人们说，故乡上虞崧夏有一座镬盖山，我们那里叫覆盆式的锅盖为"镬盖"。"镬""夏"两字，上虞人念起来声音很相近，也许父亲故意把镬字改成"夏"字。

陈师曾先生的款不记年月。李叔同先生和我父亲的词都记明"甲寅"年作，甲寅年是一九一四年。那时候父亲在杭州浙江两级师范教书，住在城里弯井巷，租人家的几间旧房子。窗前有一棵梅花，父亲就取了个"小梅花屋"的室名，请陈先生画了这幅"小梅花屋图"。陈先生在北京教书，不曾来过我家，当然无法写实，只好写意，这个办法本来是中国画的旧传统。画面不到两尺见方，分三个层次，近处是缓坡竹林和三间瓦房，屋前一棵梅树，矮而卷曲，像是盆景的梅桩；远处是浓淡不同的几座山峰；中间是一带城墙，城外的西湖自然看不见了。层次之间不著笔墨，留有空隙，好像烟云弥漫，使画面显得很深很远。城墙著淡赭色，其余用淡墨色和灰蓝色随意渲染，只在梅树上有几点鲜花的花。全幅色调有点儿冷，有点儿荒凉意。

陈师曾先生和李叔同先生都是我父亲留学日本时候的好朋友。我没有见过陈先生，可能他回国后常在北京，没有来过浙江。李先生是看我长大的，当时跟我父亲同在两级师范任教，后来在虎跑寺出了家，大家称呼他弘一法师。题词落款"息翁"，是他出家以前的别号，下面一颗圆形的小图章，刻着"叔同"两个字。他题的《玉连环影》只廖廖几句："屋老，一树梅花小。住个诗人，添个新诗料。爱清闲，爱天然；城外西湖，湖上有青山。"这首"小令"倒是写实，记下了我家当时居住情况，也记下了父亲的兴致和爱好。

最引起我怀念的是我父亲自己的《金缕曲》，现在抄在下面，"已倦吹箫矣。走江湖，饥来驱我，嗒伤吴市。租屋三间如艇小，安顿妻孥而已。笑落魄萍踪如寄。竹屋纸窗清欲绝，有梅花慰我荒凉意，自领略，枯寒味。此生但得三弓地，筑蜗居，梅花不种，也堪贫死。湖上青山青到眼，摇荡烟光眉际。只不是家乡山水。百事输人华发改，快商量别作收场计。何郁郁，久居此！"

父亲填写这首词的时候才二十八岁。照现在说，二十八岁还是青年，为什么在这首词里，他表现的这样意志消沉呢？是不是学了填词，染上了这种颓唐的调调儿呢？听父亲的学生说，父亲教书非常认真，对学生极其诚恳，不是个把但任教员当做混吃的人，前清末年，鲁迅先生也在两级师范教书，发动过一次反封建的"木瓜之役"，父亲是积极参加的一个，取得胜利之后还留下了一张很可纪念的照片。辛亥革命后两级师范改为第一师范，出现了一批勇于抨击封建势力的学生。因此，社会上把父亲和陈望道先生、刘大白先生、李次九先生四为教员称作"四大金刚"，说教育当局甚至要把他们撤职查办，可见父亲当时在教员中也算是个革新派。这些往事，跟我父亲自己的题词，多么不一致啊！恐怕正好说明，人的思想感情本来就是很复杂的，尤其在那个时代。

离开了家乡，住房不是自己的，工作不随心，抱负不能舒展，是这首《金缕曲》的主调。在我生下来不久，父亲和几个好朋友都到上虞白马湖春晖中学去教书了。那个学校是私立的，比较公立的第一师范自由得多。白马湖四面环山，风光极好，比西湖更幽静。我父亲在湖边选了几间瓦房，把家也搬了去，窗前也种了一棵红梅。"蜗居"也"筑"了，"梅花"也"种"了，可是父亲为了生活，后来还是带着"妻孥"搬到上海住弄堂房子，只偶尔回白马湖休憩些日子，最后还是"贫死"在上海，那是一九四六年四月二十三日，父亲还没过六十岁生日。

父亲喜欢书画，遗物中较多是弘一法师的字和陈师曾先生的画。有一本陈先生画的册页，一共十二幅，大多是山水，见到的人都说是精品，册页的题签"朽道人画册"五个大字，下面写"壬子"是一九一二年，"石禅"是经子渊（亨颐）先生的别号。扉页也是李叔同先生题的，写"朽道人画册"五个篆字，下面写"丏尊藏息篆额"，盖上一个很大的"息"字印章，格式颇别致。这两行字的风格，跟他出家以后的字迥然不同。"息霜"也是李先生早年的别号。

读了夏满子的这篇文章，可让我们从另一个侧面了解李叔同、夏丏尊等辈在那个时代的真实面貌与内心世界。虽都全心全意扑在工作（教育事业）上，但并不能施展抱负。看到国家与社会的落后与腐化，寄希望于培训好下一代，也难以为济。一己的穷愁倒真是次要的，有牢骚也只是偶一在诗词中发泄之，但这却是十分真实的。正如文中所写"人的思想感情本来就是很复杂的"了。

文章揭示了《小梅花屋图》并未丢失的事情，让世人见到了真迹的照片，诚是幸事。笔者有幸，曾于至善哥满子姐居室亲眼得见过真迹原件，纸色已深黄，相比亦已酥脆，那亦已是几十年前旧事了。现在已从不再张挂，则无缘再亲见此宝物了。而文中所说李叔同"是我父亲留学日本时候的好朋友"，却在其他众多材料中均未见确切旁证，似难确信。因为类似的想当然已屡见不鲜，亦难怪。

而也就在题《玉连环影》小词，与为《朽道人册页》篆额的前前后后，李叔同利用课余时间还集合友朋与学生们，组织了一个从事金石研究的小社团，即命名之为"乐石社"。幸有姚鹓雏先生为该社写有《乐石社记》一篇尚存人世，否则事过境迁，或许根本无人再会知晓这段金石佳缘了。《乐石社记》全文如下：

乐石社者，李子息霜集其友朋弟子治金石之学者，相与探讨观摩，穷极渊微而以存古之作也。余懵于考故，未有所赞于李子，顾于李子怀文抱质，会心独往，神合千祀之旨，则不能无述焉。始余橐笔来泸渎，获交李子。李子博学多艺，能诗能书，能绘事，能为魏晋六朝之文，能篆刻。顾平居接人，冲然夷然，若举所不屑。气宇简穆、稠人广坐之间，若不能一言；而一室萧然，图书环列，往往沉酣咀嚼，致忘旦暮。余以是叹古之君子，擅绝学而垂来今者，其必有收视反听、凝神专精之度，所以用志不纷，而融古若冶，盖斯事大抵然也。兹来虎林，出其所学，以饷多士。复能于课余之暇，进以风雅，雍雍矩度，讲贯一堂，毡墨鼎彝，与山色湖光相掩映。方今之世，而有嗜古好事若李子者，不会千载下闻风兴起哉！社友龙丁，吾乡人也，造门告以斯社之旨，并以作记为请。余视龙丁，博学多艺如李子，气宇简穆如李子，而同客武林，私念亦尝友李子否？及袖出缄札，赫然李子书也，信夫气类之合有必然者矣。将以闲日，诣六桥三竺间，过李子龙丁，尽观其所藏名书精印，痛饮十日，以毕我悬迟之私。李子龙丁，亦能坐我玉笋班中，使谢览芬芳竟体耶，因书此为息壤。

此记幸被收入《南社丛刻》第十八集中，才得存留人间。文章典丽瞻博，故实不少，为便于阅读计，作一些简要诠释：橐笔是指文人雅士的笔墨生涯。古代出史小吏，手持囊橐，插毛笔杆在头颈里，侍立于帝王或大臣的左右，以备随时记事，叫做持橐簪笔，用多了，便简化为橐笔，并引申指文人弄翰。收视反听是指既不看也不听，那陆机《文赋》注"收视反听"为不视不听。虎林、武林、六桥三竺，都是杭州的别称，我国修辞学传统就特别讲究避复。讲贯就是讲习。悬迟就是久仰的意思。玉笋班：唐宋间，朝士中风貌秀异并才华出众的，被人称之为玉笋；够得上此等人物之行列者，便称玉笋班。谢览，梁时人，字景涤。年二十余，为太子舍人。武帝建业之时，览诣之，长揖而已。意气闲雅，视瞻聪明。帝目送良久，曰："此生芳兰竟体，想谢庄政当如此。"天监初，历任中书侍郎、吏部尚书，后为吴兴太守，以廉洁称。息壤，本是一地名，因为诸侯盟约曾在此地举行，遂引申而转指信誓、盟约。

读通此文后，不难想象，当时这个乐石社有多么高雅，成绩斐然是不在话下的。

1915 年，民国四年乙卯岁，6 月，李叔同撰写了《乐石社社友小传》，并自己动笔，也作了篇《乐石社记》，他的《乐石社记》云：

粤若稽古，先圣继天有作。创造六书，以给世用，后贤踵事，附庸艺林。金石刻划，实祖缪篆。上起秦汉，下逮珠申。彬彬郁郁，垂二千年，可谓盛已。世衰道微，士不悦学，一技之末，假手崦夷。兽蹄鸟迹，触目累累，破觚为圆，用夷变夏。典型沦丧，殆无讥焉。

不佞无似，少耽痂癖，结习所存，古欢未坠。曩以人事，眜迹武林，滥竽师校。同学邱子，年少英发，既耽染翰，尤耆印文，校秦量汉，笃志爱古。遂约同人，集为兹社，树之风声，颜以乐石。切磋商兑，初限校友。继乃张皇，他山取益。志道既合，声气遂孚。自冬徂春，规模寖备。复假彼故宫，为我社址。而西泠印社诸子，觥觥先进。勿弃菉菲，左提右挈，乐观厥成，滋可感也。

不佞昧道懵学，文质靡底。前鱼老马，尸位经年。伏念雕虫篆刻，壮夫不为，而雅废夷侵，贤者所耻。值猖狂颓靡之秋，结枯槁寂寞之侣，足音空谷、幽草寒琼。纵未敢自附于国粹之林，倘亦贤乎博弈云尔。爰陈梗概，备观览焉。

乙卯六月，息翁记。

由这篇类似结社缘起的小记来看，似乎乐石社之发起，实缘邱子，这当然是李叔同的谦抑。这位邱子，即邱志贞，字梅白，浙江诸暨人。民国元年壬子，来杭州求学，从而与西泠诸印人多所往来。成立乐石社时，推李叔同老师任主任，邱梅白自己任书记，杨子岐任会计，杜丹成、咸继

28

同、陈达夫、翁慕甸等任庶务。这《社友小传》凡二十五人，其中"李叔同条"当系本人自撰，称："燕人，或曰当湖人。幼嗜金石书画之学，长而碌碌无所就。性奇癖，不工媚人，人多恶之。生平易名字百十数。名之著者曰文涛、曰下、曰成蹊、曰广平、曰岸、曰哀、曰凡，字之著者曰叔同、曰漱筒、曰惜霜、曰桃溪、曰李庐、曰圹庐、曰息霜，又自溢曰哀公。"这二十五人中即有夏铸字丐尊，号闷庵，上虞人；楼启鸿，字秋宾，号逍遥子，新登人；杨凤鸣，字子歧，嘉善人；陈兼善，字达夫，诸暨人；吴荐谊，字翼汉，又号闻秀，诸暨人；周其鏐，字淦卿，杭人；朱毓魁，字文叔，桐乡人；杜振瀛，字丹成，嵊人；经亨颐，字子渊，别号石禅，上虞人；堵福诜，字申甫，又号屹山，会稽人；费砚，字剑石，号龙丁，华亭人；周承德，字佚生，海宁人；柳弃疾，字亚子，吴江人；姚光，字石子，金山人；徐渭仁，字善扬，上虞人……等等。他们都是当时浙江第一师范学校的教职员学生，后来多为知名之士。

仅此金石书画这一方面来看，当时一师的成绩已有多么不凡，而就中李叔同、夏丐尊、经亨颐诸君的风采，更是至今依然耀人眼目。夏丐尊曾也任指导。1913年夏，夏丐尊曾刻有"息翁"（白文）、"哀公""哀翁"（朱文）、"李息"（白文）等印，赠送给李叔同。刀法与章法均简洁明快，气度刚强，布局得体。边款茂密而行气挺拔，洵神品也。李叔同之治印，下面还会多有叙述，在此从略。

运动会、校歌、虚惊显友谊

1914 年，民国三年甲寅，冬日，浙江第一师范举办了第二次运动会。这次运动会相当隆重，几乎动员了全校师生都来参与。李叔同、夏丏尊、堵申甫、姜丹书等等，更有经亨颐校长都参与了运动会的各项具体职司。可见当时该校对体育运动也是十分重视的。在民国二十年下半年第九期的《浙江第一师范学校校友会志》上，还登载了《浙江第一师范第二次运动会记事》一则，文中写道：

第二次运动会记事：民国三年十一月十二日运动会盛况、优胜者名单并各教职员担任运动会职员的名单：

(一) 司令部经子渊（亨颐）等十四人

(二) 审判部（即后来的裁判）李叔同等九人

(三) 赏品部夏丏尊、堵申甫等六人

(四) 装置部姜敬庐（丹书）等十一人

还有记录部、卫生部、纠察部、贩卖部、庶务部各若干人。

当时运动会上组织严密，秩序井然而兴高采烈的一幅幅画面，通过这一篇简单的记事，不已都跃然纸上吗？当时李叔同已三十三岁，夏丏尊才二十八岁，都正血气方刚。他们与全校师生打成一片的情景，倒还真有些难以想象呢！

李叔同、夏丏尊两先生，还为一师留下了一段永恒的纪念，那就是为母校合作了《浙江第一师范学校校歌》。夏丏尊作词，李叔同作曲。歌词云：

> 人人人，代谢靡尽，先后觉新民。
>
> 可能可能，陶冶精神，道德润心身。
>
> 吾侪同学，负斯重任，相勉又相亲。
>
> 五载光阴，学与共进，磐固吾根本。
>
> 叶蓁蓁，木欣欣，碧梧万枝新。
>
> 之江西，西湖滨，桃李一堂春。

李叔同的曲调则简洁、明快、清新上口，易背易唱。想必当时师生们是人人能背能唱的。

据丏尊先生长孙弘宁《夏丏尊传》云："当时，学校（指一师）定造两艘游船，落成的一天，学校在湖上聚餐，表示祝贺。下午举行船赛，下船时，夏先生立脚不稳，扑下水去了。因上半身先下水，李叔同急忙拖住他的一只脚，但夏先生的身体太重，无法拖上船，又因船小，其他人也无法行动。后经大家喊叫起来，李叔同才放了手，再由大家把他拉上船。结果丢了一只手表，闹了一场虚惊。"

由此记载令人不难想象，当时李叔同多么担心夏丏尊发生危险，并使了多大的劲。当时心情的紧张，竭尽全力去拉救，这种精神有多么感人！虽未能一力救起夏先生，但二人间情挚之笃，于此可见一斑。虽属小小一场虚惊，却增强了二人间之感情。

李、夏二位在一师共事长达七年，其间有三四次之多，李想辞职他就，都是在夏的竭力恳留、苦苦相劝之下，又缘于两人间情谊远超常人，实在难于分手，才一次次写了辞呈而又作罢。

1915 年，民国四年乙卯，李叔同应南京高等师范学校校长江谦之敦聘，去该校兼课，教的也是图画与音乐。这一时期李叔同几乎每一二周要奔波于武、宁间一次，相当辛苦。但总算没有辞一师而他就，二人间仍聚多而离少，犹不显寂寞。江谦号易园，后来在弘一法师六十大寿时，曾以《寿弘一大师六十模块甲》为题，作七绝一首云：

> 鸡鸣山下读书堂，廿载金陵梦未忘。
> 宁社恣尝蔬笋味，当年已接佛陀光。

诗附有小记云：

乙卯年，谦承办南京高等师范时，聘师任教座。师于假日倡"宁社"，借佛寺陈列古书字画金石，蔬食讲演，实导儒归佛方便门也。

李叔同来南京兼课时，在乐石社的基础上，又在南京结交艺术同好，创建过宁社。这二社当系姊妹社，但略有差异，乐石社原系一师之校内组织，而与西泠印社多有过从；宁社虽也是校内组织，但活动借佛寺来举行，陈列展出之外，尚有演讲，而且吃素，难怪江易园认为这是"实导儒归佛方便门也"。这也确实是李叔同终入空门的远因之一。

雅集题名为小青

　　1915 年，民国四年乙卯，5 月，在杭州西泠印社有一次临时雅集，参加者李叔同、柳亚子、高吹万等二十七人之多，集合时还曾合影留念。为此，民国五年一月出版的《南社》第十五集中作过专门的报导，还刊发了合影，照片说明如下：

　　中华民国四年五月十六日，南社举行临时雅集于杭州西湖孤山之西泠印社。社友先后庚止为：林白修、郑佩宜、姚石子、高吹万、李息霜、柳亚子、王海帆等共二十七人。

　　就在雅集期间，这二十余人当然要在孤山岛上漫步赏游。当他们来到冯小青墓时，一时兴至，由柳亚子挥笔撰文，请李叔同用魏碑笔意书写了两道碑文，刻在了两块碑石上，一块文曰：

　　冯郎春航，能歌小青影事者，顷来湖上，泛棹孤山，抚冢低徊，题名而去。既与余邂逅，属为点染，以示后人；用缀数言，勒诸墓侧。世之览者，倘亦有感于斯？民国四年夏五，吴江柳亚子题。

另一块为同游诸子题名:

是日同游者:林秋叶、王漱岩、沈半峰、程弢堂、陈卤尊、陈越流、李息翁、朱屏子、丁白丁、丁不识、丁展藩、周佚生、费龙丁、陈稚兰、高吹万、姚石子、林憩南、楼辛壶、陆鄂不、龙小云等。

惜此二碑早已不存。幸有有心人林子青先生录存,为后人留下了一则文献资料。林先生在《弘一法师年谱》中著录此事后,加了以下按语:

以上分书二碑,原立于孤山放鹤亭下冯小青墓侧。字作北魏笔法,虽未署名,一见可知。一九四四年六月十二日,余游西湖,登陆凭吊,曾为录存。后闻该墓已被拆去,碑亦无存。

若没有林子青先生因识得李叔同笔体,若不是他及时作了笔录,恐怕早已无人传诵这则艺苑掌故了。

关于冯小青,似应略叙几句。相传她是明代扬州人,江都才女,名玄玄,字小青,姓冯而嫁同姓冯生为姬,讳同姓而仅以字称之。工诗词,解音律。以不容于大夫人,便将她徙居于杭州孤山别业。戚属杨夫人可怜她,劝她改嫁,她不听,而悽怨成疾,遂命画师为自己画了像,自己祭奠之而身亡,年仅十八。葬也葬在西湖孤山,所以是杭州西湖一带尽人皆知并深为人们敬重悯惜的传奇式才女。据记载,明代徐士俊(翙)《春波影》杂剧,即为谱写冯小青事的。明吴石渠(炳)的《疗妒羹》剧本,亦是以小青为素材谱写的，只是易其冯姓为乔姓。其中《题曲》一折，至今仍是昆曲舞台上常演的，并颇受欢迎至为动人的一出独角戏。柳亚子、李叔同诸公现在西泠雅集，自然而然会想起这位小青，并就近去祭奠她，为之作记并题名摹勒上石，正是当年诸公少年风流才情的真实流露。李公自不能例外，更因其书道公认为当时诸公第一，自然由他来挥毫，他亦正乐于从事。这与南京假寺庙展陈书画金石，茹素演讲，正是相辅相成的两个极端、两个侧面，本不作为奇，统一于才子之一身，自然而又熨帖。

还据林子青另一则按语云：

> 冯小青，扬州人，受封建婚姻迫害，看了汤显祖的《牡丹亭》（杜丽娘与柳梦梅爱情故事）后，联系自己悲惨的身世，写了一绝句云："冷月幽窗不听，挑灯闲看《牡丹亭》。人间亦有痴于我，岂独伤心是小青。"

这是真的，小青确有此作，还是传奇杂剧中的小青之作，在此无须作什么考证与判断。本不重要，重要的是这段才情的真正动人，直至柳、李诸公都为之倾倒，其中或不无道理在。

既可亲又不讲情面

1915 年，民国四年乙卯，九月三日，李叔同在一师写了信给他的学生刘质平，信的全文为下：

质平仁弟足下：

顷奉手书，敬悉。《和声学》亦收到。尊状近若何，至以为念！人生多艰，"不如意事常八九"，吾人于此，当镇定精神，勉于苦中寻乐；若处处拘泥，徒劳脑力，无济于事，适自苦耳。吾弟卧病多暇，可取古人修养格言（如《论语》之类）读之，胸中必另有一番境界。下半年仍来杭校甚善。不佞固甚愿与吾弟常相聚首也。祗讯近佳

息上　九月三日

不佞于本学年兼任杭、宁二校课程，汽车往来千二百里，亦一大苦事也。

游日本未及到东京，故章程当未觅到。详情容后复。

刘质平是李叔同在一师时的门人，因酷爱音乐绘画等，故与李老师过从最密，最最敬仰老师，老师最器重他。这时刘已到日本留学，有信来，

老师托代购之《和声学》亦已邮到，故老师作复此信。

之所以全文引录这封信，一是因为这是李致刘的第一封信，李叔同一生致刘的信，共有一百一十通之多，与致蔡丏因信并列第一，而致夏丏尊的信数才一百通，还只能屈居第二。二是从这封信中可看出，老师对学生有多么关心，真是全方位的关怀，如何养心养神兼养体，都一一照顾到，看来用无微不至来形容当嫌大大不足，而文词却如此简洁明晰而有情有义。三是信正反应出当时李叔同奔波于宁、杭两地，实在是十分辛苦的。信中所云汽车，实际上是指火车，是当时一度习用的日本叫法。火车绕道上海，还要换车，单程六百华里。当时车行又慢，一两周往返一次，不知要浪费掉多少精力与时间。此种兼课，实出于友情面子之无奈，但同时亦说明，李叔同学成归国达到的艺术水平真可谓不同凡响而名闻遐迩，像刘质平、丰子恺这样的高足，在老师的英名连同下，在中国艺术史上都是不

弘一法师五十岁时与李哲成、刘质平、夏丏尊、陈孝伦、黄寄慈（从右至左）合影

可多见的师承关系的楷模。

这一年的暑假，李叔同曾赴日本避暑并洗温泉疗养，但未到东京，所以信上有"游日本未及到东京，故章程未觅到，详情容后复"等语。李叔同的学生李鸿梁在《我的老师弘一法师李叔同》一文中这样写道：

我们是在1915年（民国四年）毕业的。法师就在这一年暑假到日本去洗温泉浴，临行时给我的信，大致是教我处世要"圆通"，否则不能与世相水乳。因为我那时只二十一岁，而生性憨直，锋芒太露。所以法师第一次给我写的对联是："拔剑砍地，投石冲天。"条幅是"豪放"二大字，旁系小字七绝一首。他是九月间回国的。回国前打了个电报叫我到南京高等师范（即东南大学前身），去代法师的课。因为我那时对于教学毫无经验，年龄又这样轻，骤然去教同等程度的学校，心里颇有点忐忑不定。但是见到法师，他马上拿出本学期的教学进度给我看，并且告诉我那边校里的一切情形。同时交给我一串钥匙，还关照我，卧室与教员休息室很远，每天早晨必须把自己的表与钟楼的大钟对准，号声有时候听不清楚。如有事外出，叫车子回校时，一定要和车夫说清楚拉到教员房，因为头门离教员房是很远的。每逢吃饭时，要记住，每人两双筷子，两只调羹，如觉不便，可以关照厨房，把饭单独开到自己房间里来的。还有那个管理房间的工友叫"□□"，你须注意等等。最后交给我两封介绍信：一封是给学校的；一封是给一个法师的朋友、当时在南京道尹公署任视察的韩亮侯先生的。这天我就在法师处吃的晚饭，临走时，他送了我一把从日本带回来的绢面折扇，一面写的是天发神忏碑，一面是龙门三种（后来不幸失落在上海电车上了），另外还送了我一只日本温家邻近瓷坊出品的底下雕刻一个鬼脸的三脚杯。

第二天早晨，我刚起来，法师就到旅馆（城站旅馆）里看我了，邀我去吃点心，然后送上火车，一直到开车信号发出后离别。

后来我在南师时，韩亮侯先生谈起，他与法师认识的经过。据说，有一天他在日本的一个音乐会里，发现一个衣服褴褛的座客，他想这种资产阶级的西洋人的音乐会，怎么会有这样的一个人呢？这门票又怎么会给他买到的呢？后来等到散场时，相互招呼之后，这人还邀请韩先生到他寓去坐坐。那时韩先生为好奇心所驱，就跟了他走，不多一会到了一所很讲究的洋房。他住在二楼，一进房，吃了一惊，满壁都是图书，书架上摆着许多艺术意味的小玩意儿，屋角上还有一架钢琴，这真把韩先生弄糊涂了。当时我听韩先生讲，也好像在听浪漫派小说。这个褴褛人，就是法师，后来他换了笔挺的西装，邀韩先生到外面去吃饭。

韩先生还告诉我，有一个朋友约翌日去看法师，到了时候去，法师闭门不纳，说是昨天的约定是今天上午十点钟，那末现在已经是十点三十过了，因此我有别的事了，改天再见罢。

李鸿梁（1894—1971），浙江绍兴人，是李叔同任教一师时的高足之一。能一毕业就由老师直接介绍去南京代老师的课，可见其学习艺术之不一般。由上引一段纪念文字中不难看出：老师对学生的器重，更由这则生动的文字体会到，老师对学生有多么关切，教他如何保证授课不迟到，甚至叫黄包车回校要讲明拉入校内很多路，以免瓜葛等，都无不备细交代。至于传承学期教学进度、交钥匙、开介绍信等等，那更是不言而喻的了。文中插入韩亮侯结交李叔同的趣事，似乎更富传奇色彩，但恰恰从一个侧面记载了李叔同在日本留学生活的一斑，勤奋好读、多才多艺、热爱生活的方方面面又都在此三言两语中描绘得生动而又实实在在。约好时间接待客人而迟至半小时遂不予接待的故事，则早已为世人所熟知，此处更为之证实，亦足见大师为人一丝不苟、耿直刚介之一斑。想必读了这则引文后，对李叔同之为人自会加深理解。一个既可亲而又往往不讲情面的"怪人"，正是矛盾统一的完整形象啊！

作词、作曲与选配歌曲

　　李叔同有位世交旧友，姓陈名宝泉，字筱庄，天津人。陈、李二家在天津当是交往较深的。陈宝泉早年也曾留学日本。民国初年曾任北京国立高等师范学校校长，著有《退思斋文存》行世。他在 1915 年，民国四年乙卯，曾与李叔同相遇于杭州西湖之烟霞洞，此次李叔同给陈宝泉留下的印象，与早年天津交往时已迥然不同，似乎显得更成熟而平淡了。当时他曾口头邀聘李叔同去北京任教，李亦似乎笑应了，但后来却去信回绝了。在《退思斋文存》中留有题为《忆旧》的短文，归入叙记类，文曰：

　　李叔同君，筱楼先生之季子，与余为世交。少年倜傥，精文翰，擅书法，所谓翩翩浊世佳公子也。及冠，游学日本，习美术、书画、音乐，并臻绝诣。民国四年，予与遇湖上之烟霞洞，乃一变昔矜持之态，谦恭而和易。予力约其北京来任高等师范教授，但笑应之。及予北归，旋得复书谢绝。未几，闻已入空门矣。盖愤世之极不得已，但了自性，其遇亦可悲矣。在湖上曾写小词示予，颇可窥其志趣。兹录于左：

　　故国鸣鶗鴂，垂杨有暮鸦。江山如画日西斜，新月撩人窥入碧窗纱。陌上青青草，楼头艳艳花。洛阳儿女学琵琶。不管冬青一树属谁家，不管冬青树底影事一些些。

此词调寄《喝火令》。由此文可见，李叔同曾一笑答应过去北京高等师范任教授，大概也是承夏丏尊的挽留，割舍不下与夏等师生的情谊，才决定致信谢却的。可惜信已不存，幸有《忆旧》一文，才让世人得知这段未成事实的因缘。这首词的情调似已有出家的念头萌生，故在陈宝泉眼里，不久李叔同出家，并不突兀而似在料中。

大约同在这一年或稍前或稍后，李叔同还作了多首诗词，与此《喝火令》的情调均相左近，或稍开朗，或稍消沉，且一并录之如下：

早 秋

十里明湖一叶舟，城南烟月水西楼。几许秋容娇欲流，隔著垂杨柳。远山明净眉尖瘦，闲云飘忽罗纹绉。天末凉风送早秋，秋花点点头。

悲 秋

西风乍起黄叶飘，日夕疏林杪。花事匆匆，梦影迢迢，零落凭谁吊。镜里朱颜，愁边白发，光阴暗催人老。纵有千金，千金难买年少。

送 别

长亭外，古道边，芳草碧连天。晚风拂柳笛声残，夕阳山外山。天之涯，地之角，知交半零落；一瓢浊酒尽余欢，今宵别梦寒。长亭外，古道边，芳草碧连天。晚风拂柳笛声残，夕阳山外山。

忆儿时

春去秋来，岁月如流，游子伤漂泊。回忆儿时，家居嬉戏，光景宛如昨。茅屋三椽，老梅一树，树底迷藏捉。高枝啼鸟，小川游鱼，曾把闲情托。儿时欢乐，斯乐不可作。儿时欢乐，斯乐不可作。

月 夜

纤云四卷银河净，梧叶萧疏摇月影。剪径凉风阵阵紧，暮鸦栖止未定。万里空明人意静。呀！是何处，敲彻玉磬。一声声清越度幽岭。呀！是何处，声相酬应。是孤雁寒砧并。想此时此际幽人应独醒，倚栏风冷。

秋 夜

日落西山，一片罗云隐去。万种情怀，安排何处？却妆出嫦娥，玉宇琼楼缓步。天高气清，满庭风露。问耿耿银河，有谁引渡。四壁凉蛰，如来相语。尽遣了闲愁，聊共月华小住。如此良宵，人生难遇。

寒蝉吟罢，蓦然萤火飞流。夜凉如水，月挂帘钩。爱星河皎洁，今宵雨敛云收。虫吟侑酒，扫尽闲愁。听一枝长笛，有谁人倚楼。天涯万里，情思悠悠。好安排枕簟，独寻睡乡优游。金风飒飒，底事悲秋。

以上诗词，《早秋》、《悲秋》、《送别》等，又多由李叔同自己配上了西洋的名曲，如《送别》即配的是 John P. Ordway 的名曲，《忆儿时》配的是 W. S. Hays 的名曲等。而还有些他自己作的歌词也配了西洋名曲，却一时难以核准是谁的曲调了。还有一曲《春游》，则是李叔同自作歌词自己作曲，还配两部合唱的。其中《送别》一首歌在当时就流传至广，影响很大，后又被著名电影《城南旧事》采用来作为主题歌，十分感人，遂使该歌进一步深深扎根于广大人们心目之中。

李叔同还做了件开创性的工作，即把中国古代的著名诗词，选来配上西洋脍炙人口的幽雅曲调，配得是如此地天造地设、天衣无缝，真可谓赋予了词与曲新的生命，从而在中国国土上广为流传，为广大的人们所接受，并深受代代人的欢迎。这一创举貌似简单，实际上却很不一般。近年叶至善先生遵循此路又选配了一百五十首之多，题名为《古诗词新唱》，可谓是在这条路上的新发展，是值得称颂的好事。

李叔同上述的这些歌曲，后来由他的两位弟子丰子恺与裘梦痕编集拢来，凡五十首，题名为《中文名歌五十曲》，由丰子恺亲手抄谱抄词，并配了些补白性的小插图，由开明书店制版印行，在很短的时间里就印行了好多版。仅此，亦足证李叔同这些歌曲影响之大，有多么受欢迎啊！

认真教学、奔波杭宁

李叔同老师在一师教课，既认真，而又别致。尤其在一些后来成为成就卓著的名人、当时是他十分器重的学生之眼中，更为明显。例如丰子恺，他就曾在《话旧》一文中这样写道：

我在十七岁（1914）的暑假时，毕业于石湾的崇德县立第三高小学校。母亲决定我投考杭州第一师范。……三年级以后……我们的图画科改由向来教音乐而常常请假的李叔同先生教授了。李先生的教法在我觉得甚为新奇。……有一晚，我为了别的事体去见李先生。告退之后，先生特别呼我转来，郑重地对我说："你的画进步很快，我在所教的学生中，从来没有见过这样快速的进步。"李先生当时兼授南京高等师范及我们的浙江第一师范两校的图画。他又是我们所敬佩的先生的一人。我听他这两句话，犹如暮春的柳絮受了一阵急烈的东风要大变方向而突进了。……

这文章写于 1931 年 4 月 30 日，发表于《中学生》杂志。要不是李叔同老师对丰子恺的天分与进步及时地发现与肯定，或许他将会走另一条完全不同的路也难说。

同样，后来成为国画大师的潘天寿，也是因得到李叔同老师的特别器重，才于绘事方面得到特别的发展。

冯蔼然在《忆画家潘天寿》一文中这样写道：

潘天寿，浙江海宁人，字大颐。……一九一六年，始来杭进浙江省立第一师范学校，即以擅长书法，见重全校。……当时老师中擅长书法者，如李叔同、经亨颐、夏丏尊辈，或天资过人，或功夫到家，早已蜚声一时，与校外名流马一浮、丁辅之、余绍宋、张宗祥辈齐名。因此，潘的造诣，受诸前辈之益者不少。……

这里要讲一讲当时一师注重美术、音乐、教育的一些旧事：一师校长经亨颐办学，要求德、智、体、美、社交，五育并臻，致力培养健全人格，同时注意个性发展，教学相长，能者为师……这时的潘君，方参加师生共同的课外的研究组织，学习诗词、篆刻，均有成就……图画课既全由李叔同老师安排，占学时不能太多，而所有石膏素描、速写、水彩、油画等，全属西画系统……

李叔同老师本兼南京高师、杭州两级师范两校美术、音乐，又是诗词、篆刻等课外研究组织的台柱，南社、西泠印社的健将。晚年德行，为全校师生所同钦。

校长经亨颐请他来杭兼课的故事，更为同学所津津乐道。经校长以留日同学情谊，恳李来兼任美术、音乐，他提出设备条件，是每个学生有一架风琴，绘画室石膏头像、画架等不能有缺。校长以为在学校缺钱、市上缺货的情况下，风琴每人一架的要求，实嫌过高。李叔同先生的答复是学生出去要教唱歌，不会弹琴不行，教授时间有限，练习全在课外，"你难办到，我怕遵命"。经校长想尽办法，弄到大小风琴二百架（够要求的半数），排满在礼堂四周、自修室、走廊上，再请他来看过。从此就每星期三天南京、三天杭州，仆仆道路，两头兼课，直到在杭州出家为止。像李这样的负责，老师是不能有意见的。从效果看，他担任的美术、音乐课程，就培养出不少适合大、中学校教师，以及对小学图画、唱歌的确是普遍能够胜任之才。

　　此文刊载于《浙江文史资料选辑》第二十一辑。文章本不是专门介绍李叔同的，但却不能不突出介绍李叔同在美术音乐数学方面的特殊贡献及严肃认真的态度。

断　食

　　1916 年，民国五年丙辰，夏丏尊偶然在一本日本杂志上读到一篇专讲断食的文章，说的是断食对身心有益，能起到更新的作用，但并不是什么宗教信仰之事。当然，举例提到断食过的伟人，即为释迦牟尼、耶稣基督等宗教创始人。夏读后对此文颇感兴趣，并即推荐给李叔同看，李借去读后，便常与夏谈及此文，两人也都有照此一试之想法。但夏丏尊读过也就过去了，不想李叔同还真的去实行了，而且成为不久正式剃度出家的一个重要契机。后来在弘一法师六十生日时，夏丏尊以《弘一法师之出家》为题，曾专门谈及此事，看来还是直接谛读原文为好：

　　有一次，我从一本日本的杂志上见到一篇关于断食的文章，说断食是身心"更新"的修养方法，自古宗教上的伟人，如释迦，如耶稣，都曾断过食。断食能使人除旧换新，改去恶德，生出伟大的精神力量。并且还列举实行的方法及应注意的事项，又介绍了一本专讲断食的参考书。我对于这篇文章很有兴味，便和他谈及。他就好奇地向我要了杂志去看。以后我们也常谈到这事，彼此都有"有机会时最好把断食来试试"的话，可是并没有作过具体的决定，至少在我自己是说过就算了的。约莫经过了一年，他竟独自去实行断食了。这是他出家前一年阳历年假的事。他有家眷在上海，平日每月回二次，年假暑假当然都回上海的，阳历年假只十天，放假以后我也就回家去了，总以为他仍然照例回上海了。假满返校，不见到他，过了两个星期他才回来，据说假期中没有回上海，在虎跑寺断食。我问他："为什么不告诉我？"他笑说："你是能说不能行的。并且这事预先教别人知道也不好，旁人大惊小怪起来，容易发生波折。"

他的断食共三星期：第一星期逐渐减食至尽，第二星期除水以外完全不食，第三星期起由粥逐渐增加至常量。据说经过很顺利，不但并无痛苦，而且身心反觉轻快，有飘飘欲仙之象。他平日是每日早晨写字的，在断食期间仍以写字为常课，三星期所写的字有魏碑，有篆文，有隶书，笔力比平日并不减弱。他说断食时心比平时灵敏，颇有文思，恐出毛病，终于不敢作文。他断食以后食量大增，且能吃整块的肉（平日虽不茹素，不多食肥腻肉类）。自己觉得脱胎换骨过了，用老子"能婴儿乎"之意改名李婴，依然教课，依然替人写字，并没有什么和前不同的情形。据我知道，这时他还只看些宋元人的理学书和道家的书类，佛学尚未谈到。

转瞬阴历年假到了，大家又离校。哪知他不回上海，又到虎跑寺去了。因为他在那里住过三星期，喜其地方清静，所以又到那里去过年。他的皈依三宝，可以说由这时候开始的。据说，他自虎跑寺断食回来，曾去访过马一浮先生，说虎跑寺如何清静，僧人招待如何殷勤。阴历新年，马先生有一个朋友彭先生求马先生介绍一个幽静的寓处，马先生忆起弘一法师前几天曾提起虎跑寺，就把这位彭先生陪送到虎跑寺去住。恰好弘一法师正在那里，经马先生之介绍就认识了这位彭先生。同住了不多几天，到正月初八日，彭先生忽然发心出家了，由虎跑寺当家为他剃度。弘一法师目击当时的一切，大大感动，可是还不就想出家，仅皈依三宝，拜老和尚了悟法师为皈依师。演音的名，弘一的号，就是那时取定的。假期满后仍回到学校里来。

这是从夏丐尊追忆李叔同断食这方面的叙述，不难看出，这确定是出家的契机，而其中自然不乏偶然性。要不是夏看到这本日本杂志，或看到了又并不推荐给李看，事情又会是怎样的结果呢？！难以想象。但李既有要皈依的内因存在，换一种外因来激发，结果也会是差不多的吧？总之无论怎么说，李之出家，其近因是导源于夏的。

在李这方面，又是怎么叙述原委的呢？李成了弘一法师之后，口述并由高胜进笔录的《我在西湖出家的经过》中这样说：

杭州这个地方，实堪称为佛地，因为那边寺庙之多，约有两千余所，可想见杭州佛法之盛了。

最近"越风社"要出《西湖增刊》，由黄居士来函，要我做一篇《西湖与佛教之因缘》。我觉得这个题目的范围太广泛了，而且又无参考书在手，短期间内是不能做成的。所以现在将我从前在西湖居住时，把那些值得追味的几件零碎的事情来说一说，也算是纪念我出家的经过。

我第一次到杭州，是光绪二十八年七月（本篇所记年月，皆依旧历）。在杭州住了约莫一个月光景，但是并没有到寺院里去过。只记得有一次到涌金门外去吃过一回茶而已，同时也就是把西湖的风景，稍为看了一下子。

第二次到杭州时，那是民国元年的七月里。这回到杭州倒住得很久，一直住了近十年，可以说是很久的了。

我的住处在钱塘门内，离西湖很近，只两里路光景。在钱塘门外，靠西湖边有一所小茶馆，名景春园，我常常一个人出门，独自到景春园的楼上去吃茶。当民国初年的时候，西湖那边的情形，完全与现在两样。那时候还有城墙及很多柳树，都是很好看的。除了春秋两季的香会之外，西湖边的人总是很少。而钱塘门外，更是冷静了。

在景春园的楼下，有许多的茶客，都是那些摇船抬轿的劳动者居多。而在楼上吃茶的就只有我一个人了。所以我常常一个人在上面吃茶，同时还凭栏看看西湖的风景。

在茶馆的附近，就是那有名的大寺院——昭庆寺了。我吃茶之后，也常常顺便地到那里去看一看。

当民国二年夏天的时候，我曾在西湖的广化寺里面住了几天，但是住的地方，却不是出家人的范围之内，那是在该寺的旁边，有一所叫作痘神祠的楼上。痘神祠是广化寺专门为着要给那些在家的客人住的。当时我住在里面的时候，有时也曾到出家人所住的地方去看看，心里却感觉很有意思呢！

记得那时我亦常常坐船到湖心亭去吃茶。

曾有一次，学校里有一位名人来演讲。那时，我和夏丏尊居士两人，却出门躲避而到湖心亭上去吃茶了。当时夏丏尊曾对我说："像我们这种人，出家做和尚倒是很好的。"那时候我听到这句话，就觉得很有意思，这可以说是我后来出家的一个远因了。

到了民国五年的夏天，我因为看到日本杂志中，有说及关于断食方法，谓断食可以治疗各种疾病。当时我就起了一种好奇心，想来断食一下。因为那个时候患有神经衰弱症，若实行断食后，或者可以痊愈亦未可知。要行断食时，须于寒冷的季节方宜，所以我便预定十一月来作断食的时间。

至于断食的地点呢？总须先想一想，考虑一下，似觉总要有个很幽静的地方才好。当时我就和西泠印社的叶品三君来商量，结果他说在西湖附近的地方，有一所虎跑寺，可作为断食的地点。那么，我就问他，既要到虎跑寺去，总要有个人来介绍才对，究竟要请谁呢？他说有位丁辅之，是虎跑寺的大护法，可以请他去说一说。于是他便写信请丁辅之代为介绍了。因为从前那个时候的虎跑，不是像现在这样热闹的，而是游客很少，且是十分冷静的地方啊。若用来作为断食的地点，可以说是最相宜的了。

到了十一月的时候，我还不曾亲自到过，于是我便托人到虎跑寺那边去一趟，看看在那一间房里住好？看的人回来说，在方丈楼下的地方，倒很幽静，因为那边的房子很多，且平常的时候都是关起来，游客是不能走进去的。而在方丈楼上，则只有一位出家人住着而已。此外并没有什么人居住。等到十一月底，我到了虎跑寺，就住在方丈楼下的那间屋子里了。

我住进去以后，常常看见一位出家人在我窗前经过，即是在楼上的那一位，我看到他却十分欢喜呢！因此就时常和他来谈话，同时他也拿佛经来给我看。

我以前虽然从五岁时，即时常和出家人见面，时常看见出家人到我的家里念经和拜忏。而于十二三岁时，也曾学了放焰口，可是并没有和有道的出家人住在一起，同时也不知道寺院中的内容是怎样，以及出家人的生活又是如何。这回到虎跑寺去住，看到他们那种生活，却很欢喜而且羡慕起来了。

我虽然在那边只住了半个多月，但心里头却十分愉快，而且对于他们所吃的菜蔬，更是喜欢吃。及回到了学校以后，我就请佣人依照他们那种样茶煮来吃。

这一次，我之到虎跑寺去断食，可以说是我出家的近因了。及到民国六年的下半年，我就发心吃素了。

李叔同并未提及是夏丏尊推荐他读日本杂志，而且一试断食之初衷，似乎只想治一治神经衰弱之类。夏与李均读了杂志，而且都想一试，但结果李真的去试了，夏却没去试。而试的结果很成功，不但成功，而且还导致了李的出家，并成为中国的一代高僧。一开始夏还为李惋惜，甚至恨一己之不该随口瞎说，而终于被李叔同的诸多坚定行为所感动，从而五体投地地崇敬起弘一法师来。

断食日志

　　李叔同之出家，似是与断食紧紧相连的。上节已简单谈了断食，本节似乎必须谈出家了。且慢，还有一至关重要的文献，必须插入补充一读，乃是弘一法师在断食时所作的一份记录，即被题名为《断食日志》。此日志之原稿最初交同事堵申辅居士保存，封面盖有"李息翁章"。经三十余年，至1947年，始由陈鹤卿居士誊清，发表于上海《觉有情》杂志第七卷第十一、十二期上。陈鹤卿所加题记云："此为弘一大师于出家前两年在杭州大慈山虎跑寺试验断食时所记之经过。自入山至出山，首尾共二十天。对于起居身心，详载靡遗。据大师年谱所载，时为民国五年，大师三十七岁。原稿曾由大师交堵申辅居士保存。文多断续，字迹模糊，其封面

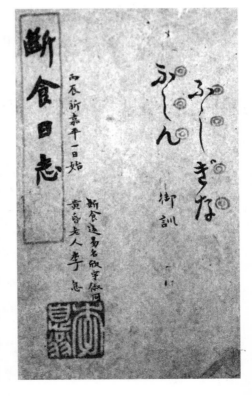

盖有李息翁章，并有日文数字。兹特向堵居士借缮，并与其详加校对，冀为刊播流通，藉供众览。想亦为景仰大师者所善闻，且得为后来预备断食者之参考也。后学陈鹤卿谨识。"此次由《觉有情》杂志发表至今已逾半世纪，原杂志保存至今者，均已成供璧。更何况弘一法师此志于其一生乃至关重要，故在此必须全文录出：

丙辰嘉平一日始。断食后，易名欣，字俶同，黄昏老人，李息。

十一月廿二日，决定断食。祷诸大神之前，神诏断食，故决定之。

择录村井氏说：妻之经验。最初四日，预备半断食。六月五日、六日，粥，梅乾。七日、八日，重汤，梅乾。九日始本断食，安静。饮用水一日五合，一回一合，分五六回服用。第二日，饥饿胸烧，舌生白苔。第三、四日，肩腕痛。第四日，腹部全体凝固，体倦就床，晨轻晚重。第五日，同，稍轻减，坐起一度散步。第六日，轻减，气氛爽快，白苔消失，胸烧愈。第七日，晨平稳，断食期至此止。

后一日，摄重汤，轻二碗三回，梅乾无味。后二日，同。后三日，粥，梅乾，胡瓜，实入吸物。后四日，粥，吸物，少量刺身。后五日，粥，野菜，轻鱼。后六日，普通食，起床，此两三日，手足浮肿。

断食期内，或体痛不能眠，或下痢，或嚏。便时以不下床为宜。预备断食或一周间，粥三日，重汤四日。断食后或须一周间，重汤三日，粥四日，个半月体量恢复。半断食时服ゾチネ（日文）。

到虎跑携带品：被褥帐枕，米，梅乾，杨子，齿磨，手巾手帕，便器，衣，漉水布，ゾチネ，日记纸笔书，番茶，镜。

预定期间：一日下午赴虎跑。上午闻玉去预备。中食饭，晚食粥，梅乾。二日、三日、四日、粥，梅乾。八日至十七日断食。十八日、十九日、二十日，重汤，梅乾。廿一日、廿二日、廿三日、廿四日，粥，梅乾，轻菜食。廿五日返校，常食。廿八日返沪。

卅日晨，命闻玉携蚊帐、米、纸、糊、用具到虎跑。室宜清闲，无人迹。无人声，面南，日光遮北，以楼为宜。是晚食饭，拂拭大小便器、桌椅。

午后四时半入山，晚餐素菜六箕（音癸，盛食物的圆形器具），极鲜美。食饭二盂，尚未餍，因明日始即预备断食，强止之。榻于客堂楼下，室面南，设榻于西隅，可以迎朝阳。闻玉设榻于后一小室，仅隔一板壁，故呼应便捷。晚燃菜油灯，作楷八十四字。自数日前病感冒，伤风微微，今日仍未愈。口干鼻塞，喉紧声哑，但精神如常。八时眠，夜间因楼上僧人足声时作，未能安眠。

（《觉有情》编者按：据前节所记预定期间，十二月一日下午赴虎跑。而此节所记，三十日午后四时半即已入山，当系临时改定。）

十二月一日，晴，微风，五十度。断食前期第一日。疾稍愈，七时半起床。是日午十一时食粥二盂，紫苏叶二片，豆腐三小方。晚五进食粥二盂，紫苏叶二片，梅一枚。饮冷水三杯，有时混杏仁露，食小桔五枚。午后到寺外运动。

余平日之常课，为晨起冷水擦身，日光浴，眠前热水洗足。自今日起冷水擦身暂停，日光浴时间减短，洗足之热水改为温水，因欲使精神聚定，力避冷热极端之刺激也。对于后人断食者，应注意如下：

（一）未断食时练习多食冷开水。断食初期改食冷生水，渐次加多。因断食时日饮五杯冷水殊不易，且恐腹泻也。

（二）断食初期时之粥或米汤，于微温时食之，不可太热，因与冷水混合，恐致腹痛。

余每晨起后，必通大便一次。今晨如常，但十时后屡放屁不止。二时后又打嗝儿甚多，此为平日所无。是日书楷字百六十八，篆字百零八。夜观焰口，至九时始眠。夜微嗽多恶梦未能入眠。

二日，晴和，五十度。断食前期第二日。七时半起床，晨起无大便。是日午前十一时食粥一盂，梅一枚，紫苏叶二片。午后五时同。饮冷水三杯，食桔子三枚，因运动归来体倦故。是日舌苔白，口内粘滞，上牙里皮脱。精神如常，但过则疲□□，运动微觉疲倦，头目眩晕。自明日始即不运动。

晚侍和尚念佛，静坐一小时。写字百三十二，是日鼻塞。摹大同造像一幅，原拓本自和尚假来，尚有三幅明后续□□。八时半眠，梦为升高跳越运动。其处为器具拍卖场，陈设箱柜几椅并玩具装饰品等。余跳越于上，或腾空飞行于其间，足不履地，灵捷异常，获优胜之名誉。旁观者有德国工程师二人，皆能操北京语。一人谓有如此之技能，可以任远东大运动会之某种运动，必获优胜，余逊谢之。一人谓练习身体，断食最有效，吾二人已二日不食。余即告余现在虎跑断食，亦已预备二日矣。其旁又有一中国人，持一表，旁写题目，中并列长短之直红线数十条，如计算增减高低之表式，是记余跳越高低之顺序者。是人持以示余，谓某处由低而高而低之处，最不易跳越，赞余有超人之绝技。后余出门下土坡，屡遇西洋人。皆与余为礼，贺运动之成功，余笑谢之。梦至此遂醒。余生平未尝为一次运动，亦未尝梦中运动，头脑中久无此思想，忽得此梦，至为可异，殆因胃内虚空有以致之欤？

三日，晴和，五十二度。断食前第三日。七时半起床。是晨觉饥饿，胸中搅乱，苦闷异常，口干饮冷水。勉坐起披衣，头昏心乱，发虚汗作呕，力不能支，仍和衣卧少时。饮梅茶二杯，乃起床，精神疲惫，四肢无力。九时后精神稍复元，食桔子二枚。是晨无大便，饮药油一剂，十时半软便一次，甚畅快。十一时水泻一次，精神颇佳，与平常无大异。十一时二十分食粥半盂，梅一个，紫苏一枚。摹普泰造像、天监造像二页。饮水，食物，喉痛，或因泉水性本烈，使喉内脱皮之故。午后四时，饮水后打嗝笃，食小梨一个，五时食粥半盂。是日感冒伤风已愈，但有时微嗽。是日午后及晚，侍和尚念佛静坐一小时。八时半眠。入山预断以来，即不能为长时之安眠，旋睡旋醒，辗转反侧。

四日，晴和，五十三度。断食前第四日。七时半起床。是晨气闷心跳口渴，但较昨晨则轻减多矣，饮冷水稍愈。起床后头微晕，四肢乏力。食小桔一枚，香蕉半个。八时半精神如常，上楼访弘声上人，借佛经三部。午后散步至山门，归来已觉微疲。是日打嗝甚多，口时作渴，一共饮冷水四大杯。摹大明造像一页。写楷字八十四，篆字五十四。无大便。四时后头昏，精神稍减，食小桔二枚。是日十一时饮米汤二盂，食米粒二十余。八时就床，就床前食香蕉半个。自预备断食，每夜三时后腿痛，手足麻木。（余前每逢严冬有此旧疾，但不甚剧。）

五日，晴和，五十三度。断食前五日。七时半起床。是夜前半颇觉身体舒泰，后半夜仍腿痛。三时醒，口干，心微跳，较昨减轻。食香蕉半个，饮冷水稍眠。六时醒，气体甚好。起床后不似前二日之头晕乏力，精神如常，心胸愉快。到菜园采花供铁瓶。食梨半个，吐渣。自昨日起，多写字，觉左腰痛。是腹中屡屡作响，时流鼻涕，喉中肿烂尚愈。午后侍和尚念经静坐一小时，微觉腰痛，不如前日之稳静。三时食梨半个，吐渣。食香蕉半个。午、晚饮米汤一盂。写字百六十二。傍晚精神稍差，恶寒口渴。本定于后日起断食，改自明日起断食，奉神诏也。

断食期内，每日饮梨汁一个之分量，饮桔汁三小个之分量，饮毕漱口。又因信仰上每辰餐神供生白米一粒，将眠，食香蕉半个。是日无大便，七时就床。是夜神经过敏甚剧，加以鼠声人鼾声，终夜未安眠。口甚干，后半夜腿痛稍轻，微觉肩痛。

六日，晴暖，晚半阴，五十六度。断食正期第一日。八时起床。三时醒，心跳胸闷，饮冷水桔汁及梅茶一杯。八时起床，手足乏力。头微晕，执笔作字殊乏力，精神不如昨日。八时半饮梅茶一杯。脑力渐衰，眼手不灵，写日记时有误字，多遗忘。九时半后精神稍可。十时后精神甚佳，口渴已愈。数日来喉中肿烂亦愈。今日到大殿去二次，计上下廿四级石级四次，已觉足乏力，为以前所无。是日共饮梨汁一个，桔汁二个。傍晚精神不衰，较胜昨日，但是乏力耳。仍时流鼻涕，晚间精神尤佳。是日不觉如何饥饿。晚有便意，仅放屁数个，仍无便。是夜能安眠，前半夜尤稳安舒泰。眠前以棉花塞耳，并诵神人合一旨。夜间腿痛已愈，但左肩微痛。七时就床，梦变为丰颜之少年，自谓系断食之效。

七日，阴复阳，夜大风，五十四度。断食正期第二日。六时半起床。四时醒，心跳微作即愈，较前二日减轻。饮冷水甚多。六时半即起床，因是日头晕已减轻，精神较昨日为佳，且天甚暖故早起床也。起床后饮桔汁一枚。晨览《释迦如来应他事迹图》八时后精神不振，打呼欠，口塞流鼻涕，但起立行动如常。午后身体寒益甚，拥被稍息。想出食物数种，他日试为之。炒饼、饼汤、虾仁豆腐、虾子面片、十锦丝、咸口瓜，三时起床，冷已愈，足力比昨日稍健。是日无大便，饮冷水较多。前半夜肩稍痛，须左右屡屡互易，后半夜已愈。

八日，阴，大风，寒，午后时露日光，五十度。断食正期第三日。十时起床。五时醒，气体至佳，如前数日之心跳头晕等皆无。因天寒大风，故起床较迟。起床后精神甚佳，手足有力，到院内散步。四时半就床，午后益寒，因早就床。是日食欲稍动，有时觉饥，并默想各种食物之种类及其滋味。是夜安眠，足关节稍痛。

九日，晴，寒，风，午后阴，四十八度。断食正期第四日。八时半起床。四时醒，气体极佳，与日常无异。起床后精神如常，手足有力。朝日照入，心目豁爽。小便后尿管微痛，因饮水太多之故。自今日始不饮梨桔汁，改饮盐梅茶二杯。午后因饮水过多，胸中苦闷。是日午前精神最佳，写字八十四，到菜圃散步。午后寒，一时拥被稍息。三时起床，室内运动。是日不感饥饿，因天寒五时半就床。

十日，阴，寒，四十七度。断食正期第五日。十时半起床。四时半醒，气体精神与昨同。起床后精神至佳。是日因寒故起床较迟。今日加饮盐汤一小杯。十一时杨、刘二君来谈至欢。因寒四时就床。是日写字半页。近日神经过敏已稍愈。故夜间较能安眠。但因昨日饮水过多伤胃，胃时苦闷，今日饮水较少。

十一日，阴寒，夕晴，四十七度。断食正期第六日。九时半起床。四时半醒，气体与昨同。夜间右足微痛，又胃部终不舒畅，是日口干，因寒起床稍迟。饮盐汤半杯，饮梨汁。夕晴，心目豁爽。写字百三十八。坐檐下曝日，四时就床，因寒早就床。是晚感谢神恩，誓必皈依。致福基书。

十二日，晨阴，大雾，寒，午后晴，四十八度。断食正期第七日。

十一时起床。四时半醒，气体与昨同，足痛已愈，胃部已舒畅。口干，因寒不敢起一床。十一时福基遗人送棉衣来，乃披衣起。饮梨汁盐汤、桔汁。午后精神甚佳，耳目聪明，头脑爽快，胜于前数日。到菜圃散步。写字五十四。自昨日始，腹部有变动，微有便意，又有时稍感饥饿。是日饮水甚少。晚晴甚佳，四时半就床。

十三日，晨半晴阴，后晴和，夕风，五十四度。断食后期第一日。八时半起床。气体与昨同。晨饮淡米汤二盂，不知其味，屡有便意，口干后愈，饮梨汁桔汁。十一日时饮浓米汤一盂，食梅乾一个，不知其味。十一时服泻油少许，十一时半大便一次甚多。便色红，便时腹微痛，便后渐觉身体疲弱，手足无力。午后勉强到菜圃一次。是日不饮冷水。午前写字五十四。是日身体疲倦甚剧，断食正期来尝如是。胃口未开，不感饥饿，尤不愿饮米汤，是夕勉强饮一盂，不能再多饮。

十四日，晴，午前风，五十度。断食后期第二天。七时半起床。气体与昨同，夜间较能安眠。五时饮米汤一盂，口干，起床后精神较昨佳。大便轻泻一次，又饮米汤一盂，饮桔汁，食苹果半枚。是日因米汤梅乾与胃口不合，于十一时饮莲藕粉一盂，炒米糕二片，极觉美味，精神亦骤加。精神复元，是日极愉快满足。一时饮莲藕粉一盂，米糕一片。写字三百八十四。腰腕稍痛，暗记诵《神乐歌序章》。四时食粥一盂，咸蛋半个，梅乾一个。是日不感十分饥饿，如是已甚满足。五时半就床。

十五日，晴，四十九度，断食后期第三日。七时起床。夜间渐能眠，气体无异平时。拥衾饮茶一杯，食米糕三片。早食藕粉米糕，午前到佛堂菜圃散步，写字八十四。午食粥二盂，青菜咸蛋少许。夕食芋四个，极鲜美。食梨一个，桔二个。敬抄《御神乐歌》二叶，暗记诵一、二、三下目。

晚饭粥二盂，青菜咸蛋，少许梅乾。晚食粥后，又食米糕饮茶，未能调和，胃不合，终夜屡打嗝儿，腹鸣。是日无大便，七时就床。

十六日，晴，四十七度。断食后期第四日。七时半起床。晨饮红茶一杯，食藕粉、芋。午食薄粥三盂，青菜、芋大半碗，极美。有生以来不知菜、芋之味如是也。食桔，苹果，晚食与午同。是日午后出山门散步，诵《神乐歌》，甚愉快。入山以来，此为愉快之第一日矣。敬抄《神乐歌》七叶，暗记诵四、五下目。晚食后食烟一服。七时半就床，夜眠较迟，胃甚安，是日无大便。

十七日，晴暖，五十二度。断食后期第五日。七时起床。夜间仍不能多眠，晨饮泻油极少量。晨餐浓粥一盂，芋五个，仍不足，再食米糕三个，藕粉一盂。九时半大便一次，极畅快。到菜圃诵《御神乐歌》。中膳，米饭一盂，粥二盂，油炸豆腐一碗。本寺例初一、十五始食豆腐，今日特因僧人某死，葬资有余，故以之始食豆腐。午前后到山门外散步二次。拟定出山门后剃须。闻玉采萝卜来，食之至甘。晚膳粥三盂，豆腐青菜一盂，极美。今日抄《御神乐歌》五叶，暗记诵六下目。作书寄普慈。是日大便后愉快，晚膳后尤愉快，坐檐下久。拟定今后更名欣，字俶同。七时半就床。

十八日，阴，微雨，四十九度。断食后期最后一日。五时半起床。夜间酣眠八小时，甚畅快，入山以来未之有也。是晨早起，因欲食寺中早粥。起床后大便一次甚畅。六时半食浓粥三盂，豆腐青菜一盂，胃甚涨。坐菜圃小屋诵《神乐歌》八叶。午，食饭二盂，豆腐青菜一盂，胃涨大，食烟一服。午后到山中散步，足力极健。采干花草数枝，松子数个。晚食浓粥二盂，青菜半盂，仅食此不敢再多，恐胃涨也。餐后胸中极感愉快。

灯下写字五十四。辑订断食中字课，七时半就床。

十九日，阴，微雨，四时半起床。午后一时出山归校。嘱托闻玉事件：晚做菜，桔子，做衣服附袖头，廿二要，轿子油布，轿夫选择，新蚊帐，夜壶。自己事件：写真，付饭钱，致普慈信。

因《断食日志》中，间或用了些日语词汇，所以《觉有情》在发表该志将这些日语词汇作了简释。后林子青转抄入《年谱》时，又作了补充。今自《年谱》转录如下：

梅乾即咸梅，腌过的梅子。重汤即米汤。胡瓜即黄瓜。吸物即汤或清汤。刺身即生鱼片。番茶，日本粗茶。ゾチネ (Richine)，西药名。写真为照相。杨子即牙刷。齿磨即牙粉。"食烟一服"，即抽烟一支，"一服"为日本名词，即一支烟，一杯茶之意。

《日志》所记，貌似十分枯燥，多记饮食通便，身心舒不舒服、痛不痛之类，为一般记日记者所不记，似乎粗卑无聊。但要知，此所记者，是一些至为特殊的日子，是断食的日子，故多记此类事，本是十分应该的。从中更可看出：李叔同当时是拿自身来作科学实验，看看通过断食，是否真能有益于身心。所以这份《日志》更可作科学实验报告，或病案记录来读，那就不觉其枯燥与无聊，反觉李叔同办事之认真与一丝不苟。

林子青在全录《日志》于《年谱》中之后，按语里有这样一段话："从《日志》中在断食前的'祷诸大神之前，神诏断食，故决定之'、'敬抄《御神乐歌》二页'、'诵《神乐歌》甚愉快'等看来，大师在入佛之前，曾一度信过日本天理教，似系受其日籍夫人之影响，此为以前所未知。据日本学者滨一卫考证，她归日后成为天理教信徒云（见 1953 年 3 月《日本中国学会报》第 5 期，120 页。滨一卫《关于春柳社》"黑奴呼天录"的演出，李岸条）。"

关于日本的天理教，林子青又加了一则按语云：

天理教为日本宗教神道（今称新兴宗教）之一派，其教祖称中山美伎（1798—1887）。她原是大和国（今奈良县）山边郡朝和村三昧田的前川半七的长女，嫁与庄屋敷村的中山善兵卫，因名中山美伎。一八三八年十月廿三日，为其患病长子祈祷时，自称"真神"降临，要她传达神意，解救世人，后来天理教即定此日为创教纪念日。中山美伎借咒神符为人治病助产，并与家人一起传播"天理王命"，遂称天理教。

"天理王命"是天理教信仰中心十个神的总称，也称父母神。其教义为世界和人类是父母神所创造的。人必须认识神的恩惠，愉快地从事日常的神圣劳动，彼此合作，相互亲爱，消除前生恶业，实现康乐世界。

天理教的主要经典是《御神乐歌》（修行活动时的唱词）、《御笔先》（记"神示"的一七一一首和歌）和《御指图》（中山美伎等和言论集）。天理教以继承教祖血统的"真柱"为最高领导人，其教会本部设于中山美伎故里奈良天理市，盛行说教与文书宣传。总部发行《天理时报》等五种报刊。教育文化设施，设有从幼儿园、男女中学及天理大学等一系列教育机构以及图书馆、博物馆、医院、出版社、研究所和培养教会人员的专门学校。

天理教的信徒以农民、商人、职员、家庭妇女等社会中下层群众为多，最近信徒达二百万人云。

由这《断食日志》中可知，李叔同当时是信仰这天理教的，至少是在他的日本夫人影响下，与该教十分接近，有所共鸣。他之所以决定断食，还是受了天理教诸大神之"神诏"，才下定决心的。所以断食期间除写字练书法、临摹造像之外，还抄录并背诵该教的《神乐歌》，诵了以后还特有"甚愉快"的记载。

断食后的李叔同

《日志》中提到了闻玉，是浙江一师专门照顾李老师的工友，所以派他去打前战，又跟着他到虎跑寺照顾起居。其中还提到福基一名，据林子青推测，则是李叔同日籍夫人的真名。林子青为此作了一则"附记"云："近年国内外出版大师传记，提到他在俗的日籍夫人名字，或称雪子，或称诚子，或称叶子，似乎都是猜测之词。在断食'十一日——断食第六日'日志中，有'是晚感谢神恩，誓必皈依，致福基书'。又十二日断食日志有'因寒不敢起床。十一时福基遣人送棉衣来，乃披衣起'。福基也许是日籍夫人的真名，时间过了七八十年，可惜无从证实了。"此事确实已难证实了，而林子青推测之根据，还是十分有道理的。

断食期间所临各种碑帖，李本人皆一一注明书于某月某日，并作题记。后将此件交夏丏尊保存。题记云："丙辰十一月三十日至十二月十八日，断食大慈山定慧寺所书。"这份珍贵的墨宝，后被重裱成为册页。笔者有幸，曾于叶圣陶仁丈案头亲睹，并略一拜观。因为是习字，所以往往不满意即再写一个，连写三个是常见的，当然一个比一个好。至今已隔数十年，而当时圣陶丈亲手检出，供我逐页翻看的情景，依然历历在目。

断食后所摄之影，幸有闻玉宝藏一帧，并加题识，尚留人间。闻玉题云："李息翁先生断食后之象。丙辰新嘉平十九日。侍子闻玉敬题。"字迹挺秀清雅，颇得大师之耳濡目染与真传。由于更可见李叔同对闻玉的爱护与关切，决非一般主仆间的关系可比。闻玉在侍奉李老师断食的过程中，被这种坚毅的精神深深地感动，而由衷敬佩。反言之，如若没有闻玉的精心侍奉，或许断食还不一定如此顺利与成功吧！从相片看，断食后当然比断食前瘦了些，但确实精神很好。照相时李叔同手捧一本打开的书，书页朝外，可惜不能从照片上看清是什么书。他闭目端坐，蓄着短须，作静心打坐之态，安详从容，反映出他心情之平和恬适。以此与出家前的照片比，明显已换了一种神态；而以之与出家后成了弘一法师的照片比，则又似还少了几分炉火纯青、豁达随缘的心思。这正好说明，断食乃大师一生中之重大转折。受天理教诸大神之感召，决心断食，而断食后却潜心皈依佛门，这又是怎样的一种缘法啊！不可思议！

索性做了和尚

　　李叔同出家的决心，是在断食期间下定的。他一向认为，自己的年寿不会很长，所以还就在这 1916 年丙辰，为自己刻了块图章，印文即为"丙辰息翁归寂之年"。夏丏尊为弘一法师与丰子恺合作的《续护生画集》所写叙中说："和尚在俗时，体素弱，自信无寿征。日者谓丙辰有大厄，因刻一印章，曰'丙辰息翁归寂之年'。是岁为人作书常用之。余所藏有一纸，即盖此印章。"夏丏尊此处所说的那一纸，所写的是楷书，凡四行，当系造像题名之类，第四行下半落小字上下款云："丏尊社长正之　息翁。"其下即钤此印，印为白文，有边，首行"丙辰息"三字，中行"翁归"二字，末行"寂之年"三字，似不经意而自然匀帖，端严雅致，亦堪称断食之年的大好纪念品也。

　　断食之后，李叔同仍回学校教书，但那时已开始吃素了。夏丏尊在前面已引的《弘一法师之出家》一文中，接着写道：

　　从此以后，他茹素了，有念珠了，看佛经了，室中供佛像了。宋元理学偶然仍看，道家书似乎疏远。他对我说明一切经过及未来志愿，说出家有种种难处，以后打算暂以居士资格修行，在虎跑寺寄住，暑假后不再担

68

魏师度等合社人
韓奴魏文泰李弘
慈裴荀仁浩师威
賈薇慶

兩尊社長正之　息

任教师职务。我当时非常难堪，平素所敬爱的这样的好友快将弃我遁入空门去了，不胜寂寞之感。在这七年中，他想离开杭州一师有三四次之多，有时是因为对于学校当局有不快，有时是因为别处来请他，他几次要走，都是经我苦劝而作罢的。甚至有一个时期，南京高师苦苦求他任课，他已接受聘书了，因我恳留他，他不忍拂我之意，于是杭州南京两处跑，一个月中要坐夜车奔波好几次。他的爱我，可谓已超出寻常友谊之外，眼看这样的好友因信仰的变化要离我而去，而且信仰上的事不比寻常名利关系，可以迁就。料想这次恐已无法留得他住，深悔从前不该留他。他若早离开杭州，也许不会遇到这样的复杂的因缘的。暑假渐近，我的苦闷也愈加甚。他虽常用佛法好言安慰我，我总熬不住苦闷。有一次，我对他说过这样的一番狂言：

"这样做居士究竟不彻底。索性做了和尚，倒爽快！"

我这话原是愤激之谈，因为心里难过得熬不住了，不觉脱口而出。说出以后自己也就后悔。他却是仍笑颜对我，毫不介意。

暑假到了，他把一切书籍字画衣服等等分赠朋友学生及校工们——我所得到的是他历年所写的字，他所有折扇及金表等——自己带到虎跑寺去的只是些布衣及几件日常用品。我送他出校门，他不许再送了，约期后会，默然而别。暑假后，我就想去看他，忽然我父亲病了，到半个月以后才到虎跑寺去。相见时我吃了一惊，他已剃去短须，头皮光光，着起海青，赫然是个和尚了！他笑说：

"昨天受剃度的，日子很好，恰巧是大势至菩萨生日。"

"不是说暂时做居士，在这里住住修行，不出家的吗？"我问。

"这也是你的意思，你说索性做了和尚……"

我无话可说，心中真是感慨万分。他问过我父亲的病况，留我小坐，说要写一幅字叫我带回去，作他出家的纪念。他回进房去写字，半小时后才出来，写的是楞严大势至念佛圆通章，且加跋语，详记当时因缘，末有"愿他年同生安养共圆种智"的话。临别时我和他作约，尽力护法，吃素一年。他含笑点头，念一句"阿弥陀佛"。

　　自从他出家以后，我已不敢再谤毁佛法，可是对于佛法见闻不多，对于他的出家，最初总由俗人的见地，感到一种责任：以为如果我不苦留他在杭州，如果我不提出断食的话头，也许不会有虎跑寺马先生彭先生等因缘，他不会出家。如果最后我不因惜别而发狂言，他即使要出家，也许不会那么快速。我一向为这责任之感所苦，尤其在见到他作苦修行或听到他有疾病的时候。近几年以来，我因他的督励，也常亲近佛典，略识因缘之不可思议，知道像他那样的人，是于过去无量数劫种了善根的。他的出家，他的弘法度生，都是夙愿使然，而且都是希有的福德，正应代他欢喜，代众生欢喜，觉得以前的对他不安，对他负责任，不但是自寻烦恼，而且是一种僭妄了。

　　夏丏尊此文虽写于 1939 年，距李叔同之出家已二十三年之久，但所记之事实因皆深深感动于他，所以并不因岁月之弥久而印象淡薄。写得是如此真切而感人肺腑。以在俗之眼光来看出家人之苦修，不理解，完全不理解。渐渐亦懂得了些佛法佛缘，遂又代弘一法师感到欢喜，代众生替他欢喜，可谓理解了一些出家信佛的道理，反过来对自己过去的对他惋惜，感到自己有不可推卸的责任等等，不但都是自寻烦恼，而且是僭妄等等，同样也真切而感人肺腑。弘一法师在出家前，恋恋不舍于对夏丏尊的友情，自然是真切而感人的；出家之后，潜心学佛，义无反顾，勇猛精进，更为世人所景仰，当然更显真切而感人的。夏丏尊在弘一出家前后感情与认识的转变，用佛家语来说，似应属渐悟一类；而李叔同的由断食较快地即皈依佛门，每似顿悟。而两人相互间的敬重与关切，均真挚而崇高，却平淡又脱俗。如此之交谊，置之古圣贤间，决不逊色；检之现代中，真可谓绝无仅有。

弘一法师在《我在西湖出家的经过》中接着说道：

在冬天的时候，我即请了许多经，如《普贤行愿品》、《楞严经》、《大乘起信论》等很多的佛经，而于自己的房里，也供起佛像来，如地藏菩萨、观音菩萨等等的像，于是亦天天烧香了。

到了这一年放年假的时候，我并没有回家去，而是到虎跑寺里去过年了。我仍旧住在方丈楼下。那个时候，则更感觉得有兴味了。于是就发心出家，同时就想拜那位在方丈楼上的出家人做师父。他的名字是弘祥师，可是他不肯我去拜他，而介绍我拜他的师父。他的师父是在松木场护国寺里面居住的，于是他就请他的师父回到虎跑寺来。而我也就于民国七年正月十五日受三皈依了。

我打算于此年的暑假来入山。而预先在寺里面住了一年后，然后再实行出家的。当这个时候，我就做了一件海青，及学习两堂功课。在二月初五日那天，是我的母亲的忌日，于是我就先于两天以前到虎跑寺去，在那边诵了三天的《地藏经》，为我的母亲回向。到了五月底的时候，我就提前先考试，而于考试之后，即到虎跑寺入山了。

到了寺中一日以后，即穿出家人的衣裳，而预备转年再剃度的。及至七月初的时候，夏丏尊居士来，他看到我穿出家人的衣裳但还未出家，他就对我说："既住在寺里面，并且穿了出家人的衣裳，而不即出家，那是没有什么意思的，所以还是赶紧剃度好。"

我本来是想转年再出家的，但是承他的劝，于是就赶紧出家了。便于七月十三日那一天，相传是大势至菩萨的圣诞，所以就在那天落发。

落发以后，仍须受戒的，于是由林同庄君的介绍，而到灵隐寺受戒了。

灵隐寺是杭州规模最大的寺院，我一向对着它是很欢喜的。我出家以后，曾到各处的大寺院去看过，但是总没有像灵隐寺那么的好。八月底，我就到灵隐寺去。寺中的方丈和尚却很客气，叫我住在客堂后面芸香阁的楼上。

当时是由慧明法师做大师父的。有一天我在客堂里遇到这位法师了，他看到我时，就说起既是来受戒的，为什么进戒堂呢？虽然你在家的时候是读书人，但是读书人就能这样地随便吗？就是在家时是一个皇帝，我也是一样看待的。那时方丈和尚仍是要我住在客堂的楼上，而于戒堂里面有了紧要的佛事时，方命我去参加一两回的。

那时候我虽然不能和慧明法师时常见面，但是看到他忠厚笃实的容色，却是令我佩服不已的。

受戒以后，我仍回到虎跑寺居住。到了十二月底，即搬到玉泉寺去住。此后即常到别处去，没有久住在西湖了。

曾记得在民国十二年夏天的时候，我曾到杭州去过一回。那时正是慧明法师在灵隐寺讲《楞严经》的时候。开讲的那一天，我去听他说法。因为好几年没有看到他，觉得他已苍老了不少，头发且已斑白，牙齿也大半脱落。我当时大为感动，于拜他的时候，不由泪落不止。听说以后没有经过几年工夫，慧明法师就圆寂了。

关于慧明法师一生的事迹，出家人中晓得的很多，现在我且举几样事情，来说一说。

慧明法师是福建汀州人。他穿的衣服毫不考究，看起来很不像大寺院法师的样子，但他待人是很平等的。无论你是大好姥或是苦恼子，他都是一样地看待。所以凡是出家在家的上中下各色各样的人物，对于慧明法师是没有一个不佩服的。他老人家一生所做的事固然很多，但是最奇特的，就是能教化"马溜子"（马溜子是出家流氓的称呼）了。寺院里是不准这班"马溜子"居住的。他们总是住在凉亭里的时候为多，听到各处的寺院有人打斋的时候，他们就会集了赶斋去（吃白饭）。在杭州这一带地方，"马溜子"是特别来得多。一般人总不把他们当人看待。而他们亦自暴自弃，无所不为的。但是慧明法师却能教化"马溜子"呢。那些"马溜子"常到灵隐寺去看慧明法师，而他老人家却待他们很客气，并且布施他们种种好饭食、好衣服等。他们要什么就给什么。而慧明法师有时也对他们说几句佛法，以资感化。

慧明法师的腿是有毛病的。出来入去的时候，总是坐轿子居多。有一次他从外面坐轿回灵隐时，下了轿后，旁人看到慧明法师是没有穿裤子的，他们都觉得很奇怪，于是就问他道："法师为什么不穿裤子呢？"他说他在外面碰到了"马溜子"，因为向他要裤子，所以他连忙把裤子脱给他了。关于慧明法师教化"马溜子"的事，外面的传说很多很多，我不过略举了这几样而已。不单那些"马溜子"对于慧明法师有很深的钦佩和信仰，即其他一般出家人，亦无不佩服的。

因为多年没有到杭州去了。西湖边上的马路洋房也渐渐修筑得很多，而汽车也一天比一天地增加，回想到我以前在西湖边上居住时，那种闲静幽雅的生活，真是如同隔世，现在只能托之于梦想了。

这篇《我在西湖出家之经过》，是1937年由法师口述、高胜进笔记而成的，当时法师已五十八岁，但对自己出家的经过是记忆犹新的。在寄文至《越风·西湖增刊号》编者黄萍荪时，法师的信是这样写的："萍荪居士文席：惠书诵悉。老病颓唐，未能执笔撰文。惟回忆昔年琐事，为高居士完之，请彼笔记，呈奉左右，聊以塞责耳。谨复，不宜。演音疏。"文辞至为谦抑，但对此别人笔录之文无疑是过过目并认可的。文中与夏丏尊的对话，从字面上看似有出入，但这是对话，在当时又没有录音，由两方面来记述而不一致，倒才是合情合理的，更可印证所记之均为不虚。

从此，李叔同义无反顾地遁入空门，出家受戒成了弘一法师；夏丏尊由不理解到理解，由本来的在俗时的敬仰到更上一层楼的敬仰，当然不会像在俗同事那样的朝夕相处，而且每每是天各一方，而这二位之间的友谊可以说是更加深了，已起了质的变化。表面看，正如弘一法师在遗言中偈句所云——其淡如水，这才是一种最最高超的友谊，没有名利关系，更没有酒肉交情，亦是如偈句所云——君子之交，是一种超凡脱俗的君子之交。其情谊事实上是至死还难以割舍的，但却是纯而又纯，至清至亮的，至今仍不失为君子之交的榜样。

剃度前夕

夏丏尊曾向林子青谈到过：虎跑寺有大房二房之分，彭逊之出家剃度师父法轮长老，为二房主持；大师之剃度师了悟和尚，为大房之退居老和尚（见《弘一法师年谱》99页）。李叔同是1918年新年里，以居士的身份，再次到虎跑寺去习静的，正好马一浮居士介绍他的彭逊之也虎跑寺去，就法轮长老修习禅观。不料彭逊之竟在正月初八就在虎跑寺出家了，李叔同目击彭逊之出家的全过程，心中颇为感动，但一时还不想马上出家，就先皈依了虎跑退居老和尚了悟，而仍只算是在家弟子，却正式起了法名，即名演音，号弘一。

虽没有回家过年，住在寺里，还只能算是习静。所以在寺里的一些活动还是居士式的，如约了天津旧友王仁安入寺晤叙等。王仁安当时正任杭州道尹，这类事在他出家后是不再会发生的。王仁安事后记这次虎跑晤叙，还做了两首诗，即以《虎跑寺赴李叔同约往返得诗二首》为题，诗云：

步步弯环步步奇，常愁路有不通时。

却怜叠嶂青峦处，一曲羊肠到始知！

兴来寻友坐深山，竹院逢僧半日闲。

归到清波门外路，又将尘梦落人间。

（见《王仁安集·仁安诗稿·卷十七·戊午上》）

从诗看，王仁安自是个凡俗官僚，只是进山走访一下旧友，似乎已一度远离了尘嚣，直至回到清波门外，才觉又回到了人世间。这固然也是一种对佛境清静的"看法"，未免浅薄。诗题仍称李叔同，可能是根本没告诉他已有了法名，但诗中却已称李为僧。不管怎么说，这倒正说明此时李叔同已皈依佛门而尚未正式出家。

也在这一年的夏天，李叔同将他所用印章及藏章，都捐赠给了西泠印社。当时的社长叶舟，特为之在盘道入社处石壁上，凿龛庋藏，并亲自题"印藏"二字封存之，题记云：

同社李君叔同，将祝发入山，出其印章移储社中，同人用昔人"诗冢""书藏"遗意，凿壁庋藏，庶与湖山并永云尔。戊午夏，叶舟识。

自此起，直至解放，这印藏一直成为孤山西泠印社的特殊景点之一。余每次到杭州，总要在"印藏"面前盘桓良久，以示景仰。后来听说已被打开，现在这份宝贵的印章想必还在西泠印社珍藏着吧。

在立印藏的同时，李叔同把年青时候，朱慧百、李苹香两位艺妓赠送给他的诗画扇各一把，装成卷轴，赠送给夏丏尊，加题记云："息霜旧藏此卷子，今将入山修梵行，以贻丏尊。戊午仲夏并记。"

提起这两把扇子，最早的历史还应追溯到十九世纪末。当光绪二十五年已亥，公元 1899 年时，李叔同才二十岁。那时国事蜩螗，李叔同每每感慨系之。偶游北里，曾以七绝三首书赠名妓雁影女史朱慧百，朱慧百非常敬佩李叔同的才华与抱负，遂回赠了这柄折扇，扇上不但画了画，还依李叔同原韵和了三首七绝。可惜李之原诗今已不可见，但愿朱慧百处之原件它日能重现于人世间，能与和作对读，则大幸事也。朱慧百的和诗与题记现录来如下：

水软潮平树色柔，新秋景物此清幽。

小斋雅得吟哦乐，一任江河万古流。

斯人不出世嚣哗，谁慰苍生夙愿奢？

遮莫东山高养望，怡情泉石度年华。

如君青眼几曾经，欲和佳章久未成。

回首儿家身世感，不堪樽酒话平生！

漱筒先生，当湖名士，过谈累日，知其抱负非常，感事愤时，溢于言表。蒙贻佳什，并索画扇，勉以原韵，率成三截，以答琼琚。素馨吟馆主雁影女史朱慧百，设色于春申旅舍，时己亥十月小雪后并识。

从诗中不难看出，朱慧百乃才华横溢之辈，而在她的心目中，李叔同不但才华比她高，更重要的是人品高尚，抱负不凡。当时李叔同风流倜傥之神态，自可于此和作与题记中，透出几分消息。

李苹香在扇上是录其旧作，顺便亦连带题记移录如下：

潮落江村客棹稀，红桃吹满钓鱼矶。

不知青帝心何忍，任尔飘零到处飞。

风送残红漫碧溪，呢喃燕语画梁西。

流莺也惜春归早，深坐浓阴不住啼。

春归花落渺难寻，万树浓阴对月吟。

堪叹浮生如一梦，典衣沽酒卧深林。

满庭疑雨又疑烟，柳暗莺娇蝶欲眠。

一枕黑甜鸡唱午，养花时节困人天。

绣丝竟与画图争，转讶天生画不成。

何奈背人春又去，停针无语悄含情。

凌波微步绿杨堤，浅碧沙明路欲迷。

吟遍美人芳草句，归来采取伴香闺。

　　辛丑秋日，为

惜霜先生大人　两政

苹香录旧作于天韵阁南窗下

这是名艺妓真心仰慕才子名流的实情流露之一，时为光绪二十七年，1901 年之秋，李叔同年方二十二。

到他出家时特将二扇裱成卷轴，赠与夏丏尊来为他保存，这不仅证明李叔同对二妓情谊之珍惜，更表明他对夏丏尊情谊之不凡。他虽出家了，而且是义无反顾地出家苦修去了，但他对在家的夏居士的情缘，却是至死不逾的。

　　当然，李叔同出家时分赠给在家时书物的人，不至夏丏尊一人，但丰子恺、刘质平等是学生，闻玉是校工。上海城东女校校长杨白民先生处，他亦特地写了"南无阿弥陀佛"直幅邮赠，还附了信，信中说：

白民老哥：
　　赠兄之阿弥陀佛直幅，乞收入。
　　又一小条乞交质平——孝先款。其余四包，乞依包面所写者分送之。
　　费神！至好不言谢也。
　　　　　　　　弟婴顿首　五月廿二
　　又《类腋》及《楹联丛话》各一册，系前送上之书籍内所缺者，故补奉之。附致质平函乞转交，弟定明晨入山。

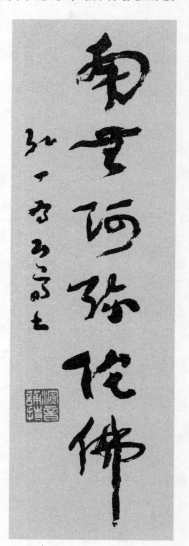

　　杨白民年纪比李叔同大，而且从订交年份看，比夏丏尊早得多，亦为至交，而他于1924年就去世了，所以论交谊之深，尚不及夏丏尊。再者此书为专叙李、夏二人交谊者，恕此从简。

香光庄严　潜心治律

　　1918年，民国七年戊午七月十三日，李叔同正式披剃于杭州大慈山虎跑寺，时年三十有九。他所皈依的是了悟法师。剃度的第二天，夏丏尊即到虎跑寺去看望，此时李叔同已成了弘一法师，法名演音，号弘一。法师让夏丏尊在外室小坐，独自一人入内室，约半小时后，写好了一幅字，拿出来赠予夏丏尊，写的是《楞严经》之一节《念佛圆通章》，经文云：

　　譬如有人，一专为忆，一人专忘。如是二人，若逢不逢，或见非见。二人相忆，二忆念深。如是乃至，从生至生，同于形影，不相乖异。十方如来，怜念众生，如母忆子。若子逃逝，虽忆何为？子若忆母，如母忆时，母子历生，不相违远。若众生心，忆佛念佛，现前当来，必定见佛，去佛不远。不假方便，自得心开。如染香人，身有香气。此则名曰：香光庄严。

　　共写了六行半，便在左下空白处，题了四行款，款文云：

　　戊午大势至菩萨诞，剃度于定慧禅寺，翌日丏尊居士来山，为书《楞

譬如有人一專為憶一人專忘如是二人若逢不逢

或見非見二人相憶二憶念深如是乃至從生至生

同於形影不相乖異十方如來憐念眾生如母憶

子若子逃逝雖憶何為子若憶母如母憶時母子歷

生不相違遠若眾生心憶佛念佛現前當來必定見

佛去佛不遠不假方便自得心開如染香人身有香氣

此則名曰香光莊嚴

戊午大勢至菩薩誕 剃度於定慧禪寺翌日
南亭居士朱幼山為喜楞嚴念佛圓通章願它年
同生安養聞妙法普回施有情共圓種智
大慈山當來沙彌弘一並記 七月十四日

严·念佛圆通章》，愿它年同生安养，闻妙法音，回旋有情，共圆种智。

　　大慈山当来沙弥演音并记　七月十四日

　　下钤"演音"长方形白文章。

　　细观此幅，字体自然仍未完全脱离在家时之笔致，但已有一定的脱俗皈佛的意向。这应是李叔同出家成为弘一法师后的头一幅书法作品，是具有重大转折寓意的作品，却又正是写赠夏丏尊的。此后弘一法师不断作书，风格更多有变。尤其听了印光法师劝告后，更有明显的变异，此乃后话，兹暂不叙。仅就特选这一段经偈来书赠丏尊，其寓意自是特殊又特殊，至为深切的。其间自有珍惜昔日二人情谊的一面，又有一己皈依佛门勇猛精进的一面，还有淡淡规劝居士静心念佛的一面。如此等等，都是十分明确的，又已皆尽在不言之中。

　　夏丏尊自此，亦对李叔同的皈依佛门有了新的认识，由惋惜变成理解，更进而变成景仰。从而开始了僧俗两人间不可多得的相敬互重，为世人立下了情挚如胶又其淡如水的交谊楷模。

　　不久，中秋节来临，弘一法师又在扇面上临《秦峄山刻石》，送给夏丏尊，题记云："中秋书扇，补书古德偈语三首，赠夏丏尊。"

　　九月，弘一法师到灵隐寺受戒，马一浮赠送给他《灵峰毗尼事义集要》与《宝华传戒正范》二书，弘一法师披览之后，更下定决心要修学戒律。后来他在《四分律比丘戒相表记自叙》里这样写道："余于戊午七月，出家落发。其年九月受比丘戒。马一浮居士贻以《灵峰毗尼事义集要》，并《宝华传戒正范》，披玩周环，悲欣交集，因发学戒之愿笃。是冬获观《毗尼珍敬录》，及《毗尼关要》；虽复悉心研味，而忘前失后，未能贯通。庚申之夏，居新城贝山，假得弘教律藏三帙；并求南山《戒疏》、《羯磨疏》、《行事钞》，及灵芝三记。将掩关山中，穷研律学。乃以障缘，未遂其愿。明年正月，归卧钱塘，披寻《四分律》；并览此土诸师之作。以戒相繁杂，记诵非易，思撮其要，列表志之。辄以私意，编录数章；颇喜其明晰，便于初学。三月来永宁（温州），居城下寮。读律之暇，时缀毫露。逮至六月，草本始讫，题曰《四分律比丘戒相表记》。数年以来，困学忧悴。因是遂获一隙之明，窃自幸矣！尔后时复检校，小有改定。惟条理错杂，如治棼绪。舛驳之失，所未能免。幸冀扣贤，亮其不逮，刊之从正焉！时后十三年岁在甲子八月大慈后学演音敬书。”

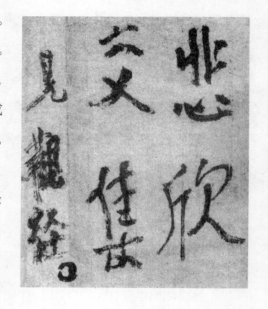

由此可知，法师于出家不久即精研起戒律来，费时六七年才初步鳌订定稿，真可谓潜心发宏愿，为利于初学而不遗余力啊！发愿之初，即具悲欣交集之心，直至其最终圆寂，仍以书"悲欣交集"四字作结，其苦修治律之恒心，真令后人永久景仰。

丏尊丧父

就在弘一法师剃度这年的九月，夏丏尊的父亲心圃公寿恒弃养归道山了。法师即用其戒后缘者所施之笔墨与纸，为追荐丏尊先父之亡灵而写了《地藏本愿经》一节，以为回向。这一节的经文是这样的：

劝于阎浮提众生，临终之日，慎勿杀害及造恶缘，扫祭鬼神，求诸魍魉。何以故？尔所杀害乃至拜祭，无纤毫之力利益亡人，但结罪缘转增深重。假使来势或现在，其得获圣分生人天中，缘是临终被诸眷属造是恶因，亦令是命终人殃累对辩，晚生善处。何况临命终人在生未曾有少善根，各据本业，自受恶趣，何忍眷属更为增业。譬如有人从远地来，绝粮三日，所负担物，强过

85

百斤，忽遇邻人，更附少物。以是之故，转复困重。

经文凡七行，末行复小字题记云：

戊午九月入灵隐山乞戒受纸笔墨，时丙尊丧父，为书《地藏本愿经》一节。释演音。

下钤朱文"弘一"一章。

特选这一节来追荐亡灵，寓意是非常明确的。更主要的还是在劝戒活着的人不要为祭奠而去杀生，以及铺张浪费。当然，追悼亡灵，祭奠诵经放焰口等等，又是佛教之礼仪，自不可免，所以弘一法师还专门复丙尊一信，谈及此事。此信全文如下：

示悉，师傅有他事不克依尊命，已由演音代请本寺宏祥师及永志师二位，于初十晨八时前至尊府，念普佛一日，至晚八时止（不放焰口）二师道行崇高，为演音所深知，故敢绍诸仁者。是日二师来时，不带香灯师，由尊处命茶房一人。布置伺候一切。布置大略图说附奉。务请于事前布置完善，俾免临时匆促。牌位二份附呈。佛位已写好。灵位（图略）请仁者自填，并须做位架二具，张列牌位。灵位供灵前，又灵前亦以上茶上供及香烛。二师儭仪由演音酌定，共送拾圆。因宏祥师极不易请到，永志师亦非常僧，故宜从丰以结善缘也，今日料理一切极忙，草草奉复。明晨第二次车准赴嘉兴。

丏尊居士

演音

宏祥师送经券及演音送经券附奉。请于初十供灵前，是晚随牌位焚化。

由于夏丏尊致弘一法师的信，一封也未被保存下来，这是比较遗憾的。但佛家向以为四大皆空。出家前之书物都已分送友朋，出家后本宜一无长物，不保留友朋之信札，自亦可以理解。不过夏丏尊去信的内容，倒亦不难猜得一二，诸如敦请法师代请高僧为先父追荐亡灵等等。总之，这一封信是全为帮助丏尊安排丧事的。从中可看出：夏丏尊因深受李叔同出家之感动，即已茹素供佛念佛，今遭大故，自然办丧事要依佛家之法，所以函求弘一法师依佛门之规矩，代为张罗与布置一切；而弘一本人因有赴嘉兴找佛经之事实难分身，故只得代请高僧。而信中如此道道地地地安排一切，均可看出法师为人之厚道，办事严肃认真，一丝不苟。但因为已经出家，对生生死死诸多事已完全看穿，故绝无忧伤之词语流露。如此交谊，洵不可多得者也。

爱子之情

上一节已引及弘一法师致夏丏尊的信，并论及丏尊给弘一的信之未被保留等节。而由于夏丏尊对弘一法师的极度景仰，反过来对法师的来信，均一一珍藏起来。在他身后已由其后人连同其它墨宝，将信札全份都捐献给了上海博物馆。所以在编法师全集时已被全文编入《书信卷》，复在法师诞生一百二十周年之际，将这份极为珍贵的祖国文化瑰宝影印行世了。这确实是对大师的最好纪念，更为研究法师打开了方便之门。

在《书信卷》中，仅信件通数（数量）而言，致夏丏尊的信还不是最多的，共有一百通。而致刘质平与蔡丏因二人的信，均达一百一十通之多，可谓并列第一，因此夏丏尊只能名列第二，但就内容丰富、文字总数量等方面看来，致夏丏尊的信，无疑还是名列前茅的。

因景仰法师，宝爱法师的墨迹，几乎已成为人同此心之共识，所以凡与法师有直接交往与之通信的人，都完好地保存着信件，所以全集中的书信集，还是相当宏富的。

全集中《书信卷》的编排，是以人为系，分别均以年代顺序来排列的，所以上节所引之信已是第三封。在此必须补叙第一、二封。

弘一法师致夏丏尊的头一封信，是 1918 年六月十八日写于杭州虎跑

锡爵部志 居士戒腊箪瓢自甘居士

父之病日剧宜多设念佛往生之境遇以一念

最为紧要要居士念知此念佛而往

生可以自力不足居士居长时勤念之能亲

生西方脱离生死轮回世间大孝莫有过於

是者净土经论集说昭厥庆经是可备引以

诸阅净范居士将来杭花决生梅内沟起信

论父病少向居士之以往馈此拍老人使信

嘉於决生特奉范居士仁慈亦家体残通

而母念 丙寅六十 坐下 演音稽首

六月十六日

寺的。信全文如下：

　　赐笺敬悉。居士戒除荤酒，至善至善。父病日剧，宜为说念佛往生之
法。临终一念，最为紧要。（临终时，多生多劫，小来善恶之业，一齐现
前，可畏也。）但能正念分明，念佛不辍，即往生可必。（释迦牟尼佛所说，
十方诸佛所普赞，岂有虚语！）自力不足，居士能助念之，尤善。劝亲生
西方，脱离生死轮回，世间大孝，宁有逾于是者！（临终时，万不可使家
人环绕，妨其正念。气绝一小时，乃许家人入室举哀，至要至要。）《净土
经论集说》，昭庆经房皆备，可以请阅。闻范居士将来杭，在佚生校内讲
《起信论》。父病少闲，居士可以往听。《紫柏老人集》（如未送还）希托佚
生转奉范居士。不慧入山后，气体殊适，可毋念。

丏尊大士坐下

演音稽首　六月十八日

　　信中"不慧"一词乃法师自谦之第一人称称谓，在信中不多用，多自
称名，后来每多用"朽人"作自称。

　　此信写于他入山之后、落发之前，故自称已用法名，而称丏尊则用大
士。正式皈依佛门后，则称在家人多用"居士"矣。

　　夏丏尊在李叔同要出家的感召下，也开始吃素并戒酒，可证佛力之深
远。此时又正值他父亲病重，故更有求于演音，希望他能为父亲祈求，解
脱苦厄。演音则于信中一一开示之。此信作为致夏丏尊信全帙之首，至为
宝贵。书写于自制笺之上，笺上自绘一僧打坐于芭蕉叶上，双手合十，作
闭目念佛之态；右下又绘制一印，朱文一李字，素雅而淡泊，当是下决心

出家后特制，在致夏丏尊信中用此笺仅两回。笔体仍用基本楷而略带行草之意，行气挺拔，夹注小字亦复如是，仍皆清晰易辨。语重心长，至为亲切，宛如与之面谈一样。

书信集中之第二封信，并没有被夏丏尊自己保存，就中又有一段特殊的因缘。原来是因为赵平复万分景仰李叔同而缘分不够，两次都只差一步，未能赶上。先是见到李叔同之字，即敬佩不已，想拜之为师而无缘；再次是到浙师求学，又正好李老师已出家为僧了。夏丏尊老师出于对赵平复同学一片冰心的赞赏，便把这封短信送给了赵平复同学，让他保存。赵得之如获至宝，更题了一则《自志》于信后，一并珍藏了起来。这位赵平复君，就是著名的左联五烈士之一的柔石。他的《自志》是这样写的："余幼鄙，不知叔同李先生为人。然一睹其字，实憾师之不及者。共和七纪（1918），余学武林师校，适先生弃世为僧，故又不及见其人而得其片幅。先生知交夏先生丏尊嘉余诚，以此作赠。余乐而藏之。此非余之好奇，实余之痼性也。赵子平复自志。"由此可见柔石对李叔同的为人与学养（包括书法）有多么景仰！亦正因此，夏丏尊才肯将一己所得之信札转赠柔石，真是一片爱学生如爱儿子的心啊！信中所说仁者是否即指柔石？已无由知其详了。

《书信集》在此信后加了一则注文，谨此转示：

此札由上海彭长青氏录示，谓录自一九八一年《西湖》杂志第二期盛钟健所作《佛学思想时柔石的影响》一文中（柔石原名赵平复，左联五烈士之一，为鲁迅先生之友）。后有赵子平复自志云："（文已见前，从略。）"信中之楼启鸿为乐石社社友，字秋宾。此札当作于1918年弘一法师出家后未受具戒之间。

此信被列为第二封是准确无误的。由此一信之被转让而言，本亦平常。而小中见大，让世人见到的却是三个人的不平常的交谊。通过烈士仰慕李老师之忱，显现的则是李、夏两老师父母般爱子之情。

始书佛语　广结善缘

正如前节信中提到的，写信的第二天，弘一法师果然乘火车从杭州到嘉兴去了。

这次法师去的目的非常明确，因为嘉兴的精严寺藏经之富，除有一部清代的藏经之外，还有石经等。法师既已出家，并潜心研律，此行是必不可少的。

精严寺座落在嘉兴市中心，是当时最大的丛林。寺始建于东晋，相传晋咸帝时，是由尚书徐熙舍宅为寺的，还有会发光的井，人称灵光井，寺更因井而命名为灵光寺。宋真宗大中祥符（1008—1016）间改名为精严寺。历史堪称悠久，而当时所存寺宇已为清咸丰、同治间所修建者。但寺中尚存唐懿宗咸通七年（866）始建之尊胜陀罗尼经幢两座；还有十二间石屋收藏石经；还有吴越国王安放之佛国金塔等等，名闻遐迩。这次弘一来寺是应上海世界佛教居士林范古农居士之请而来的，是专门来藏经阁读这部清藏的；并且是受范居士与嘉兴佛学会之请，来检理这部经藏的（嘉兴佛学会即设于该寺藏经阁），并为寺藏许多经书一一题写签条，以便使用与查检。

弘一法师本想出家后书法活动也作为俗务之一，要停止并废弃的，倒是听了范古农居士之劝告，不再写别的，专写佛偈，正好可用它来广结善缘之手段，才从此开始了佛学的书法活动的，范古农于《述怀·交游之琐迹》一节中专门谈到了此事，文章说：

民国七年师将出家，大舍其在俗所有书籍笔砚，以及书画印章乐器等于友生。道出嘉兴，持杭友介绍书见访，垂询出家后方针。余与约，如不习住寺，可来此间佛学会住，有藏经可以阅览。故师出家后，即于九、十月间来嘉兴佛学会，会中佛书每部为之标签，以便检阅。会在精严寺藏经阁，阁有清藏全部，亦曾为之检理，住时虽短，会中得益良多。

时时颇有知其俗名而求墨宝者，师与余商："已弃旧业，宁再作乎？"

余曰："若能以佛语书写，令人喜见，以种净因，亦佛事也，庸何伤！"师乃命购大笔、瓦砚、长墨各一，先写一对赠寺。余及余友求者皆应焉。师出家后以笔墨接人者，殆自此始。居今约两月，杭州海潮寺请一雨禅师打禅七，马一浮先生招之往，遂行。此后尝住杭清涟寺，居士程中和常亲近焉。时余每年春首暑假，必赴杭佛学会讲经。九年春讲《十二门论》毕，与会友游清涟寺，众请师开示念佛，师以撷《普贤行愿品疏钞》相托，余返里撷之于课余，至暑假即赴杭州会讲演。翌年师将赴新登山上闭关，程居士即出家名弘伞，皆伴往护关，余与会友往送，摄影而别。自后师入山而先后游衢游瓯，北返则息影于慈北之金仙，上虞之晚晴。迨十八年后，游闽讲学著书，绝少返北，与余相见之缘遂尔终断，间或因问法及介绍皈依，稍稍通讯，师辄笔答以邮片，仅二三语而已。

由此可见法师与范古农（寄东）居士一段重要交往，从此开始了法师用书写佛法来弘扬佛法并广结善缘的大量活动，为世人留下了难以数计的书法作品。

海潮寺在杭州市东望江门外闸口，前临钱塘江，为杭州四大丛林之一，与灵隐、净慈、昭庆诸寺齐名。"钱塘观潮"自古为东越胜景，除海宁为观潮胜地外，此寺乃杭州观潮之佳处。相传此寺于唐代即为潮神庙。后改为佛刹，因濒江，故又称滨教寺。明代称镇海禅寺。清代称海潮寺。此次法师应马一浮居士之邀约，由嘉兴精严寺于专诚前来，是参加打七活动的。

清涟寺即玉泉寺，座落在楼霞山与灵隐山之间，距岳坟不远。相传南齐高帝建元（479—482）中，著名僧人昙超法师曾说法于此。寺内因有珍珠泉，顿足即出状如珍珠之泉水气泡，晶莹明净，遂命名此泉曰玉泉，并以玉泉名寺。寺内有方池亩许，养鱼其中，以供游人观赏。"玉泉观鱼"遂为西湖三十六景之一。后晋高祖天福三年（938）改建，名净空院。南宋理宗绍定（1228—1233）间，赐名玉泉净空院。清康熙三十八年（1699）改名清涟寺，而更为世人习知的，还是玉泉之名。咸丰年间毁于火。光绪年间寺僧精觉上人重建，遂正名曰玉泉寺。弘一法师曾先后四次来过此寺，这次自嘉兴返杭，乃首次到寺。

这一年的岁暮，杨白民来玉泉寺访问弘一法师，法师为他写了两则训言，并题记云：

古人以除夕当死日。盖一岁尽处，犹一生尽处。昔黄檗禅师云：豫先若不打彻，腊月三十日到来，管取你脚忙手乱。然则正月初一便理会除夕事不为早；初识人事时便理会死日事不为早。那堪荏荏苒苒，悠悠扬扬，不觉少而壮，壮而老，老而死；况更有不及壮且老者，岂不重可哀哉？故须将除夕无常，时时警惕，自誓自要，不可依旧蹉跎去也。

余与白民交垂二十年，今岁余出家修梵行，白民犹沉溺尘网，岁将暮，白民来杭州，访余于玉泉寄庐，话旧至欢。为书训言二纸贻之，余愿与白民共勉之也。戊午除夕雪窗大慈演音。

另一纸所写为《十善法》，题记云：

戊午岁暮，为白民书《十善法》，勉旃。西湖定慧弘一释演音，时客玉泉清涟。

杨白民（1872—1924），上海人，早年留学日本，即专政女子教育，回国后即在故乡上海南京办了所城东女学，一时在上海成为一所十分著名的学校，成绩斐然。杨白民与李叔同交谊至深，黄炎培、萧退庵、吕秋逸等，都曾在城东女学任教。杨白民去世后，此墨宝由其女杨雪玖保存，而此原件不知犹存人世否！？深惜杨白民先生谢世过早，要不他与弘一法师的交谊或不亚于夏丏尊。

身教代代传

　　曹聚仁作为李叔同的学生，曾写有《李叔同》一文。文中这样写道：在我们教师中，李叔同先生最不会使我们忘记。他从来没有怒容，总是轻轻地像母亲一般吩咐我们。……他给每个人以深刻的影响。伺候他的茶房，先意承志，如奉慈亲。……"我们的李先生"（同学间的称呼），能绘画，能弹琴作曲，字也写的很好，旧体诗词造诣极深，在东京时曾在春柳社演过茶花女；这样艺术全才，人总以为是个风流蕴藉的人，谁知他性情孤僻，律己极严，在外和朋友交际的事，从来没有，狷介得和白鹤一样。……民国五年，他忽然到西湖某寺静修，断食十四天，神色依然温润。七年七月，他乃削发入山，与俗世远隔了。我们偶而在玉泉寺遇到他，合十以外，亦无他语。有时走过西泠印社，看见崖上的"印藏"指以相告，曰："这是我们李先生的。"……李先生之于人，不以辩解，微笑之中，每蕴至理；我乃求之于其灵魂所寄托的歌曲。在我们熟习的歌曲中，《落花》、《月》、《晚钟》三歌正代表他心灵的三个境界。

　　《落花》代表第一境界：

　　纷，纷，纷，纷，纷，纷，……

惟落花委地无言兮，化作泥尘；

寂，寂，寂，寂，寂，寂，……

何春光长逝不归兮，永绝消息。

忆春风之日暝，芳菲菲以争妍。

既乘荣以发秀，倏节易而时迁，春残。

览落红之辞枝兮，伤花事其阑珊，已矣！

春秋其代序以递嬗兮，俯念迟暮，

荣枯不须史，盛衰有常数！

人生之浮华若朝露兮，泉壤兴衰；

朱华易消歇，青春不再来。

这是他中年后对于生命无常的感触，那时期他是非常苦闷的，艺术虽是心灵寄托的深谷，而他还觉得没有着落似的。不久，他静悟到另一境界，那便是《月》所代表的境界：

仰碧空明明，朗月悬太清！

瞰下界扰扰，尘欲迷中道！

惟愿灵光普万方，荡涤垢滓扬芬芳。

虚渺无极，圣法神秘，灵光若仰望！

他既作此超现实的想望，把心灵寄托于彼岸。顺理成章，必然走到《晚钟》的境界：

大地沉沉落日眠，平墟漠漠晚烟残；

幽鸟不鸣暮色起，万籁俱寂丛林寒。

浩荡飘风起天杪，摇曳钟声出尘表；

绵绵灵响彻心弦，眇眇幽思凝冥香。

众生病苦谁持扶？尘网颠倒泥涂污。

惟神愍恤敷大德，拯吾罪恶成正觉；

誓心稽首永皈依，瞑瞑入定陈虔祈。

倏忽光明烛太虚，云端仿佛天门破；

庄严七宝迷氤氲，瑶华翠羽垂缤纷。

浩灵光兮朝圣真，拜手承神恩！

仰天衢兮瞻慈云，忽现忽若隐。

钟声沉暮天，神恩永存在，

神之恩，大无外！

曹聚仁作为李老师的门生，能作出对老师思想变化的如此三段论的分析，还真是下了一定功夫的，对后人理解李叔同心灵境界来说，确是颇有参考价值的。

曹聚仁又作为夏丏尊的门生，在他另一文《后四金刚》中，也有一段话，值得一读：

一师的前后四金刚，以及"五四运动"前后的同学们。在杭州有一组织叫做"明远学社"，那是以经子渊校长为中心的同学会。在上海，有一个无形组织的同学会，便是开明书店，那是以夏丏尊师为中心的通讯处。

夏老师以外，李叔同师（弘一法师）、刘大白师、陈望道师、姜丹书师、朱自清师，以及丰子恺、傅彬然、朱文叔诸兄，无意之中，形成了呼吸相通的文化集团。我呢，也就和他们保持相当密切的连系，有着涸辙之鱼、相濡以沫之意。我们在大时代中，体会到一种声气相求的温暖之情。

一九四五年，抗战胜利，师友交集上海；那时，经校长逝世已七周年，弘一法师也于抗战中期圆寂。一日，在开明书店召开同学会，他们指定我和施存统兄讲演；施兄讲《非孝的故事》，我便讲《战地流转中的遭遇》。——想不到我写这段回忆时，施存统兄恰在北京逝世了。

唉！"故旧沦散尽，余亦等轻尘！"

这段文字虽不是专门叙及夏丏尊老师的，但夏丏尊老师直到抗战胜利，依然在关心着一师时代的师生们，正可与"总是轻轻地像母亲一般吩咐我们"的李老师媲美，同在这些老学生中留下永不磨灭的印象，这种身教，更在诸多学生中生根发芽，并代代传承下去。

金兰沧桑

1919 年，民国八年己未，弘一法师还住在杭州清涟寺，他的老朋友袁希濂到寺里看望已出家的旧雨。法师似看出了袁希濂有一定的"佛根"，故对他说，他的前世就是个和尚，所以劝他朝夕都要念佛。袁希濂与法师之订交早在光绪二十三年丁酉。有关二人之交往幸有袁希濂写有《余与大师之关系》一文存世，世人方得知其大略。今引录如下：

逊清光绪丁酉，余肄业上海龙门书院。是年秋闱报罢，余集合同志，于本书院每月月课外，假许订园上舍城南草堂，组织城南文社，每月会课一次，以资切磋。课卷由张蒲友孝廉评阅，定其甲乙。孝廉精研宋儒性理之学，旁及诗赋。戊戌十月文社课题为"朱子之学出自延平，主静之旨与延平异，又与濂溪异，试详其说"。当日交卷，另设诗赋小课，散卷带归，三日交卷，赋题"拟宋玉小言赋"，以题为韵。是时弘一大师年十九岁，初来入社，小课拟小言赋，写作俱佳，名列第一，此为余与师相识之始也。师俗姓李，名成蹊，号漱同，亦号瘦桐，后更名广平，又更名息，字曰叔同，又字曰惜霜。原籍浙江平湖，世为天津盐商，家资甚富。其父入宛平学，与李文忠公鸿章为会试同年，年七旬而生师，盖庶出也。师本为富贵公子，自幼即敬老怜贫，疏财仗义，年少多才，新学旧学俱有根柢。戊戌政变后，京津之士有传其为康梁同党者，乃奉母南迁。初赁居于法租界卜邻里，翌年己亥，乃迁于青龙桥之城南草堂，与许幻园同居。师于诗文词赋外，极好书画。其与江湾蔡小香、江阴张小楼、华亭许幻园及余，尤为莫逆，吾等五人遂结金兰之谊，誓同甘苦。翌年庚子三月，在上海福州路杨柳楼台旧址组织"上海书画公会"，为同人品茶读画之所，每星期出书画报一纸，常熟乌目山僧宗仰上人，及德清汤伯迟、上海名画家任伯年、朱梦庐、书家高邕之俱来入会。翌年小楼赴扬州东文学堂之聘，师入南洋公学，余入广方言馆，幻园纳粟出仕，蔡小香医务加忙，无暇于文艺，于是书画会遂以停止。壬寅年各省补行庚子科乡试，师亦纳监入场，报罢后仍回南洋公学，于课余之暇，并担任某某报笔政，然吾五人因各有所事，不能常聚首矣。余于癸卯乡试落第归来，未入广方言馆，就瞿姓教读一席。星期日吾二人偶或聚首。甲辰余东渡，留学东京法政大学，师亦于翌年东渡，入上野美术专门学校，中国学生之得入日本美术学校者，以师为第一人也。顾虽同在东京，而各人功课俱繁重，不能时常聚首。辛亥年余就事天津，旋任法曹。师为直隶模范工业学堂图画教员，星期常得聚首。其家在天津某国租界，夏屋渠渠，门首有进士第匾额，余曾数次饭于其家。师之兄为天津名医，兄弟极相得，且富有资产，一倒于义善源票号五十余万元，再倒于源丰润票号亦数十万元，几破产，而百万家资荡然无存矣。民国元年，师应上海《太平洋报》之聘，主持笔政，赁一室于西门外之宁康里，安置眷属。旋至浙江杭州为师范学校图画音乐教员，有音乐杂志之出版，写作之佳，千古独绝。民国三年甲寅，余调浙江法曹，再得与师时常聚首，并有老友夏丏尊亦与师为莫逆交。公余之暇，吾三人常徘徊白苏二堤，领略湖光山色。翌年己卯，余调任永嘉，又与师及丏尊分袂矣。朋友会合如此其难，不禁感慨系之。民国七年戊午，余再调杭州，而师已出家。余因公务大繁，不克寻访。翌年己未，余调任武昌，知师在玉泉寺，乃往走别。师谓余前生亦系和尚，劝令朝夕念佛；并谓有《安士全书》，必须阅读，不可忘却等语，郑重而别。顾余当时对于念佛未起信心，而《安士全书》无从购觅，且身为法曹，不事交游，每日案牍劳形，夜以继日，更无与僧侣往来之机会，然念念不忘《安士全书》也。直至民国十五年在丹阳县任内，始得《安士全书》，急披读之，始恍然于学佛之不可缓，乃于署中设立佛堂，每晨念佛，并跪诵《大悲忏》，顶礼诸佛菩萨。十六年交卸后，急寻印光大师皈依之。是年腊月，乃从根本上师持松师父学密。直至今日，未敢一日懈怠，是则余学佛之机，不可谓非弘一大师启迪之也。十七年师来上海，住江湾丰子恺家，余与小楼、幻园同往访之。其时蔡小香早已去世，相与叹息，不胜今昔之感。于是吾四人重摄一影，并由师亲笔题跋其上，此照片为黄警顽借去遗失，殊可惜也。十八年又于夏丏尊家与师会晤，以后遂不克见师之面矣。幻园已归道山，小楼在重庆，闻其专修密宗，精进不懈，然亦久未通信。今师已涅槃，余自谓苟能常此修持，正其知见，不停不变，将来常寂光净土中必能相见也。愿与学佛诸同志共勉之。

袁希濂，又名仲濂，上海宝山人，学法政，并从事法政工作毕生，却能在弘一法师之感召下亦潜心学佛，可见弘一为人不凡之一斑。在结金兰之谊的五兄弟中，李叔同比袁希濂等却年轻，而终能影响及袁与张小楼等亦都学佛，这或与在城南文社时李叔同即名列前茅，使兄长们就都敬佩其才华有关，但我想，更重要的是在法师的人品，迫使他们不得不佩服。

《安士全书》的作者是清代昆山周梦颜，又名思仁，字安士。博通经藏，虔信净土法门。

文中说到那四人重摄一影，法师还亲笔题跋其上，在袁希濂手的一帧虽已遗失，而题跋文字尚存于世。文曰：

余来沪上，明年岁在庚子，共宝山蔡小香、袁仲濂，江阴张小楼，云间许幻园诸子，结为天涯五友，并于宝记像室写影一帧。尔来二十有八年矣，重游申渎，小居江湾缘缘堂。蔡子时已徂化，唯袁、张、许子犹数过谈，乐说往事，乃复相偕写影于宝记像室。是时改元后十六年，丁卯十月一日，袁子年五十四，张子五十一，许子五十，余四十八。写影自右依齿

"天涯五友图" 1899 年摄于上海

104

序焉。无着道人。

一晃距当年结金兰时三人合影，竟已过去了二十八年，当年年方二十的小弟弟，今亦已四十八岁，兄长们都已逾或已经半百，还有一人竟已作古，能不感慨系之吗？仍由小弟弟在照片上作题记，语气虽平和，并特提出"乐说往事"，而心潮之不平，自已不言而喻矣。

斟酌药方 随声赞颂

1919 年初夏，弘一法师想起了萧蜕庵乃祖上三代是医之名医世家，而又想到普济世人正需要解苦厄于病楚之中，联想到一己在出家前一次得病，多方求医均无甚疗效，而一请到萧蜕庵，马上药到病除，便把尤惜阴居士施赠他止咳丸的药方寄给杨白民，托他转遁给萧，让他帮助择定并添改，哪个方子治哪种咳嗽最为合宜，以便用不同药方可治不同的病人。信是这样写的：

杨白民转萧蜕公：

前获尊片，欣慰无已。尤惜阴居士施送止咳丸，谓其效卓著。窃谓咳嗽之疾有多种，似未可执定一方。以此方虽善，或亦有时未能适用。闻萧蜕公居士精于医理，兹附寄原方，乞为转呈蜕公，乞彼详为斟定：何种咳嗽，服此最宜，何种咳嗽，服此亦可，何种咳嗽，服此不宜。请彼详细写录，即迳寄上海兰路七二七号尤惜阴居士手收。余为慎重人命起见，故敢代为陈请，想蜕公当甚愿惠教也。若此方配合之药品分量有须变易者，亦乞写示。率陈不具。

四月十五 演音疏

附二纸，拜此函乞同寄蜕公居士，至感。

萧蜕庵（1875—1958），字中孚，初名敬则，后以退闇闻世。则署退庵、蜕公、本无居士，江苏常熟人。博通经文，善诗文，精小学。参加南社，与李叔同、余天遂、叶玉森、沈尹默、马叙伦等，同为南社著名书法家，亦擅篆刻。尤惜阴（1872—1957），名雪行，又名秉彝，江苏无锡人，精堪舆宅运之学。1928年冬曾与弘一法师结伴离沪南行，法师一度虽想偕之同去泰国弘法，结果因它事未克同行而滞留在厦门。尤惜阴则远游暹罗学佛，后出家，法名演本，号弘如。后定居南洋槟城。

由此信可看出，弘一法师为救人于苦厄，不惜辗转求教，为免因方之欠周、欠针对性而误诊。尤惜阴既是他的旧交，慨然施送止咳丸药给法师治病，法师则拿出求真理的诚笃之心来进一步探求能有各种针对性的药方。情面等等则都是次要的，这一句"慎重人命起见"貌似普通，实孕含着多少普济苍生的慈悲心肠啊！

到盛夏时，弘一法师便又回到断食和出家的老地方虎跑寺去结夏了。夏丏尊又一次去虎跑大慈寺看望法师。弘一即拣出现成写好的《楞严经》数则送给夏丏尊。经文是写在空白书页上的，凡三纸，第一、二页十一行，第三页前面裁去了两行。每行钞十八字，应该是用印格衬垫着写的，想必是写得不满意或有错字，故裁去了接着写。好在是各各独立的几则。墨笔钞录后又施以朱圈断句，足见钞录时之认真与虔敬。字体为瘦硬之楷书，而娟秀清平。首页首行顶格写"楞严"二字，经文每则亦顶格，最后空两行，款即占其一行，字体与正文一致而更小，颇似一气呵成者。或者丏尊来访前正好刚写至此，便接着落款相赠。款亦顶格写，云："己未中伏，丐尊来大慈，检手写《楞严》数则贻之。定慧弘一净行近住释演音并记。"下面没有用印。这也是件法师重要的书法作品。

也就在这个夏天，大慈寺了悟上人请华德老人在寺教习偈赞之宣唱，弘一法师亦随众僧学唱。不久他又去玉泉，而特为此事，手录了《颂赞》一册。当然不可能全钞，因为赞词太多了，一时根本钞不全。法师将此册署为《赞颂辑要》，并加弁言云：

赞颂之体，原出经论，流传东土；后世转展，制为音韵偈赞，如现今所宣唱者，昉于魏时。陈思王曹植，因诵佛经，以为至道之宗极，乃制转读七声，升降曲折之响，世皆效之。后游鱼山，闻有声特异，清扬婉转，遂仿其声为梵呗。今所传有鱼山梵，即其遗制也。赞颂之源，可考证者如是。至若歌唱赞颂，其利益甚多：一能知佛德深远，二体制文之次第，三令舌根清净，四得胸藏开通，五处众不惶，六长命无病。以是名山大刹，于休夏安居之时，定习唱赞颂为日课，旧参新侣，皆列坐其次焉。今夏吾大慈请华德老人为阿阇黎，率众习唱，演音时适归卧山中，得参末席。同学者演慧、阿五、阿六、长生、弘济诸兄及温州某师，手录《赞颂》一册，附以记印，习用之作，略备于斯。赞词太繁，未及备载。习未卒业，以事来灵苑，居玉泉龛舍月余。偶检是册，剪辑装订，颜曰《赞颂辑要》，并志其源起于简端，以备他日诵览云尔。己未七月，弘一近住释演音记。

读此《弁言》，倍感亲切。遥想当年法师随坐于阿五、陈六等辈之后，高声齐唱，此情此景，与他在一师弹着风琴，教学生唱歌一对比，则完全是两种情趣。此时法师真可谓已脱胎换骨矣！

结交胡朴安

结夏大慈寺时，寺僧所养的一条小黄狗得病了，而且一病不起。弘一法师顿起悲悯之心，便与寺僧们一同，为这条小黄狗念佛，依法来超度它。法师还写了"超度小黄犬日记"：

七月初八日，风定，晴。午后小黄犬病不起，请弘祥、弘济及高僧共七人与余，为小黄犬念佛。弘祥师先说开示，念《香赞》、《弥陀经》、《往生咒》，绕念佛名后，立念。小黄犬（犹）不去。由弘祥师再开示，大众念佛名。小黄犬放溺，呼吸短促而腹不动。为焚化了悟老和尚、弘祥兄及余所书经佛像……小黄犬深呼吸一次乃去。察其形色，似无所苦，观者感叹，时为申初刻。旋下弘祥、弘济及三高僧送葬青龙山麓。

佛家重往生、重超度，并等观众生。故法师起此慈悲之怀，偕众和尚为小黄犬之临终，依法来超度，自是常情。

到秋天，弘一法师便再次到灵隐寺去挂搭了。胡朴安到灵隐去看望法师。胡朴安（1879—1947），原名韫玉，字仲民、颂民，号朴庵、朴安，是位哲学史家、文字训诂史家，安徽泾县人。自幼攻习经文，精于文字、校雠以及训诂。清末参加同盟会、南社，在南社即与李叔同相识，后又在《太平洋报》同过事，曾朝夕同居，相处甚恰。在法师圆寂后，胡朴安曾写有《我与弘一大师》一文以纪念法师，文中侧重谈到了这次往灵隐访法师，赠法师以诗的的往事。为求其完整，特全文照录：

中华民国三十一年十月十三日，弘一大师圆寂于福建泉州大开元寺，《觉有情》为大师出纪念专号。无我居士致书朴安曰："一师为南社旧人，与君有同社雅，追思过去，谅亦慨然。请撰纪念文以实专号。"朴安与弘一大师不仅同社而已，民国元年与大师同事于《太平洋报》。大师俗姓李，号叔同，精书画，擅刻印，朝夕共处，常觉其言论有飘飘出尘之致。后在杭州出家，薙发于虎跑，受戒于灵隐，寄寓于玉泉。朴安每到杭，必谒大师。大师非佛书不书，非佛语不语，朴安谒大师于灵隐寺，赠诗云：

> 我从湖上来，入山意更适。
>
> 日淡云峰白，霜青枫林赤。
>
> 殿角出树杪，钟声云外寂。
>
> 清溪穿小桥，枯藤走绝壁。
>
> 奇峰天飞来，幽洞窈百尺。
>
> 中有不死僧，端坐破愁寂。
>
> 层楼从青冥，列窗挹朝夕。
>
> 古佛金为身，老树柯成石。
>
> 云气藏栋梁，风声动松柏。
>
> 弘一精佛理，禅房欣良觌。
>
> 岂知菩提身，本是文章伯。

静中忽然悟，逃世入幽僻。

为我说禅宗，天花落几席。

久座松风寒，楼外山沉碧。

大师书"慈悲喜舍"一横幅答之，语朴安曰："学佛不仅精佛理而已，又我非禅宗，并未为君说禅宗，君诗不应诳语。"朴安囿于文之习惯，不知犯佛教诳语之戒，于是深敬大师持律之精严也，文人学子学佛者，多学禅宗，或学相宗，近世多学密宗，大师独精严戒律，此所以德高而行严也。近十余年，未见大师之面，而大师之德愈高，而行愈严，为海内外学佛者所钦仰，不仅朴安一人。兹闻大师圆寂之讯，而朴安尤觉慨然者。朴安自二十八年四月犯脑溢血症，半身偏废，长斋读佛，以自宁静，时欲亲近善知识，开我昏迷，乃于未学佛之前得大师之教导，不能于既学佛之后得大师之启示，自谓来日方长，他时得以亲近，而一旦圆寂，此朴安之心所以尤怦怦不能自已也。唯以我辈流转生死之凡夫视之，同觉慨然。若大师早已出于生死，入于不生不死也，诗以颂之：

凡夫迷本来，生死一大事。

知者顿然悟，去来原一致。

自性本清静，是乃真佛子。

我言弘一师，泯然契佛旨。

往日本不生，今日亦未死。

读毕胡朴安这篇文章，又一次体会到：大师人格之不凡与高超。他本不习禅宗，故当即与胡朴安直言，虽或有些使人难堪，但仍必须直说不讳。这固然与老相识、老同事有关，可以不顾形迹，但大师之一贯作风，不事虚饰之精神，顿时已跃然纸上矣。

不就南通之敦请

李叔同在杭州教书时曾应南京高师图画音乐教员之聘，前文早已提及。那是由江谦出面来致聘的。江谦字易园，号阳复子，江西婺源人，是当时有名的居士。而江谦又是著名的光绪二十年甲午科状元张謇（季直）的学生。张状元一时显赫，因求子嗣得应，为还愿，便在家乡南通狼山，修葺了观音院。修毕，在《狼山观音院后记》中这样写道："昔者謇兄弟少时，尝因母病，诵《菩萨观世音经》。先母晚年，晨必礼菩萨。先室则为余祈嗣于院而应既先后写经、造像、修院以致赞叹欢喜恭敬尊重之意……复于院右扩地周垣，浚溪渲流，依岩栽树，特筑精庐，以待善知识之长老居士，以维院于久久不坏……"（见1931年《海潮音文库·传记》）可见他早就在物色高僧来住持其类似家庙者，既还愿，复可光耀门庭。到1919年民国八年己未，正式看中了弘一法师，便通过弟子江谦来敦请。他在致江谦信中这样写道："狼山观音院可臻精洁胜处，而和尚太恶俗，欲求勤朴诚净之僧或居士主之。狼山亦拟仿焦山例，为改一丛林作模范。但如何措手未定，故尚不宣示意见，须计定再说。若弘一、太虚能为之，亦大好事也。试与弘一、太虚言之。"学生对状元老师之命，岂有不从之理，当然向弘一敦请过，但弘一没有答应。

张謇又去托欧阳予倩，因为欧阳是李叔同留学日本时的朋友，演《茶花女》时也是春柳社的一份子，想来有这段交情或许能给面子，但弘一法师依然没有答应。这在徐半梅（卓呆）《〈话剧创始期回忆录〉中的李息霜》一文中这样写道："欧阳予倩在南通办伶工学校时，张季直在狼山重修一庙宇（即观音院），打算请一位高僧去做住持，曾托予倩去邀他，但他没有答应。"紧接着又提到刘质平曾在伶工学校当过音乐教师。很可能张謇还托过刘质平，反正也是没答应，当然也可能刘质平就没有去代邀，因为作为两大弟子之一，应该深知老师是不愿与官场大人物打交道的。

反正张謇是目标明确，首先瞄准了弘一法师，亦可谓心够诚的了。所以弘一法师也不能一点面子也不给，后来在当年旧历七月廿四给杨白民的信中是这样写的：

白民居士：

片悉。不慧于中旬返玉泉寺，暂不他适。南通事，前有友人代询详细情形，未有复音。鄙意拟俟前途再有肫诚之敦请，再酌去就，现在无须提及也。知念附闻。乍凉，唯珍摄不具。

演音　七月廿四日

看来敦请一事，一时还真弄得沸沸扬扬，杨白民也有所耳闻，故去信中特地问及，所以弘一法师信亦专答此讯。口气上没有一口回绝，而让杨白民"现在无须提及"，事实上态度已较为明确了。

这年冬天，弘一法师即住在玉泉寺。其间曾与程中和，即后来的弘伞法师，结期修净业，共燃臂香，依天亲菩萨《菩提心论》发十大正愿。

珍　重

1920 年，民国九年庚申，四月二十一日，为弘一法师亡母王太夫人五十九周岁的冥诞，法师特手书《无常经》，以资冥福。并在经后作简单跋语云："庚申四月二十一日，亡母五十九周诞辰，敬书是经，以资冥福。大慈弘一演音并记。"

六月，弘一法师即将去新城的贝山掩关，特地敬写佛号六字，并摘录蕅益大师警训及《三皈依》《五学处》（即五戒）等，以付石印，广结善缘。临行，杭州诸善友于银洞桥虎跑下院接引庵为弘一法师送行。程中和居士就借这次送行聚会的机缘，在接引庵当众之面削发出家了。法名演义，字弘伞，意为自认是演音弘一的兄弟辈，并且即随同弘一法师一同出发，一路相伴，同去新城，即所谓随往护关。

弘一法师在此次行前，又专门为夏丏尊写了"珍重"二字横幅以留别，二字之左加跋语云："余居杭九年，与夏子丏尊交最笃。今将如新城掩关，来日茫茫，未知何时再面？书是以贻，感慨系之矣。庚申夏弘一演音记。"这幅字特地用隶书来写，跋文共七行，也都用隶。这亦正反映出对志友丏尊居士交情实在太不一般了！诸多情缘皆可割舍，唯独与夏丏尊，实在有些割舍不得！请看跋文语气：来日茫茫，不知何时再面？多么地缠绵悱恻

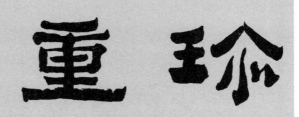

珍重

啊！似乎俗情难了，所以索性用隶书书之。

　　法师一到新城，还未入山，先暂住楼居士家，即首先写一封信给夏丏尊，其情真意笃，固不待言也。信云：

丏尊居士文席：

　　曩承远送，深感厚谊。来新居楼居士家数日，将于二日后入山。七月十三日掩关，以是日为音剃染二周年也。吴建东居士前属撰《扬溪尾惠济桥记》，音以掩关期近，未暇构思，愿贤首代我为之。某氏所撰草稿附奉，以备参考。撰就希交吴居士收。相见无日，幸各努力，勿放逸。不一。

演音　六月廿五日

　　信中"贤首"一词本为比丘之尊称，就言贤者、尊者。唐义净所译新律中，多用此称。佛典常作为第二人称，即相当于白话的"您"。此等交情，真堪是绝无仅有。

　　此后约有一年多，法师未曾与夏丏尊通信。在贝山时，借到了一部《弘教律藏》，凡三帙，本拟掩室山中，专研戒律。但后来因事竟未能如

曩永遠送溪感厚誼來新居
樓居士家數日將於二日後入山七月
十三日掩關以是日西音屬策染二周
年也吳達東居士前屬撰揚溪尾
惠濟橋記昔以掩關期近未暇構思
顧賢昔代我為之其氏所撰草稿
附奉以備參玫撰就憮安吳屈
士收相見毋日華各努力勿放逸不一
丙尊居士文席
演音

愿。后来法师在《四分律比丘戒相表记·自序》中这样写道："庚申之夏，居新城贝山，假得《弘教律藏》三帙，并求南山《戒疏》《羯磨疏》《行事钞》及《灵芝记》，将掩室山中，穷研律学。乃以障缘，未遂其愿。"所谓障缘，即原想办的事因某种原因被障碍了。究竟何因？未明说。

七月初二，法师诵读《无常经》，为之而写了篇长序，竟达两千言之多，详详细细备述了这部经在印度是如何流通的，正因其在印度流行之广，引起了我国僧俗两界的共通重视，因此，法师遂发愿在我国流通此经，将经与长序寄给了上海的丁福保居士，劝其付印流通。序文过长，兹不录。

七月，弘伞法师的母亲去世了，弘一法师为她手写了一部《梵网经》，以资冥福。钞经后跋云："庚申七月，同学弘伞义兄丧母，为写《佛学梵网经菩萨心地品菩萨戒》一卷，并诵是戒，以为日课，唯愿福资亡者，得见诸佛，生人天上，演音敬记。"由此可见，法师不但恭钞经文，而且还日日念诵啊！

七月十三日，又正值法师自己剃度两周年，他又手书了《佛说大乘戒经》来回向法界众生，并且还自加题记云："庚申七月十三，大势至菩萨圣诞，演音剃染三年，敬写此经，唯愿四恩三有，法界众生，戒香熏修，往生极乐。"

七月二十九日，法师又手书《十善业道经》，书后跋云："庚申七月二十九日，地藏菩萨圣诞，演音敬写《十善业道经》，回向法界众生，愿同修十善业道，以此净业正因，决定往生极乐。"

法师入贝山之初衷是闭关潜修，结果诸事粟六，竟难能如愿。即上文所说的障缘吧！所以在贝山只待了一个多月，中秋节就前往衢州的莲花寺去了。他在手自装订《佛说大乘戒经》及《十善业道经》时所写题记是这样说的："庚申中秋,演音手装并题,时客衢州莲花古刹。"虽仍未明说其原因,而其中事缘未具,不能长久居的缘故,自己暗含其中了。

总之,弘一法师在新城贝山的一个多月,仍以写经诵经为内容,消磨了他大部分的时光,专研戒律之愿未达。

后在印光法师致弘一法师的一封信中透露了其中消息一二,信云:

弘一大师鉴:

昨接手书并新旧颂本,无讹,勿念。书中所说用心过度之境况,光早已料及于此,故有止写一本之说。以汝太过细,每有不须认真,犹不肯不认真处,故致受伤也。观汝色力,似宜息心专一念佛,其他教典与现时所传布之书,一概勿看,免致分心,有损无益。应时之人,须知时事,尔我不能应事,且身居局外,固当置之不问,一心念佛,以期自他同得实益,为唯一无二之章程也。《高僧传》昨方校完,尚须数日方能寄去。以未过录我本完又须略斟酌于所记之疑文处,此事一了,即斟酌山志。山志斟酌好,彼愿在山排印,将就小排法子,每排几十张,印出再拆散,又排又印耳。待后来再行刻板。书此,顺候

禅安

莲友印光僅复 九年七月廿六日

上海不去,后三本祈寄普陀

九年为民国九年,即 1920 年。《印光法师文钞》中载有致弘一法师一信四封,而收入时均被删去上下款及年月,此乃前人编尺牍时之通病,极

不利于保存文献之史料价值，亦不利于后人了解信件之原貌。此信曾发表于1937年厦门《佛教公论》第八号，原信由漳州念西（义俊）法师所珍藏。印光法师真不愧是弘一的师父，深知弘一之秉性，凡事过于认真，乃至用心过度而影响健康。上述种种早已在他所料之中，亦真够神妙的了。所惜弘一致印光法师之信未被保存，只能从这封信中猜知一二事而已。

弘一法师对印光法师之尊崇，是世人有目共睹的。诸如在叶圣陶的《两法师》等文章中，都有所记述，兹不赞。《印光法师文钞》在这一年春出版，弘一在《题辞叙》中这样写道：

是阿伽陀，以疗群疚。契理契机，十分宏覆。

普愿见闻，欢喜信受。联华萼于两池，等无量之光寿。

庚申暮春，印光老人文钞镌版，建东云雷，嘱致弁词。余于老人虽未奉承，然尝服膺高轨，冥契渊致。老人之文，如日月历天，普烛群品，宁俟鄙倍，量斯匡廓。比复敦促，未可默已。辄缀短思，随喜歌颂。若夫翔绎之美，当复俟诸耆哲。大慈后学弘一释演音稽首敬记。

阿伽陀，梵文 Agada 药名之音译，有多义：一普去（除去众病），二无价（无比贵重之药），三无病（服之可除百病）。由此题辞并叙，更可见弘一对印光尊崇之一斑。

结交汪居士

弘一法师这次去衢州，是应莲华寺主持僧德渊法师之邀请，前去弘法的。去时还携去缅甸玉佛一尊。王月娥《弘一法师在衢州》一文云："一九二〇年，弘一法师受莲华寺主持僧德渊法师邀请来衢州莅坛说法，并携来一尊缅甸玉佛。……这一尊妙相庄严的趺坐玉佛，高五十六公分，重四十公斤。"（见《中国文物报》1990 年 12 月 20 日）而杜瑰生在《弘一上人两莅衢州》一文中提到这次莅衢，却并没有提到携玉佛事。文章关于这首次莅衢是这样写的：

大师首次莅衢州为民国九年，岁庚申，公元一九二〇年，其年大师四十一岁。春居玉泉清涟寺，夏赴新城贝山掩关，专研四分律。八月游衢州，舟次盈川，曾谒杨炯祠（盈川城隍庙）。继即往莲花拜悟德渊法师，居莲花寺焉（次年正月过离衢新城贝山返杭州仍居玉泉寺。三月自杭州至温州永嘉居庆福寺，即城下寮，时庆福寺主为寂山老和尚。寂老以弘一法师出身富饶，游学归来以学术鸣于时，披剃后又能严持戒律，对之倍加钦敬，关护周至）。

莲花寺在衢州城北四十里莲花溪上。弘一法师居莲花寺时，习律之余，则临寺园莲花池数鱼，或行向莲花溪边徜徉，偶从滩头掇石赏玩。当年赠与汪梦松居士一石，上有亲题诗句，文为：

千峰顶上一间屋，老僧半间云半间。

昨夜云随风雨去，到头不如老僧闲。

归宗芝庵诗句　昉昙演音

石背有汪居士题记："弘一上人癸亥书赠二石，一曰放下，一即此石，……癸未浮石。"

《衢县志》著者县人郑永禧（渭川）与弘一法师在浙江两级师范同事，法师莅衢之日，郑先生尚留杭州修撰衢志。

这文章可与王月娥文章互补。总之，都能显现出法师的为人与情趣。

这莲花寺据另一资料介绍，则在衢州北门外十五公里处。寺前临莲花溪，溪边之村亦即名莲花溪，景色至为幽美。弘一法师在《汪居士传》中描写此地景色有"上驾石梁五虹，空谷幽涧，名胜甲东浙"等语。

相传寺始建于北宋太宗建隆（960—962）年间。清康熙四年（1665）僧乾敏重兴庙宇。乾隆五十五年（1790）僧永传增建禅堂，历时九载，殿庭宏敞，规模之大，为三衢之首。

弘一法师这次来莲花寺住，还碰上了一段奇缘。当地有位叫冯明之的，是法师这次来衢州新认识的朋友。冯向法师介绍说当时有位隐居于村肆的隐士，品行高尚。法师闻之甚善，亟欲与他见面，但不巧，正好他外出到高家镇行商了，未能如愿。后来第二次来衢，那已是三年以后，1923

年9月，冯明之与胡嘉有二人特地陪同汪居士到莲花寺来拜望法师，给法师留下了极好极深刻的印象，真有一见如故的感觉。后来汪居士频频去看望法师，其交遂深。法师还专门撰写了一篇《汪居士传》来显彰他。传是这样写的：

三衢北乡莲花寺，前临溪流，上驾石梁五虹，名胜甲东浙。右有村落，曰莲华。南宋之时，市廛殷凑，康衢十里，边陲宽广，可并驰五马。咸同乱兴，村市遂废。此岁已来，豫皖商贾徙居者众，设肆十数，少复繁盛。然跬步而外，便有幽致。清流澹沲，林木萧疏。高蹈之侣，乐是游居，遂其冲挹之性焉。庚申秋中，余来三衢，居莲花寺。始识冯君明之，君通医典，博学穷研，能造其极。而无闻于世，蔬食长斋，栖贫自淡，以视荣利，泊如也。有言汪居士者，隐于村肆。慕其高轨，致词延召，适行贾高家，未由有展。明岁发春，归卧钱塘，旋去永宁。居士书来，辞况冲美，欣若暂对。自是以往，数因行李，通致诚款。越三年，癸亥九月，余以业缘，重来莲华。未数日，居士与冯君明之、胡子嘉有，过余精舍。容仪温霭，不事外饰，从容燕语，雅相知得有若故交。尔后数数过谈，常挈胡子。胡子名武绅，居士甥也。姿性不群，潜心道味。余以梵典示居士，胡子辄伏案旁，殷勤寻览。居士为之释其义，指事曲喻，牖导周至。居士通金刚心经，修习禅定。近见普陀法师文钞，始归信净土，持佛名号，以为常课。日理肆事，逮及初夜，所事既辨，便退处闲堂，陈书览卷，四鼓乃寝。如是者二十余年，未尝一日辍也。于书无所不观，经史而外，旁及汉、宋之训诂义理，三唐之文词下逮书画篆刻诸术，靡不博涉而会其道。尝与之论议，能举其源流派别，历历若贯珠，不知者以为老师宿儒也。居士藏书甚富，床头案角，积帙千卷。家无资蓄，时获长财，必过书肆，有旧刻善本，不惜重金求之，其好学契苦类如此。居士经贾高家，尝过莲华，为观旧佐治琑曲，繁文细目，人畏其难者，居士当之，措置绰然。以是人称，居士善贾。而雅思润才，知之者鲜矣。余与居士交久，誌其言行，述而传焉。居士名峻坡，字澄表，一字梦空，南皖歙县鲸溪人。

赞曰：莲华多隐君子，空谷幽涧，佳蕙生焉。若居士者，涸跡市肆，而无改其夷旷之致，斯又难矣。古德谓处动处静，忌内忌外，其言兹若人之俦乎。

后来弘一法师续写了《汪居士传补遗》，一并抄录如下：

余撰《汪居士传》，居士尝为述其家世，及以往事，颇极详委。于传阙略，缓补记之。居士曰：吾家世业儒，咸同之际，寇入皖，曾王父母、王父母悉殁于难。曾王父友仁，母霞坑吴。王父协中，母鸿飞冯，父鉴堂。兄弟五人，父最幼，长理堂，清邑庠生，次霁堂、映堂、丽堂。既值变乱，家日落，父乃贾于衢。元聘沧山源吴，未嫁早世。嗣配七贤胡，生二兄，长壊，二屺，悉幼殇。屺九岁，诵四子书竟，能通其义，遽尔夭折，人皆惜之。余生于光绪九年癸未十二月一日。屺兄殇，余已至岁。翌年，侍母来衢，赁庑居焉。父日授方字十数，示其音义。八岁，始入塾，师信安陈玉其，逾年师病，乃归家承庭训。十一丁父丧。明年，奉母及二妹返里，室无恒产，母为人针黹，操作不怠，获少资，以给藜藿。是岁随伯兄厚之读，后受学于母舅胡寻甫。母舅通理学，为南皖老宿。从游三年，以贫辍学，习贾于外。自是操觚握筹，往来高家、莲华间。而婚嫁丧

123

葬生死尘劳之事，二十年来缠缚无已。娶于鸿飞冯，寻亡。继娶邑城萧，生子三，德铿殇，德锵，德铮。女一，负负。长妹嫁北岸吴，早寡。次嫁昌溪吴，有子曰重福。壬子九月丧母。戊午冬葬父及元聘吴于上郑坑店清闲坞口山下。

从这传与补遗来看，法师与汪居士真可谓投缘之至。初闻其声名，即生仰慕之心，亟欲见之。及居士来信，则欣喜之心更进了一步。一到见面，当然即远不是"一见如故"四字所可概之的了。终于欣然命笔为之写传（当然先从来衢及如何订交等等写起），足见缘分之所以为缘分，本不是靠计算与推理、考证等方法可理解得通的。法师一生接触交往过的友朋、弟子可谓多矣，为什么独喜给汪居士写传？不但写传，而且还写补遗。这与和夏丏尊之交往独深独久，也同样是解释不清道不明的。一言以蔽之，还就是一个缘字。而有缘，即总是双方的，单一方的敬重与爱戴，还只能是敬重、爱戴而已。只有互相的敬重与爱，才能构成缘。然而世间互敬互爱之事亦不少，是否均称得有缘？亦未必。

从这传与补遗中看到：法师如此郑重其事为汪居士书写时的一片诚心，是多么的透亮无瑕玼！其情感是多么平静而又专笃！

浙江一师风潮

1920 年，民国九年庚申，夏丏尊三十四岁，浙江一师竟掀起了一场轩然大波，还真不亚于"木瓜之役"，鲁迅即称之为又一次木瓜之役。

事情是这样的，一师学生施复亮（存统）在《浙江新潮》第二期上发表了一篇题为《非孝》的文章，这当然是对封建道德的一次有力抨击，立即被封建主义卫道者视为洪水猛兽，大逆不道。当局穷追不舍，结果查出，施复亮的稿子在发表前，是经老师夏丏尊审阅过的。浙江省教育局即以此为借口，责成经亨颐校长来查办"四大金刚"。经亨颐校长态度鲜明，就是拒不执行。为此教育局竟下令撤校长。

要知道，一师的学生在以李叔同、夏丏尊等一大批优秀的教师的教导下，素质之高、处事之有道，在当时是非常突出的，他们群起留经校长，事情便闹大了。

当局竟出动军警来镇压学生，遂致形成了学潮。直至引起京、沪两地的学生纷纷都来声授，真有星星之火即将燎原的趋势，这才迫使浙江当局不得不收回成命。

施复亮是浙江金华东乡人，"五四运动"爆发，一师在经校长与夏丏尊等教员的支持下，建立了学生自治会，曹聚仁当时是参加宣言起草工作的学生之一，而施复亮则是在大会上宣读《宣言书》的。曹聚仁则代表一师去参加了杭州学生会。与此同时，施复亮还与宣中华、俞秀松、沈端先（夏衍）、汪馥泉等同学，参加了创办进步刊物《浙江新潮》周刊等活动。支持这刊物的就有陈望道、夏丏尊等老师。这《浙江新潮》还是浙江省最早宣传马克思主义的刊物，才出了三期，即遭查禁，停刊了。这篇《非孝》就先发表在第二期上。

施复亮在校时，就跟夏丏尊老师关系最为密切。这篇《非孝》才一千五百字左右，原意还不在专论"非孝"，题目本来是《我决计做一个不孝的儿子》，写了三千多字，还没说到他怎样决定不孝。为了赶排快发表，才先截取前面的大帽子，改题《非孝》先行发表。他写此文之目的，即在"不单在于一个'孝'，是要借此问题煽成大波，把家庭制度根本推翻，然后从而建设一个新社会"。此文之根本观念即是，"人类是应当自由的，应当平等的，应当博爱的，应当互助的，'孝'的道德与此不合，所以我们应当反对孝"。这一文章主旨，夏丏尊是首肯的。

施复亮之所以要写此文，一是受某些进步书刊之启发，二是受家庭内部的刺激。他母亲病危，极需用钱，施复亮便拿出自己积攒的十多元钱为母亲治病，而却遭到父亲的反对，不许"乱花钱"用在治不好的病上……施复亮对父亲这一阻止深深不解，而只能眼睁睁地看着母亲痛苦的死去，……这才促使了他来写这篇《非孝》。文章一发表，进步的思想界当然给予好评。如《新青年》主编陈独秀就赞扬说："《浙江新潮》的议论更彻底，《非孝》……那两篇文章，天真烂漫，十分可爱。"夏丏尊等人虽未直接撰文来评介，而杂志的创办据夏衍的回忆，就是在陈望道、夏丏尊等人的支持下办起来的，何况这篇文章就是夏丏尊审阅过的，其态度之鲜明是不言而喻的。当局之用意也十分明确，说《非孝》如何悖道似乎还在其次，目的更在于要抓出后台。

学生自治会成立大会上，还演出了话剧《严肃》，剧本就是由陈望道与夏丏尊合编的。校长经亨颐当然也支持学生运动，成立学生自治会，一师在全浙江乃为首创，起了很好的带头作用。当局就怕学生闹事，当时的北洋军阀政府十分恼怒，拼命加以抵制。面对这即将燎原的大势如何扑灭？所谓擒贼擒王，治病治根，自然一下便把矛头指向一师的校长，与支持校长的四大金刚，即陈望道、夏丏尊、刘大白、李次九。当局对一师上下，可谓软硬兼施，无所不用其极。与四大金刚同事的一个教员，他是省政府派来的秘书，思想极为顽固而反动，派来一师就是卧底，并想从内部来攻破堡垒。对四大金刚进行一般的所谓劝说、诱导还不说，更扬言如再不听话，要用枪打死四大金刚。陈望道后来追忆此事说："一次我们四人（指四大金刚）在我房间里开会，我房间与那个'秘书'住得很近，那'秘书'先生在他房间里大声对他女儿讲'我如果没有其他办法，就用枪打死他们'的话来恐吓我们。我们对他们的可耻恫吓置之不理。"（见《陈望道传》）

夏丏尊老师与施复亮同学之间的关系，其实很正常、很普通，就是一般的师生情谊，而其中还有些故事与误会值得说一说，但这在同学之间已引起些风言风语，倒也并不反常。后来施复亮在《回头看二十二年的我》中这样写道："我和夏先生的关系，许多同学都有怀疑，不妨借此叙述几句。夏先生最初看重我的时候，意义非常简单，只是一个我对他所教的国文成绩还好。这时我对他还没有什么感情。后来听几个朋友说他底好处，我才对他有点佩服，直到自己和他谈过之后，看见他待我很好，希望我很大，而且愿意帮助我，于是才很感激很信仰。此后，我便很敬爱他，常到他房里去。因此，有几个同学便很恨我，说我'拍夏先生的马屁，常常在夏先生面前说同学的坏话'。……我和夏先生说话，大概都不是唯唯诺诺，我和他冲突的时候很多，他也常常规劝我，责备我。后来有许多先生、同学说我底自高自大的态度，是夏先生养成的，群起责备夏先生。而夏先生也自己对我表示忏悔，这实在是大错的，很冤枉的。"

看来师生关系既要处得融洽，还要让众人都服气还真难。当然，只要是一片真心，一时遭到误会与非议虽难免，但也不可怕，真相总会大白的。像夏丏尊这样爱学生如爱子的教育，当时就应歌颂和赞扬。时至今日，看来就更应大力提倡了。

由于经亨颐校长对教育厅的"查办令"进行了坚决的抵制，事件一度还真被拖延了下来。1919 年 12 月 8 日，省教育厅就派富某去一师，直接向夏丏尊、陈望道等查询国文科教授改革情况，并转来了所谓"社会责问"。接着，省议员又提出了所谓"查办经亨颐"议案。接踵而来的，即是省教育厅长夏敬观下令撤换一师校长、改组学校等一系列措施。……

这场风潮并没有因为放寒假而冷下来。省教育厅想利用寒假把经亨颐调到省厅去当视学，同时另派金布来担任校长。这偷天换日之举却未能得逞。学生们得讯，都一一提前赶回了学校，来挽留经校长，并阻挡新校长到任。学生们发出誓言："吾侪宁为玉碎，不为瓦全！"决心可谓大矣！事态至此，已由前期的《浙江新潮》案，变成了一场"留经运动"。其实质则是保卫新文化运动了。对此事态发展，政府当局惊恐万状，最后竟恼羞成怒，出动了军警来包围学校，强令学生离校，妄图解散一师，令休业停办。这样的高压，学生怎能甘愿忍气吞声！当然压而不服，……遂致酿成为轰动全国之"浙江一师风潮"流血事件。

　　1920年3月27日，杭州学生联合会从省教育会集合到省教育厅和省公署请愿。第二天再去省公署，要求省长齐耀珊撤退警察、收回休业令、取消代校长任命、全体教职员进校维持校务。齐耀珊为学生"闹事"非常不满，答复说："旧教员进校维持校务这一层，是不能一概办到的，我对于四大金刚——陈、夏、刘、李四国文教员，实在有不满意的地方，这四位难以一律允许。至于对撤消休业令、撤退警察、取消代校长任命还须商酌。"等于一点都没接受请愿的诚意。学生们自然很不满意，学生代表们从省署出来，竟遭到了军警枪刺刀的镇压，被刺伤了多人，血流满身。

　　第二天，29日，是浙江一师学潮最为凄惨悲壮的日子。学生三百多人从教室里被轰了出来席地坐在校园里，包围与对付手无寸铁的倒有五百直至七八百。连记者也实在看不过去，行余通讯社的记者就写有如下的现场报导：

　　学校头门至二门，站着执棍的警察二百多名；二门以内，可就不得了，三百名警察，个个背着枪装着刺刀，威威武武的站着……三百多个师范生，都可可怜怜的坐在地下……他们告称："今晨黎明时，五百个警察来包围我们的学校，把自修室里的人，一个个拉出去，并且叫我们马上回籍，所以我们聚集坐在这里，免得被他们拉个净尽。"……约莫下午12时30分，对面站着的五百个警察，忽然一声警笛，整队跑进操场，团团把学生围住，警察队长大声对学生说："现在督察长已经奉了省长几次催促，诸生再不走时，我们要执行了。"这时一师学生异口同声说我们情愿死在这里。队长把手一挥说动手。四个警察拖一个学生，好像提小鸡似的提出圈去，那时圈内有二位一师校友，丢却礼帽，七纵八跳的放声痛哭起来，接着，三百多个学生个个痛哭："我们情愿为新文化运动作先驱的牺牲，我们死都要死在这里。"这一片带哭带说的声浪，一时引起许多赳赳武夫的警察不免也落下几点眼泪。连送信的邮差和该校的斋夫厨役都痛哭失声⋯⋯一个姓朱的学生跑到督察长面前说："你不肯牺牲五十元一月的薪俸，我却情愿牺牲了。"一面说着，一面拔他的指挥刀要引颈自刎，一时哭声震天，警察也走来抱住那姓朱的学生。这时，七八百名军警将学生拖的拖，拉的拉，妄图驱散学生、解散学校。手无寸铁的学生，面对反动政府的挑衅，无比气愤，操场上一片哭声。此时陈望道先生表现出无比的机智和勇敢，疾步走入学生中间，高声喊道："同学们，我和你们永远在一起，你们不要哭。"带领学生与军警展开面对面的斗争，迫使军警后退。后由蔡元培弟弟、杭州中国银行行长蔡谷卿出来调停，开始进行谈判，双方互不让步，直到晚上十点多钟，调停的蔡谷卿赶来报告调停结果：一、即刻撤回派来的警察；二、即日定期开学，除四个教员外，旧教员一律复职，并物色相当校长。

这场风潮，学生当然不可能得到彻底的胜利，但不太像话的休业令还是不得不撤回了。由这妥协结果不难看出：被反动当局视为眼中钉的则是夏丏尊、陈望道等人，所以非不让他们复职不可。这场风潮实质上是"五四运动"在浙江的延续，是1920年全国学生运动中最突出的事件之一。

师生情深谊笃

一师风潮激起了全国各大、中城市师生的公愤，纷纷起来声援。一师师生坚持罢课达两个多月之久，直至 4 月才告结束。

为此，上海《申报》、《民国日报》、《新闻日报》相继发表评论，警告浙江教育当局不要对教育革新兴风作浪。

1920 年 3 月 15 日，上海《民国日报》发表《告夏敬观》，并评说："厅长并不是主人，教职员并不是厅长的雇员，学生并不是厅长的奴隶，学校更不是厅长的私产。夏敬观你要明白这一点，西湖风景不恶，劝你少管事，多做词罢。"

夏敬观（1875—1953），字剑丞，一字盥人，号缄斋，晚号映庵，祖籍江西新建，生于湖南长沙。清末做过官，参与过新政，主办过两江师范学堂，1907 年任江苏提学使，兼上海复旦、中国两公学之监督。1909 年辞官。辛亥革命时他还带头剪辫子，不以遗老自居，似乎还具有一定进步思想。本是位词学家、经学家，著述还甚丰，作有《词调溯源》、《古音通转例证》、《经传师读通假例证》、《今韵析》、《历代御府画院兴废考》、《忍古楼画说》、《清世说新语》、《忍古楼诗》、《映庵词》等等，却在民国初年浙江教育厅长任上充当了镇压学生的不光彩角色。看来劝他"少管事，多做词"的警钟还真起了作用。1924 年辞职后，还真就寓居上海，专填他的词、专做他的学问去了。

《民国日报》第二天又登了篇时评，题目很醒目，就叫《浙江有人没有！》。文中说："浙江教育厅长夏敬观，竟威胁第一师范学生！五十日不上课，将一师解散。……学生不过停课，夏敬观却要拆学堂了。是浙江人！是有子弟的！请想！夏敬观拿一个教育厅来拼浙江全省的教育事业，浙江尚有人，夏定是以卵击石。"夏敬观毕竟是个聪明人，渐渐也悟到了以卵击石的下场是犯不着的，终于还是辞职下台了。

在北京大学、复旦大学等等高等学校的纷纷致电声援，表示"誓为后盾"之下，更带动了全国各地的舆论，一致团结，终于迫使政府收回撤换一师校长和查办四大金刚的成命。到此时，才算取得了一定的胜利。而作为校长的经亨颐，与四大金刚，受了这么大的侮辱与打击，决定不再留在一师了。他们都提出了辞职。多数学生们却大为不解：既然当局都收回了成命，为什么不再继续任职呢？！

学生代表九次去挽留他们，终于还是没有留住。学生代表之一的曹聚仁三天两头地跑到夏丏尊老师家里，又正值刘大白、陈望道老师也都在，便一遍又一遍地苦苦挽留。夏丏尊老师总是微微一笑，轻轻说一句："我是不去啦。"刘大白老师则常常沉默，偶一说句巴短话。陈望道老师则总是那几句话，匆匆作答，再问再答还是一样。看来已不是少数学生代表难以理解，而是广大学生难以理解。为此，陈望道、夏丏尊、刘大白三先生，联名发表了如下的《浙一师国文教员为辞职事致学生书》：

浙一师校同学诸君：

这几天诸君的代表，天天为要求我们到校授课，我们已经把不便继续就职的理由再三地对代表说明了。但恐怕诸君一方面还不能彻底地原谅我们；其余方面又不免横生枝节，乱起猜疑。所以，不得不现决决绝绝地声明一下。

在声明之先，我们还要向诸君道歉致谢。

为什么道歉呢？我们不便就职的理由和诸君毫无关系。所以诸君来挽留我们，我们简直没有正面理由可说。既没有正面理由可说，却又因为旁面的理由，决不便满足诸君底要求，实在很觉得对诸君不起，所以不得不对诸君道歉。

为什么道谢呢？并不是诸君来挽留我们，可以保全我们的位置，所以感谢诸君。我们很明白诸君的挽留，是因为文化运动的缘故。态度既很光明，用意又极诚恳，所以我们也为文化运动的缘故，不得不对诸君道谢。

现在要说明我们底理由了。

（一）浙江底教育当局，呈复省长令，查第一师校的公文上说："所聘国文老师，学无本原，一知半解……"这几句话，把我们国文教师业务上的信用完全损坏了。业务上的信用既然损坏，怎么还可以到校任课呢？有人说，这是官厅的话，本来无足轻重的，可以不去管他。但是，（1）我们不管他是官厅的，不是官厅的话，总之是侮辱我们一个人，无故受了人家的侮辱，难道可以说不去管他吗？（2）就是我们看官厅的话是无足轻重的，一般社会却把官厅的话看得很重。倘若我们再到校授课，他们一定要说我们受了官厅的侮辱还嫌不够，再去招引一般社会底侮辱吗？这是我们决不再到校授课的一种理由。

（二）我们自从去年秋季开学以后，这半年当中，受外界的攻击非常厉害，那也不必说了。但是照古人"物必先腐而后虫生"的话，这外界攻击的根据，实在并不从外界起的。所以这半年当中，我们在内部里所受的痛苦，真是一言难尽。那是外界攻击的痛苦，也就从此而来，想来诸君同在校内，决不是不明了此中情形的。现在好容易得到了脱离这种痛苦的机会，要是再钻进这种痛苦窟来，那真是自作孽了。况且当这暂告段落的时候，在诸君方面，固然是贯彻始终，绝无变化。但是，旁的方面，也有主张维持现有地位的，也有主张无代价牺牲的。这情况复杂的当中，我们要是进校，不是做破坏现状的罪魁，就是做促进牺牲的机械。诸君试替我们一想，我们还可以到校授课吗？这是我们决不能再到校授课的又一种理由。

以上理由说明了，要请诸君彻底地原谅我们，我们并不是对于诸君说"不肯"，也不是对于官厅说"不敢"，实在是有种种的不便。还要忠告诸君一句话，你们第一次宣言上说："我们今天拘留经校长，并不是'非经不可式'的挽留。"现在我们希望你们的挽留旧教职员，也别作"非旧不可式"的挽留。以后只要注重校长问题，别再把旧教职员全体进校的这句话和官厅争无谓的意气，让我们也得借此息肩罢。我们从此以后，决和第一师校的职务脱离关系，做一个和诸君永远不断关系的校友，有可以替诸君尽力的地方，还是一样可以尽力。那么我们虽然很觉得对不起诸君，也借此可以自解了。

诸君，他们以后，向着光明的路上努力为新文化运动奋斗，千万别掺一点个人谋私利的念头在里面，那么，虽然不免暂时的牺牲，毕竟能得最后的胜利。不然，像西南军政府一面挂起护法的招牌，一面争权争利，那终究是不免拆穿西洋镜，不值半文钱的，这种教训多着哩。古人说："殷鉴不远"，又说"前事之不忘后事之师"。诸君记着，这是我们的临别赠言。

陈望道　夏丏尊　刘大白

1920 年 4 月 8 日

从这封至为恳切的信中还可看出，这三位老师当时承受的压力有多大！这样一批开拓勇进的急先锋，被封建卫道者视为眼中钉肉中刺倒亦不足为奇，而大多数群盲，把官方语视为圣旨或亚圣旨的，却形成了一把无形的割肉的刀，其作用却即不值一驳又十分腻味。也从信中看到师生双方的情谊有多深切，实非一般泛泛者可比；双方均以新文化运动为己任，不惜作出牺牲，当然，不该作无谓的牺牲。一师学生读了此信之后，以全体学生名义，复三位老师一封公开信，题即为《浙一师全体学生致刘大白、陈望道、夏丏尊先生的信》，并印了分发给大家。信云：

我们全体同学以爱戴先生的缘故，曾经派九次代表邀请先生到校任职，哪知道 5 月 5 日先生竟决决绝绝地回复我们。我们以为最亲爱的光明指导者为了环境关系不复聚存一堂，心里觉得非常愁闷，不过先生底苦衷我们也很明白，这样荆棘横生的道路也不能勉强先生去走，但先生是新文化的先驱，我们对于先生的爱慕依然不断，并且加强，总希望先生时时指导我们，扶助我们。先生，这个黑森森的树林虽有一条小路可通光明的境界，但是林中毒蛇也有，猛兽也有，我们走到半路的时候遭到了这种危险，先生虽是在空旷站着，听了我们的呼救声，想起来总肯援助我们的，比来寒暑无常，诸惟努力自爱。

时至八十多年的今天来重读此公开信仍不难体会到当时同学们识大体、明是非而又珍重这份难以割舍的珍贵情谊的复杂心情。这是多么值得永远歌颂的师生情谊啊！

经亨颐校长辞职后，便回到上虞白马湖畔去筹建春晖中学了。夏丏尊先生则应聘复去长沙湖南第一师范任教，陈望道回到老家义乌分水塘，潜心研究新思潮，并着手翻译《共产党宣言》。

夏丏尊在浙江一师培养了一代优秀人才，名人辈出，在此就不一一列举了。

搜得漫天风絮去 贮将心里作秾春

湖南一师创立于 1903 年，它的前身是宋代建立的长沙城南书院，可谓渊源有自，历史悠久。1912 年改名为湖南第一师范。

1920 年时湖南第一师范校长是易培基，教务主任是匡日休（互生）。同夏丏尊先生一起受聘的，还有周谷城、舒新城、孙俍工、田汉、汪馥泉等人。匡互生对湖南一师的教育改革推动很大，与夏丏尊十分投缘。夏丏尊任教第十班的国文，提倡要发挥同学们动脑筋，要有自己的思想；反对学古文而只为古人注疏，认为只作注疏的教育方法，只能起到留声机的作用。

易培基之所以要延聘一批参加过"五四运动"的新人物而撤换思想保守的老教员，其意即在彻底改革教学内容与方法，还要从根本上废除不合理的管理制度，实行男女同校，还创办了工人学校。在易培基校长、匡互生教务主任的带动下，湖南一师顿时出现了民主自由的新风尚，自由讨论、百家争鸣的良好学术风气，成了一师师生须臾难离的事物，宛似布、帛、粟、米之不可暂缺一般。

匡互生更具艰苦创业、自我牺牲的精神，这一点复得夏丏尊的深深敬佩，从而更结下了基础牢固的深厚友谊。

夏丏尊在湖南一师又结识了教数学的刘董宇，后来夏丏尊与匡互生、刘董宇在春晖中学与上海立达学园更进一步深交，友谊又得到进一步的发展。

当时湖南一师有一硬规定，即任教老师必须都是大学毕业生。这本是一笼统而不切实际的"规定"。毛泽东在一师毕业后就去一师附属小学当校长，当时称主事。那时毛泽东创办和领导了新民学会，已颇露头角。一师教务主任匡互生钦佩毛的抱负与才华，遂特地提议在学校招聘教师的规定上加上一条，"附属小学的主事，可以到师范学校任课"。就这样，师范毕业生毛泽东就能破例来任师范国文教员了。于是毛泽东与夏丏尊一度成了同事，并同教国文。尽管毛的眼里，夏丏尊是个不了解政治的人，但对他的人格还是很崇敬的。这内容见于傅彬然《记夏丏尊先生》。此文还接着说："丏尊先生中年以后，不曾积极参加政治运动。他是一位有良心的、天真无邪的、富于正义感的自由思想者。他对于那些用了青年的血去洗刷自己，或去作为州官发财的本钱的人们，无情地加以呵斥，对于每一个忠于自己理想的，他衷心表示敬佩与爱护。"

夏丏尊在长沙教书期间，作过一些诗，但保存下来的不多。有一首七绝是笔者十分喜欢的，也是从小看着它、读着它长大的，父亲也时时张挂它。直至现在，它仍张挂于我书斋中的显著位置。诗是这样写的：

> 中年陶写无丝竹，
>
> 泽畔行吟有美人。
>
> 搜得漫天风絮去，
>
> 贮将心里作秾春。

诗无题，即题作"长沙小诗之一"。而其它的呢？现仅知尚有长调词一首与新体诗两首，恕下面再说。先说这首七绝。

"中年陶写无丝竹，泽畔行吟有美人"二句对得甚工，用典亦恰切，从江浙来到楚湘，自然首先就想到了屈原，想到了兰泽芳草，这倒没什么值得多说的。而为什么要"搜得漫天风絮去"而还要"贮将心里作秋春"呢？这似可从两方面来看。夏丐尊之所以要离乡背井，辞了浙江一师的职，离开一大批心爱的学生与熟稔的老师员工，来到湖南一师，还不是因为一师风潮中受到了人格的侮辱，看到了当局的昏黑，与不可一世。好比欲迷人眼的沙尘暴，就是不能让人过好日子。而世道再狂再坏，也总难杀尽正义者，代代都有崇敬真理、热爱自由的人们，而且只会越来越多。风再狂、絮再乱，志士是不会畏惧的。不但不害怕，还可用这风絮来化春泥而更护春呢！

"贮将心里作秋春"，痛定思痛，将更进一步去忧国忧民，热爱教育事业，诚然是主要方面，但背井离乡必须又给生活带来诸多不便，这在另一首长沙时代所作的长调词《金缕曲》里，得到了充分的表现：

漂泊三千里。莽苍苍，天涯目断，故乡何处？欲问青天无酒把，尝尽离愁滋味，笑落魄萍踪如寄。逝水年华无术驻，怎匆匆，早是秋天气。又过了，中秋矣。多情最是团圆月，却装成旧时颜色，寻人羁旅。透入书窗怀里堕，来看愁人睡未。要分付婵娟一事，今宵俏到家山去。把相思，诉入秋闺里。道莫为郎憔悴。

此词是孤身一人羁旅三千里之外，怀念妻儿的典型多愁之作，情感真挚，初无掩饰，纯朴无华。一诗一词，正是一表一里，都是长沙时代真实思想的真切反映。至此又必须反过来再讲诗，他之所以能"贮将心里作秾春"，其中包括了多少不便言宣不愿言宣的千头万绪啊！

也同在这长沙时代，夏丏尊还作了两首新体诗，都发表于1920年《民国日报》的《觉悟》副刊上。一首题为《登长沙白骨山》，录如下：

牛背式的光山，满眼都是小疮似的荒冢。

全体长着短草，成了一片暗绿的包皮；
只有人踏平的黄泥路和新裂的窟窿。

被快下山的日光烧得殷红，和疮里流出的鲜血一样！

附近工厂底烟筒，桅杆似东西矗着，

卷出忽像白云忽像墨棉的烟来；

夹了夜来的温气，

把天空染成灰色！

像个恐怕山上太寂寞了！

工场里底工人，山下底行人，

都把他们底声音，一齐用风送上山来；

好像报告说：

也快来了！

另一首题为《雷雨以后》：

阵头过了！

远远地响着若有若无的雷声；

微微地掺着如雾如丝的雨花。

旧棉絮色的云底破缝里，

透出又长又斜的阳光，

和形状不规则的青空。

没有几时，

破缝渐渐地大了，

开出全碧的世界在我们头上。

微风拂拂地在树上吹着，

小鸟啄着羽毛在枝上唱着，

都好像大难后初得平安的喘息！

后来夏丏尊诗词写作似乎并不太多，新体诗的写作或许更少。在此聊存一二，亦寓聊存当时时代风尚之意。

到 1921 年，民国十年辛酉，夏丏尊因白马湖春晖中学已办起来，就辞了长沙的教职，回家乡上虞去教书了。

法师与尤墨君的一段交往

　　1921 年，民国十年辛酉之正月，弘一法师将要离开衢州，准备去温州之前，特地手写了《大乘戒经》一部，还将自己的近作，凡七篇，写成一个手卷，送给南社时的老朋友尤墨君。尤墨君在《追忆弘一法师》一文中，关于此事是这样写的："一九二一年春，弘一法师将离衢州时，先后曾赠我一本他写好的《大乘戒经》和他写的一幅小小的手卷。前者是法师披剃二年纪念所写，后者是录他近作七篇，用朱笔点句，句读分明。他出家以后所写的文章，冲淡渊穆，好像一泓止水，和他以前的写作专尚秾丽风华者不同。"

　　尤墨君是江苏吴江人，生于 1895 年，卒于 1976 年，历任衢州、台州等地中学教员。弘一法师在衢州时，他亦正在衢州，旧友重逢，故彼此都十分高兴而引起了赠经卷、小手卷等事。尤墨君过去读多了李叔同秾艳华瞻的文章，而出家后一变旧貌，真有返朴归真之感，这一点是令他有所感触的。因此而引发了愿为法师编辑在俗时所作之诗词为《霜影录》一事。看来是他俩同在衢州时当面商订的。稿子也已编得差不多了，至少篇目等都在信札往还中具体谈及，但后来法师具体认真地删削，几乎所剩无几了，最后终于未能再进行下去。

关于编辑《霜影录》前前后后的详情，尤墨君于《追忆弘一法师》一文中亦有详述，今转录如下："……我因想搜集他的旧作印成小册，取名《霜影录》，因法师披剃前别署'息霜'。这，他并不反对，因他和我通信联系，有'三十岁的前作诗词多涉绮语，格调亦单，无足观也'。但他又嘱我把《霜影录》刊出后，寄一册给他住在北京的侄儿李圣章，并又云：'圣章为朽人（法师自称）仲兄之子，俗家后辈之贤者，以此付彼，聊表纪念也。'目录已定，寄他审阅。他来信这样说：'若录旧作传布者，诗词悉可删，以诗非佳作，词多绮语。赠王海帆诗不记此事。以前送致社之稿皆友人代为者，未经朽人斟酌，故甚淆乱。《白阳诞生辞》亦可删。……鄙意以为传布著作，宁少勿滥；我爽然若失，因若照他说法，几无可刊之稿，为尊重他的意志，故刊印事只好搁而不谈。……"

从上引这段文字看，法师先同意编，后又左删右删，删得让人几乎无法编下去，而最终达到编不成的目的。前后似乎太矛盾了，几乎等于是在与尤墨君开玩笑了！这是否是真的开玩笑呢？不。一开始同意编是真的同意，决不是敷衍。但等具体面目一编出，从已出家的角度来看，情况却真的大不一样了，再去编绮语，编自己不满意的作品，自然是更不能同意了。这不同意更是真的不同意，无可奈何！为此尤墨君也并没有生气。写文章时更是丝毫没有表露。为什么？因为他理解了法师的前后不同态度都属真实的。法师有一种威慑力，再加上他前后并不完全矛盾而都是真实不虚，所以尤墨君对他只有由衷敬仰之份。

其实尤墨君与李叔同虽同属南社，也只是彼此神交而已，并未见过面。只有在李叔同出家成了弘一法师并去衢州时，才得谋面。这在《追忆弘一法师》一文中也有记载，看来还是引录原文比笔者转述要好。文章开头即云：

屡从《文汇报·笔会副刊》上获读关于弘一法师即李叔同先生的言行记载，每读一次，我即起"仁者今年五十，宜立日深，尽其形寿，以为记念"之感，因今日再读他的遗札，时间已过了二十年，而我慧根未具，还不曾遵他的谆谆嘱咐，定下念佛的日课来。我与弘一法师神交于他未披剃之前，获识于他已出家之后，因此我在这里不称他先生而称他法师了。

任何性情暴戾的人只要一晤弘一法师，没有不会衿平躁释的。凡接触过他的人都有这样感想。便是我，在一九二○年初次相见于浙江衢州祥符寺，一九二七年再度相逢于杭州云居山常寂光庵，虽仅二次，然法师给予我的印象至今还常萦脑际。法师的态度如其字，静穆之中，寓温恭之致。他接待往访者，常正襟而坐，面呈微笑，眼观若鼻，手捻佛珠，很自然，很谦和。这种态度是任何人所学不到的。尤使人背后赞叹的，他是正襟而坐，不是"正襟危坐"，因为若是这样，他要拒人于千里之外了。如有问，他必答；倘无问，他不言。不过他虽不言，对坐者对他总起一种钦敬之心而同时又有一种亲切之感。反之，你若同他谈佛学，他自然很高兴；便是你同他谈谈篆刻、书画、音乐等，他也总会使你满意而归。

他在衢州时，我得暇即去访他。有次，谈到书法时，他主张习字先碑后帖，至于为什么要先碑后帖，他就不再阐说，要问者自己去独立思考了。"习字先临碑是要得其古趣，后写帖是要具有媚态。"记得当时我这样问他："是不是？"他微笑点头，也不再作答。这话匣一开，接着就可以问他临碑应先临什么碑了。还有一次，我因他赠给我的法书和写给我的便札上钤章所用的印泥红中常黄，黄中带红，色泽非常鲜明，不解是什么印泥，因而问他。他说印泥不用太讲究，他用的是西泠印社硃膘和硃砂印泥两种拌合而成的。拌要拌得和，须有耐性，永不变色泽。现在我检视他的遗札，果然。

法师在衢州时所乐于会晤的，首数识字不多的劳动界人们，次之知识分子，天真未昧的孩童他更喜爱；所最不喜爱接见的是官僚士绅。那时衢州某团长慕名往访，三访三拒，他有些气愤了，说弘一法师瞧不起武人。事闻于法师，有人劝他还是一见，他说这位团长无非想要我一张字，那么我就赠给他一幅佛号，烦你转交吧。结果这拥兵自重的团长终不能一见这位法师。有位老居士携其二岁的幼孙往访。这位小朋友是农历五月初五十一时出生的，法师抚爱备至，教他写了一幅二尺小楹联，付之精美的装潢，加以跋语，赞这小朋友的书法他还不能及，这幅小联后来不知赠于何人了。法师在衢州的数月时间中，钦敬他的人自然很多，但说他脾气古怪的也着实不少，大概是因他不喜会晤一班所谓官僚士绅之流的缘故。

由此记载，又一次看到，弘一法师不愿与官僚士绅打交道的高尚气节。他广为结善缘是不容忽视的事实，但就中经纬却是十分鲜明的。凡善良之人，人品高尚之人，他不但真心对待，热情款接，赠送墨宝是不在话下，甚至还为写传赞扬之，如汪居士；而官僚士绅，他就是不接见。而为了不得罪于人，托人转送一幅字，以免啰嗦，实例颇多，不一一列举，所以此等人，也只能说他脾气古怪了。其实此中含义是不言而喻的。

学生心目中的两位老师

　　1921年，民国十年辛酉正月，弘一法师回到杭州后，即披寻《四分律》，并研读诸多前辈之作。这在后来他写《四分律比丘戒相表记自序》时，有所记载："庚申之夏，居新城贝山，……明年正月，归卧钱塘，披寻《四分律》，得览此土诸师之作。"

　　法师弟子丰子恺，在行将赴日游学之前夕，得知法师在杭，特地前往话别。他在1926年8月4日所写的《法味》一文开头，便这样写道：

　　暮春的一天，弘一法师从杭州招贤寺寄来了一张邮片说："近从温州来杭，承招贤老人殷勤相留，年内或不复他适。"

　　我于六年前将赴日本的前几天的一夜，曾在闸口凤生寺向他告别。以后仆仆奔走，沉酣于浮生之梦，直到这时候未得再见，这一天接到他的邮片，使我非常感兴。那笔力坚秀、布置妥贴的字迹，和简洁的文句，使我陷入了沉思。做先生时的他，出家时的他，六年前的告别时的情景，六年来的我……霎时都浮出在眼前，觉得六年越发像梦了。……

　　作为李叔同、夏丏尊两位老师共同的学生丰子恺，对两师的敬仰，多

146

有共通之处。在他《悼丐师》一文中，一开头便这样写道：

> 我从重庆郊外迁居城中，候船返沪。刚才迁到，接得夏丐尊逝世的消息。记得三年前，我从遵义迁重庆，临行接到弘一法师往生的电报。我所敬爱的两位老师的最后消息都在我行旅倥偬的时候传到。这偶然的事在我觉得很是蹊跷。因为这两位老师同样地可敬可爱，昔年曾经给我同样宝贵的教诲，如今噩耗传来，也好比给我同样的最后的训示。这使我感到分外的哀悼与警惕。

丰子恺一生对这两位老师的尊崇是有目共睹的，上引这段话语，更是对二师情谊的集中表露，也足证弘一法师与夏丐尊一生牢不可摧的坚实真切情谊之非同寻常。在他们学生们的心目中，有多么光辉，连同在行旅倥偬时接到二师噩耗，都会产生一般人难以理解的联想，都能认为是一种训示——至关重大的训示。这等的感染力，一般情况是达不到的吧！一般人也是感受不到的吧！

丰子恺在这篇文章中还进一步写道：

> 夏先生与李叔同先生（弘一法师）具有同样的才调，同样的胸怀。

在浙江省立第一师范学校任教时的李叔同

不过表面上一位做和尚，一位是居士而已。

犹忆三十余年前，我当学生的时候，李先生教我们图画音乐，夏先生教我们国文。我觉得这三种学科同样地严肃而有兴趣。就为了他们二人同样地深解文艺的真谛，故能引人入胜。夏先生常说："李先生教图画音乐，学生对图画音乐看得比国文数学等更重要。这是有人格作背景的原故。因为他教图画音乐，而他所懂的不仅图画音乐；他的诗文比国文先生的更好，他的书法比习字先生的更好，他的英文比英文先生的更好……这好比一尊佛像，有后光，故能令人敬仰。"这话也可说是"夫子之道"。夏先生初任舍临，后来教国文。但他也是博学多能，除了音乐以外，诗文，绘画（鉴赏），金石，书法，理学，佛典，以至外国文，科学等，他都懂得。因此能和李先生交游，因此能得学生心悦诚服。

在李叔同、夏丏尊两位老师共同的学生心目中，他二位的共通之处：一是人格高尚，端厚严肃，慈悲为怀，待人诚恳；二是多才多艺，造诣皆深，又勤勉从事。所以弟子们无不由衷敬爱。而这样两位可敬可爱的老师之间的友谊，则更是非同凡响。虽然一个当了和尚，一个是居士，却丝毫不影响他们之间友谊的永恒。丰子恺在这篇文章中还写道：

我师范毕业后就赴日本。从日本回来就同夏先生共事，当教师，当编辑。我遭母丧后辞职闲居，直至逃难。但其间与书店关系仍多，常到上海与夏先生相晤。故自我离开夏先生的绛帐，直至抗战前数月的诀别，二十年间，常与夏先生接近，不断地受他的教诲。其时李先生已经做了和尚，芒鞋破钵，云游四方，和夏先生仿佛是两个世界的人，但在我觉得仍是以前的两位导师，不过所导的对象，由学校扩大而为人世罢了。

读罢丰子恺这段文字，更进一步令人看清李、夏二位先生，虽一僧一俗，而他俩的精神世界仍是相通的；虽都是出了校门，但仍不失为导师——人世间的导师。难怪他俩的学生们，无不共仰二师。

今日再来重温二师间之情谊，重温学生们对二师之景仰，无疑仍具极高的现实意义。

新时代丛书社

1921年6月，夏丏尊在上海参与了"新时代丛书社"的筹建工作。该社是由上海共产主义小组创办的，由陈独秀、李大钊、李达等，联合周作人、李季、李汉俊、沈玄庐、周佛海、邵力子、沈雁冰、陈望道、戴季陶、周建人、经亨颐，以及夏丏尊共十五位知名人士筹建成立的，社址就设在上海贝勒路（今黄陂南路）树德里108号。当年6月24日的《民国日报·觉悟副刊》还刊登了《新时代丛书》的编辑缘起：

我们起意编辑这个丛书，不外以下的三层意思：

一、想普及新文化运动，我们以为未曾"普及"而先讲"提高"，结果只把几个人"提高"罢了，一般人未必得到益处；我们又相信一个社会里大多数的人民连常识都不曾完备的时候，高深学问常有贵族化危险，纵有学者产生，常变成了知识阶级的贵族，所以觉得新文化应该先求普及。

二、为有志研究高深些学问的人们供给下手的途经，这是和上面说的一层相关连的，普及两字在别一意义上就是筑根基，各种讲科学、讲思想的入门书在现在确是很重要，便是主张"提高"的，这一步也是跨不过。

三、想节省读书界的时间与经济，在资本主义的社会里，不但进学校读书的权利不是人人都有，就是看点自修书的时间和经济也不是人人都能有的。这个丛书的又一目的，就是希望能帮助一般读者只费最短的时间和最少的代价，取得较高的常识和各种科学的门径。

这就是我们编辑这个丛书的一点意见了。关于编辑方面的办法，下面说明：

一、定名：本丛书定名为新时代丛书。

二、宗旨：本丛书以增进国人普通知识为宗旨。

三、内容：本丛书内容包括文艺、科学、哲学、社会问题及其它日常生活所不可缺之知识，不限定册数，或编或译，每册约载三万字。

四、编辑：由同人组织"新时代丛书社"，社员负责；社外著作，如合本丛书之性质，而愿让与本社出版者，经本社审查后，再议条件。

编辑人（以姓字笔画繁简为序）

　　李大钊　李　季　李　达　李汉俊

　　邵力子　沈玄庐　周作人　周佛海

　　周建人　沈雁冰　夏丏尊　陈望道

　　陈独秀　戴季陶　经亨颐

通信址：上海贝勒路树德里一百零八号转新时代丛书社

发行所：商务印书馆

众所周知，中国共产党成立于1921年7月1日，而夏丏尊所参加的这个丛书还早于党的成立。可见这丛书是为党的成立作舆论准备的。由缘起内容来看，编书目的明确，是为了普及知识，把劳苦大众创造的知识，还给劳苦大众自己。其心胸有多么宽广，意义多么深远。

这些编辑人，可以说是在日后成立后的中国共产党直接领导下进行编辑翻译工作的，他们是中国最早为共产主义事业奋斗的斗士。该丛书先后共出版了九种，它们是：

日本堺利彦达恺著《女性中心说》（1922年1月）夏丏尊译。

日本高畠素之著《社会主义与进化论》（1922年3月）夏丏尊、李继桢译。

英国派纳柯克著《马克思主义和达尔文主义》（1922年3月）施存统译。

日本高畠素之著《马克思学说概要》（1922年4月）施存统译。

英国唐凯司德著《遗传论》（1922年6月）周建人译。

日本安部矶雄著《产儿制限论》（1922年10月）李达译。

英国麦开柏《进化》、《从星云到人类》（1922年12月）太朴译。

日本山川菊荣著《妇人和社会主义》（1923年11月）祁森焕译。

瑞典爱伦凯著《儿童的教育》（1923年12月）沈泽民译。

以上引书目有出版年月可看出，这丛书有多么认真，翻译出版选题之集中、突出姑且不论，出版速度之高，亦是当今出版界值得认真学习的。这九种书里就有夏丏尊译的一种半，施存统等又是夏丏尊的学生，可见夏丏尊在该社中所起作用之不一般。

也在这不平凡的1921年，我国文坛掀起了一股热烈介绍苏联文学之潮流。它与日后的全面介绍相比，当然还只是在初级阶段、启蒙时期，但也已相当可观，而其中夏丏尊的译作就不少。《小说月报》二卷出版俄国文学研究专号，其中就集中登载了夏丏尊从俄文转译的克鲁泡特金的《阿蒲罗摩夫主义》，还有直译日本人关于苏联的著作：西川勉著的《俄国底童话文学》、白鸟省吾著的《俄国底诗坛》。夏丏尊及时选出了这些文章，翻译介绍给中国读者，足见其远见卓识之一斑。

1922 年秋，孙中山、朱执信等国民党人士为了掌握宣传舆论工具而建议筹建的民智书局开业，店址设在河南路 90 号，出版了孙中山的《建国方略》、廖仲恺译的《全民政治》等，同时也出版了夏丏尊译的《女性中心说》、张闻天译的《柏格森之易变哲学》、蔡和森著的《社会进化史》、《孙大总统广州蒙难记》。由此不难看出，夏丏尊译的《女性中心说》颇具影响，并得到广大群众的欢迎。

这《新时代丛书》除本身所起的主要作用之外，还起过更大的副作用。党成立 80 周年前夕，上海《新民晚报》发表了朱少伟的文章《建党初期的"新时代丛书"》，文中这样写道：

1921 年的初夏，李大钊、陈独秀、李达、李汉俊、沈雁冰、陈望道、夏丏尊、周建人、邵力子等 15 人发起建立《新时代丛书》社……通信处为贝勒路树德里 108 号即望志路 108 号，与望志路 106 号同为李汉俊和他哥哥的寓所（后天井相通）。同年 7 月，党的"一大"在望志路 106 号（今兴业路 76 号）召开过程中，突然受到密探骚扰。代表们迅速转移，十几分钟后，一队法租界巡捕前来搜查，李汉俊泰然自若地用《新时代丛书》社与之周旋，声称刚才只是几个教授在谈编丛书的事，并不是在开什么会。巡捕们得知这里是公开的编辑机构的联络地点，于是搜查得较马虎。"写字台抽屉有一份中国共产党党纲草案没有来得及收检，他们竟没有发

现。"（见《一大回忆录》）

此事虽与夏丏尊直接有关，而夏丏尊所参与的新时代丛书社却是立了关键的一功的。世人都不应忘记吧！

过沪手书诸经

1921 年，民国十年辛酉三月五日，弘一法师的旧友陶秉珍、朱章卿到杭州玉泉来访问法师，并合影一帧留念。特选草丛古树为背景，益显渊深与幽静。法师于相片左侧还题了字，一并印在相纸上，题云："辛酉三月初五日弘一音偕陶子秉珍朱子章卿写于玉泉。"法师站立于中间，一副端庄慈祥之相；陶、朱二子对法师恭敬之心态亦都跃然相上。

不久弘一法师离杭去沪，准备乘船去温州，就在短暂的候船期间，书写了《佛说五大施经》等三经，准备交付穆藕初居士来影印流通。法师之旧友

1921 年与陶秉珍、朱章卿居士在杭州玉泉寺合影

尤秉彝（惜阴）居士在此三经上写了题记云：

辛酉春暮，弘一法师欲赴温州办道，来沪待船，赠穆藕初居士以手写三经一帙：一为《佛说五大施经》，一为《佛说戒香经》，一为《佛说槵子经》。每经系以赞扬劝修语，并附行人常识数则，简约明显，妙契时机。穆居士特付石印，用广流通，以慰大师弘扬佛法之深心，并尽朋友见闻随喜之至意。谨附片言，以表是经出世因缘。末学尤秉彝稽首敬志。

法师手书的这三种经之墨迹，后归苏州灵岩山文物馆收藏，至1964年，岁在甲辰，法师弟子丰子恺复在墨迹上敬题跋文如下：

一、佛说戒香经　辛酉二月弘一沙门演音书

二、佛说五大施经　辛酉二月弘一沙门演音书

三、佛说木槵子经　辛酉三月弘一沙门演音书

先师弘一上人在家时，精通音乐、演剧、诗文字画，而于书法造诣尤深。出家后屏弃诸艺，独不忘情于书法。常写经文佛号，广结胜缘。此三经乃初出家时为穆藕初居士所书者。笔力遒劲，与后年所书轻描淡写，落墨不多者迥异其趣。在佛法上与艺术上，此皆可称为至宝。藕初居士乃当年沪上巨贾，皈依大师，热心弘法。白马湖晚晴山房之建筑及《护生画初集》之刊行，此人曾慨捐不净之财，亦难得也。苏州灵岩山妙真老法师创办文化馆，得此墨宝，属为题字，率书所知如上。时甲辰岁首，丰子恺于海上日月楼。

丰子恺作此题时，"浩劫"之火药味已渐渐增浓而烈焰未至，故尚敢对世事作较公正评述。木槵子为山林中自生之一种落叶乔木，树皮灰白而平滑，叶互生，羽状复叶，花淡绿色而细小，果实为圆形之核果。外皮可供洗濯之用，种子可作念珠、羽子等用，亦名无患子、木患子等。佛经云："当贯木槵子一百八个，常自随身。"

这次弘一法师过上海，仍住沪国院。因该院主僧与西湖玉泉寺住持真空（河南人）同一系统，法师与玉泉寺的因缘至深，所以到上海来往往就住在护国院。护国院在南市，是老关帝庙的雅称。住在该院时，又手书了《佛说头陀经》一卷，书毕，即在经后作题记云：

辛本三月十日，居上海护国院，弘一沙门演音敬写。愿将以此功德，回向四恩三有，法界众生，同离结著，集诸善本。

发大乘心，往生西方，速得无上正真之道。

这部《佛说十二陀经》现藏中国佛教协会，是 1959 年北京西山八大处二处灵光寺发现佛牙，为之兴建佛牙塔时，温州某僧寄来装藏的。看来此经法师书写后，即随身带往温州庆福寺去了。

初到温州

1921 年，民国十年辛酉三月，弘一法师承玉泉居士吴建东之介绍，离杭抵沪，小住数日，即乘船去温州庆福寺了。这庆福寺俗称城下寮，坐落温州大南门外飞霞洞前。背山面水，环境清幽。该寺创建于清代嘉、道年间。民初，寂山上人驻锡该寺时，复增筑精舍，庄严法门。又复建莲池会，从者千余众，胜名流传，遍及瓯江。玉泉居士吴建东梵名演定，又名衍，福建浦城杨溪尾人。他谢世之后，弘一法师还专诚为他撰写了墓志铭，全文如下：

居士姓吴，字建东，梵名演定，复名衍，闽浦城杨溪尾人。改元后七年，余始剃染，与程子中和住玉泉，闻居士名。逮及岁晚，乃获展晤，深以忻喜，因共栖止。居士闻法最早，乐玩般若，于"凡所有相，皆是虚妄"句，常致三复。程子专讽华严，后出家字曰弘伞，与余同师门也。翌年冬，结期修净业。十二月八日共燃臂香，依天亲菩提心论发十大正愿。居士先一夜未尝睡眠，惟持佛号。尔后道念日进，盖善友同集，互以策励而致之也。余尝披《灵峰宗论》法语示居士，览未终卷，自谓心意澄澈，异于平时。历数日，入市求桔，童子昂其值，居士瞋诃，遂复常度。辛酉季春，余徙永嘉，掩室城寮，盖由居士为之容介。尝致书曰：凡所需求，无虑难继，有某在耳。后五载丙寅，余归钱塘，乃知居士先已迁谢。居士貌温和而性刚直，守正不阿，好义忘利，年未四十，遽尔淹逝，知其人者，悉为叹惋。住玉泉久，自号玉泉居士。今岁丙子，介弟涧东夫妇，为卜葬于玉泉寺畔青石桥石虎山中，属铭于余。因忆往事，粗述其概，系以铭曰：

> 常乐出家，勤修佛法。
>
> 胜业未就，薤露朝溘。
>
> 冀其再来，乘愿不忘。
>
> 一闻千悟，普放大光。

法师之先往温州城下寮，由吴建东绍介，在此铭中得到第一手证据。而另有一说，是由同学瑞安林同庄介绍，由温州吴璧华、周孟由二居士延请的。因弘一法师的《音公驻锡记嘉行略》一文中这样写道："溯吾师自民国七年出家杭州虎跑，受具灵隐，九年研教新城贝山，因旧同学瑞安林同庄君言，永嘉山水清华，气候温适，师闻之欣然。又因吴璧华、周孟由二居士延请，遂于十年三月料理行装，拥锡来永，挂褡城南庆福寺。"另外，丁鸿图《庆福戒香记》中，亦有"弘一上人以周孟由、吴璧华二居士之介，驻锡于此"的记载。二说似亦不矛盾，姑并存之。

弘一法师来到庆福寺后不久，就想要掩关静修，从事律学著述，与寺中约法三章，谢绝诸缘。这在丁鸿图《庆福戒香记》中亦有详述，现将有关文字摘录如下：

庆福寺，位于温州之东城下，俗名城下寮。僧伽笃宁清规，专修净业，蔚为一郡名蓝。……弘一上人以周孟由、吴璧华二居士之介，驻锡于此，喜其幽寂，遂居之，且兴终焉之愿。……师于民国十年三月初莅寺，居数日即闭关，编《四分律经丘戒相表记》。曾为约三章如下：

余初始出家，未有所解，急宜息诸缘务，先办己躬下事。为约三章，敬告同人：

一、凡有旧友新识来访问者，暂缓接见。

一、凡以写字作文等事相属者，暂缓动笔。

一、凡以介绍请托及诸事相属者，暂缓承应。

唯冀同人共相体察，失礼之罪，希鉴亮焉！

释弘一谨白

由此即可明白体会到，弘一法师是多么想要排除众杂务，一心潜修佛律啊！

闭关后，弘一法师首先习学的是四分律部。在此期间，他曾撰写了《刻十二头陀经跋》，赞叹迦叶尊者，冀正法之重兴。文如下：

《刻十二头陀经跋》——先老人遗著

头陀以抖擞尘劳为义，具十二法。迦叶尊者，终身奉行。世尊谓正法住世，全赖此人。迨兹末运，妄以须发当之；尚不知比丘戒为何事，矧头陀法耶？余虽根劣，仅持一二，然一番展读，辄一番愧感。例诸贤达，想亦当尔。重录梓行，伏愿见闻随喜者，发增上心，多少奉持。庶重兴正法，不日可望耳。辛酉三月演音敬录。

大迦叶尊者，毕生行头陀行："我今所有无上正法，悉已付嘱摩诃迦叶，当为汝等作大依止。"弘一沙门演音敬录。

时初来瓯上，居城下寮，习四分律部。

在此，弘一法师表示了要进一步严守戒律的宏愿。今后以行动证实了他真是说到做到的。

春　晖

　　1921 年，民国十年辛酉四月，弘一法师因事去了趟上海，即住在他曾教过书的城东女学。他在俗时的女学生朱贤英特此来拜望老师，老师即勉励她专修持名念佛，勿旁骛他法。朱贤英深受老师之教，表示真心领受。可惜就在同年年底，她就病故了。后来她的同学把她遗留下来的绘画编集起来，准备影印出版，于次年壬戌，来求老师为之题词。弘一法师的这篇《朱贤英女士遗画集题词》是这样写的：

　　壬子春，予在城东授文学，贤英女士始受予教。其后屡以书画乞为判正，勤慎恳到，冠于同辈。未几负疾，废学家居。前年侍母朝普陀，礼观音大士，受三皈依。自是信佛至笃，修习教典，精进靡间。去岁四月，余来沪，居城东，贤英过谈半日。勉以专修持名念佛，毋旁骛他法。其时贤英至心信受，深自庆幸。乃以幻缘既尽，殇于岁晚。净业始萌，朝露溘至，可叹嗯也。比者，同学集其遗画，影印辑佚，以志哀思；远征题词于予，为记其往因缘如是。壬戌二月大慈弘一沙门演音书于温岭寮藏堂。

　　这位朱贤英女士是勤勉好学又天资不凡的人，死得过早，真是可惜之至。如若天假其年，或许会成为"朱子恺"、"朱天寿"等等。弘一法师题词虽简，貌似平淡，而内心之惋惜依旧跃然纸上。她的同学们对她的敬重，亦正反映出她为人之正直善良。还特地征求题词于远在温州的昔日的老师，老师虽已出家为僧，还仍慨然应允，亦足证老师对朱贤英绘画天分的了解至深；虽教她的是国文，而其它方面亦多所关怀。此亦足证李叔同决不是单打一的死教书，而是对学生有多方面的了解，从而因才施教的。虽已难详知城东女学的教学情况，而李叔同的全才多能学生有所了解，从而学生有美术、音乐等方面的才能多愿求教于李老师，这也不是不可能的，而是十分顺理成章的。从事教学，则全心扑在教学上，这一点，也正是李叔同与夏丏尊二位的共性之一。

而此时的夏丏尊，已应经亨颐之邀，在老家上虞，白马湖畔的春晖中学任国文教师了。

前文已述，夏丏尊等老师是在浙江一师学潮中遭受不公正待遇，受到人格侮辱，才离浙赴湘，去长沙教书的。此时经亨颐早已参照日本高等学校的格局，提出设计方案，建造好了春晖校园，便敦请老友夏丏尊前往任教了。

一师时，夏丏尊主要是任学监，后来又兼教国文的。而此时的夏丏尊则已厌倦了学监之职，只想一心教书了。此时亦已不叫学监，而称为教务主任了。夏丏尊便推荐匡互生先生去春晖中学任教务主任。

夏丏尊虽只担任国文老师之职，而出于天性的认真，所以对整个学校的建设、改革和发展，仍一一均视为己任，从各个方面，均认认真真地来协助经亨颐、匡互生。他是1921年夏天就来到春晖的，直到12月20日春晖中学举行开学典礼，这期间，夏丏尊为春晖所花的心血是可想而知的。

请想一想，八十余年前的上虞偏僻山村中，经经亨颐等热心教育事业的志士能人一番努力，平地起了一座中学，并可与当时国际先进水平相比，这是何等了不起的一件创举啊！这所学校不但一般设备完善，还自备小发电厂，并有大型的运动场、露天游泳池，配有科学仪器实验室，可容近千学生同时就餐的大食堂等等。给每个教学楼与学生宿舍，还都起了高雅的楼名。如面对群山的教学大楼，则取名"仰山楼"；女生宿舍在学校西侧，则命名为"西雨楼"；两排平房联在一起的男生宿舍，则雅称曰"曲园"；教师办公楼呈"一"字形，便叫它作"一字楼"；教员聚会的会所，即因校名而称它为"春社"；等等。

总之，在八十多年前，这所春晖中学之创立，在不少方面在国内都是开先河之创举。如向军阀政府申办立案手续，切实贯彻反对旧势力、建立新学风的办学主张，实行男女同校，改革教学内容，实施民主管理，等等。

夏丏尊在校除教国文外，还兼任《春晖半月刊》的主编，并亲自起草了一份《春晖的使命》，全文如下：

啊！春晖啊！今日又是你的诞辰了！你坠地不过一年零几个月，若照人的成长比拟起来，正是才能匍匐学步的时期，你现在正跨着你的第一步，此后行万里路，都由这第一步起始。你第一步的走相，只要不是厌嫉你的人们，都说还不错。但是第一步总究是第一步，怯弱的难免，即在爱你的人，也是不能讳言的。

怯弱倒不要紧，方向却错不得！你须知道，你有你从生带来的使命！你的能否履行你的使命，就是你的运命决定的所在。你的运命，要你自己创造！

……你是生在乡间的，乡村运动，不是你本地风光的责任吗？别的且不讲，你晓得你附近有多少不识字的农民？你须省下别的用途，设法经营国民小学、半日学校等机关，至少先使闻得你钟声的地方，没有一个不识字的人，才是真的。至于你现在着手的农民夜校，比起来那只可能是你的小玩意儿，算不得什么的。

你是一个私立的，不比官立的，凡事多窒碍。当现在首都及别的省官立学校穷得关门，本省官立中等学校有的为了争竞位置，风潮迭起，丑秽得不可向迩的时候，竖了真正的旗帜，振起纯正的教育，不是你所应该做的事吗？

你生也晚，正当学制改革之时。在新制之下，单纯的初级中学，办理上是很困难的。你现在第一步虽只办初级中学，但总须设法加办高级中学，酌量地方情形，加设文科、理科及农科、师范科等类的职业科。这条血路，你不应该拼了命杀出的吗？

你已男女同学了，这是本省中等学校的第一声，也是冒社会的忌讳敢行的一件好事。你应如何好好地保持这纤弱的萌芽，使它发达？

你生在山重水复的白马湖，你的环境，一不小心，就会影响你的精神，使你一方面有清洁幽美的长处，一方面染蒙滞昏懒的坏习的！你不应该常自顾着，使没有这种毛病的吗？

你无门无墙，组织是同志集合的。你要做的事情既那样多而且难，同志集合，实是最重要紧的条件。你不应该从此多方接引同志，使你的同志结合在质上更纯粹在量上更丰富吗？……

你的财产，原不能算多，但也算不得没有。这不多不少的财产，也许反容易使你进退维谷。但你须知道，真正的教育事业，根本是靠你的财产是没有甚么用的……你该怎样地用了坚诚的信念，设法培养这精神，使你自己在这精神之下，发荣滋长？

春晖啊！你于别的学校所有的一切使命外，同时还有着这许多特有的使命。这于你或许要感受若干特有的困难，但决不是你的不幸。前途很远！此去珍重！啊，啊，春晖啊！

这不仅是对全校师生员工提出了长远宏大的目标，还对全国面临的教育事业要发展，树立了榜样，提供了一线曙光。这篇《春晖的使命》不仅仅是春晖的使命，亦可视为全国全面教育改革的使命。但它又是立足于现实的，立足于偏僻山村的现实，特别提出了要在农村扫盲，又提出了对悠闲舒适环境的自我惕励，……它不仅内容扎实，至今仍有指引人们努力向上的力量，还是一篇绝好的散文、范文。内中全面融合了夏丏尊热爱教育事业的真诚的心！

春晖中学之诞生，在夏丏尊一生中，无疑有划时代的意义；同样，弘一法师与白马湖，亦由此结下了不解之缘。

无缘奔丧　情系亲属

　　1922年，民国十一年壬戌，弘一法师仍在温州城下寮时，正月间，忽得他哥哥来信，告诉他：他的妻子已在天津家中去世了，希望他立即回天津一次。而当时正值"奉直战争"，吴佩孚与张作霖在长辛店一带交战至剧，故未能成行。这事在法师致庆福寺住持寂山和尚的信中有所记载，今录此全文如下：

恩师大人慈座：

　　前命写之字帖，今已写就，奉上，乞收入。前数日得天津俗家兄函，谓在家之妻室已于正月初旬谢世，属弟子返津一次。但现在变乱未宁，弟子拟缓数月再定行期，一时未能动身也。再者吴璧华居士不久即返温，弟子拟请彼授与神咒一种，或往生咒或他种之咒，便中乞恩师与彼言之。弟子现在虽禁语之时，不能多言，但为传授佛法之事，亦拟变通与吴居士晤谈一次，俾便面授也。顺叩

　　慈安

正月廿七日　弟子演音顶礼

信中所言"变乱未宁",即指"奉直战争"。这位寂山和尚（1875—1961）乃温州本地人,当时任庆福寺住持,弘一法师称他为依止阿阇黎,并师礼之。丁鸿图在《庆福戒香记》中,关于弘一法师师事寂山,有如下记载:"寂山为庆福寺主持,以师（弘一）为富家子弟而兼学者,出家竟能严持戒律,刻苦精进,钦敬供奉,视同佛菩萨。尝因师持过午不食,特将全寺午饭时间提早为十时。……师感受寂公之慈悲护念,于民国十一年,曾携毡至寂公室,以毡敷座,恳寂公坐其上受拜为依止师。公逊让不敢,师礼空座,尊公为依止阿阇梨。故函札来往,均称寂公为师父大人,自称弟子,公殊不安,曾函告以后勿用师弟称呼。师即复云:'弟子以师礼事慈座,已将三载,何可忽尔变易? 伏乞慈悲摄受,允列门墙。'（1924 年四月初九致寂山和尚函）仍终身以师礼事寂公。"由此不难看出,弘一对寂山之一片敬重之心,有多么纯真。弘一法师原配俞氏夫人逝世之确切日期为民国十一年正月初三,见法师俗侄李晋章致林子青信。

这年的三月五日为弘一法师亡母王太淑人逝世十七周年之期,法师特手书菩萨名号,并录《地藏本愿经》句,以求速消亡母业苦。名号及经句之后作题记云:"于时岁在玄黓二月五日亡母弃世十七周年,敬书菩萨名号,并录《地藏本愿经》句。以此功德,唯愿亡母,速消苦业,往生西方,广及法界众生,同圆种智。大慈弘一沙门演音记于瓯岭城寮庆福藏堂。"

二月八日,法师又钤拓用印五方,均自刻,加题记,寄给在上海的夏丏尊。这五方印的印文上是"弘裔"、"大慈"、"胤"、"大心凡天"、"僧胤",均白文。前两方较大,在右;后三方略小,在左,分占两行。下方题记云:"十数年来,久疏雕技。今老矣! 离俗披剃,勤修梵行,寗复多暇耽玩于斯？顷以幻缘，假立臣名及以别字。手制数印，为志庆喜。后之学者，览兹残砾，将毋笑其结习未忘耶。于时岁阳玄黓吠舍佉月白分八日。余与丏尊相交久，未尝示其雕技。今赉以供山房清赏。弘裔沙门僧胤并记。"下钤"化人幻士"一小印，亦白文。这幅印五方，裱成小立轴，后来一直由叶圣陶保藏，并每张挂于书房里。所以笔者时时得以观瞻。

关于题记中"臣"字的识别，还真有故事一则，并牵涉到不少人。林子青在编《年谱》时曾亲问夏丏尊先生，先生答是"亚"字，因此《年谱》初版即释作"亚"。后来俞平伯问及叶圣陶，叶直答以不认识。俞平伯几经推敲，疑或是"宦"字省文，亦不敢确。"宦"字出《尔雅》，室之东北隅谓之"宦"，后人多用之作书斋名，如家父伯祥公，在抗战孤岛时期住上海霞飞路霞飞坊 35 号（今淮海中路淮海坊），一度书房设在二楼亭子间，适处全宅之东北隅，故即取书斋名叫"艮宦"。林子青对此提出异议，因为文中提到的五方印，没有一方是书斋名，而全是别名。当时叶、俞二公时与厦门张人希先生通信较多，亦均谈及此字。人希先生为画家、篆刻家，精通文字学，他识别此字为"臣"字。俞平伯先生深表同意，回信说："自汉以来，篆刻文字相同，则为'臣'无疑。……叶老知之，亦必欣然。"这一段从夏公开始几经周折的"公案"，至此方可画一句号矣。

题记中"岁阳"乃指天干，"玄黓"即壬年，当为壬戌年（1922）。"吠舍佉月"是指上半月，《大唐西域记》卷二云："月盈至满，谓之白分；月亏至晦，谓之黑分。"

同年四月初六，弘一法师写了封长信给他的俗侄李圣章，信中叙及出家前后情况至详，堪称研究弘一法师重要的第一手资料之一，特录全信如下：

圣章居士慧览：

　　二十年来，音问疏绝。昨获长简，环诵数四，欢慰何如。任杭教职六年，兼任南京高师顾问者二年，及门数千，遍及江浙。英才蔚出，足以承绍家业者，指不胜屈，私心大慰。弘扬文艺之事，至此已可作一结束。戊午二月，发愿入山剃染，修心佛法，普利含识。以四阅月力料理公私诸事：凡油画、美术、图籍，寄赠北京美术学校（尔欲阅者可往探询之），音乐书赠刘子质平，一切杂书零物赠丰子子恺（二子皆在上海专科师范，是校为吾门人辈创立）。布置既毕，乃于五月下旬入大慈山（学校夏季考试，提前为之），七月十三日剃发出家，九月在灵隐受戒，始终安顺，未值障缘，诚佛菩萨之慈力加被也。出家既竟，学行未充，不能利物；因发愿掩关办道，暂谢俗缘（由戊午十二月至庚申六月，住玉泉清涟寺时较多。）庚申七月，至新城贝山（距富阳六十里）居月余，值障缘，乃决意他适。于是流浪于衢、严二州者半载。辛酉正月，返杭居清涟。三月如温州，忽忽年余，诸事安适；倘无意外之阻障，将不它往。当来道业有成，或来北地与家人相聚也。音拙于辩才，说法之事，非其所长，行将以著述之业终其身耳。比年以来，此土佛法昌盛，有一日千里之势。各省相较，当以浙省为第一。附写初学阅览之佛书数种，可向卧佛寺佛经流通处请来，以备阅览。拉杂写复，不尽欲言。

　　　　　　　　　　　　　　　　　释演音疏答　四月初六日
　　尔父处亦有复函，归家时可索阅之。

李圣章（1889—1975），名麟玉，只比叔小九岁。早年留学法国，专攻化学。历任北京大学教授及中法大学校长等职。建国后任全国政协委员。他与弘一法师间叔侄之情是十分深厚的。由此信之内容可见一斑。侄子虽攻科学并留西洋，而对三叔的出家犹十分尊崇，至为难得。

与朱自清、丰子恺的春晖情谊

　　春晖中学的师生情谊是十分融洽的。学生们把老师视为楷模、全方位的学习榜样；反过来，老师们又每把学生们引为挚友，推心置腹，从不摆老师的架子。老师中突出的一位，当推夏丏尊。前文已引及的《春晖的使命》中，已充分体现了他的胸襟，贯串了他的系统的教育思想。这可视为他在浙江一师、湖南一师十多年教育实践初步总结。

　　夏丏尊当时还有一个理想，就是要把春晖办成全国的模范中学。在春晖最初的四年，亦即夏丏尊在校的四年里，春晖一片欣欣向荣，生气勃勃，处处发挥学生的学习主动性，提倡民主管理，建立学生协治会等等。刊物除《春晖半月刊》外，还办了《白马嘶》等等。每隔半月，学校必举办一次讲座，名曰"五夜讲话"，邀请社会名流来轮流主讲，经亨颐校长带头，讲了"人生对待的关系"。沈仲九讲了"自由与责任"，朱自清讲了"刹那"，刘薰宇讲了"牛顿和爱因斯坦"，匡互生讲了"天空现家"，丰子恺讲了"斐德文（贝多芬）与月光曲"、"艺术的创作与鉴赏"，俞平伯讲了"诗的方便"，朱光潜讲了"无言的美"等等，而夏丏尊所讲独多："都市与现代人"、"月夜底美感"、"送 1922 年"、"小别赠言"、"怎样过这寒假"、"中国底实用主义"、"观世音菩萨现身说法解"等等等等。通过这一系列的讲座，大大地开阔了学生的眼界，扩大了知识面，同时便丰富了学生的学习与生活，激发了求知欲，增强学习自觉性……

承夏丏尊等之邀，来春晖教书的社会名流真不少，在此难以一一详述，仅此略叙朱自清与丰子恺二位。

来春晖之前，朱自清本在宁波四中住教。应夏丏尊之邀，于1924年3月2日，他辞去了四中之职来白马湖，真有"一见倾心"之感。他在《春晖的一月》中这样写道：

> 出了车站，山光水色，扑面而来，若许我抄前人的话，我真是应接不暇了。于是我便开始了春晖的第一日。

此后还有大段描绘白马湖自然景物的文字，只好割爱不录了。

夏丏尊为安心春晖的教学，在白马湖滨营造了平屋三间，携眷迁家在此，凡单身请来任教的老师，都是应邀来平屋小酌的常客，其中朱自清便是常客中之常客。朱自清虽亦将家眷接到了白马湖，并就住在夏家隔壁刘薰宇让给他住的房子里，但小孩子多，一到吃饭时便听得大的喊小的哭，孩子又在饭桌上斗嘴了。这时夏丏尊往往便在廊檐下喊一声："佩弦，来吃老酒吧！"于是朱自清便应声离开嚣闹的饭桌，到夏家平屋吃酒，夏师母烧得一手好菜，加上本地上好而价廉的绍兴黄酒，二人对酌，直至微醺，孩子们的闹声亦早已平静，朱自清才回到自己家，备第二天的课，批改作文。后来朱自清在组诗《怀南中诸旧游》五首中，有一首是怀念夏丏尊的，诗云：

古抱当筵见，豪情百辈输。

莳花春永在，好客酒频呼。

鞮译勤铅椠，江湖忘有无。

别来尤苦忆，风味足中厨。

第五句下作者自注云："君译日本小说甚多。"第六句下自注云："君自撰门联有'江湖相忘'语。"这道诗正是上述当时点滴情景的真切反映，并是有情有义的一种感激。

丰子恺本是一师时夏丏尊的学生，春晖成立，夏丏尊即请丰子恺来教美术、音乐。任教不久，丰子恺也即将家眷接来，与夏丏尊的平屋一并排上，盖了自己的房子，取名叫"小杨柳屋"。他深深地爱上了这里的田园生活，曾写过一篇题为《山水间的生活》，文中这样写道：

我家迁居白马湖后的第三天，我在火车上碰见的一个朋友对我这样说："山水间虽然清静，但物质的需要不便之外，住家不免寂寞，办学不免闭门造车，有利亦有弊。"我当时对于这个话就起了一种感想，后来忙中就忘却了。

现在在春晖山水间已生活了近一年了，我的家庭在山水间已生活了一个月了。我对于山水间的生活，觉得有意义，又想起了火车中的友人的话，写出我的几种感想在下面。

我曾经住过上海，觉得上海住家，邻里人都是不相往来，而且敌视的。我也曾做过上海学校的教师，觉得上海的繁华与文明，能使聪明的明白人得到暗示和觉悟，而使悟力薄弱的人收到很恶的影响。我觉得上海虽热闹，实在寂寞，山中虽冷静，实在热闹，不觉得寂寞。就是上海是骚扰的寂寞，山中是清静地热闹。

这段文字不仅辩证地论述了寂寞与热闹的相对关系，富有哲理，而且反映出春晖同仁间真诚的人际关系，对正直的人们产生了多么大的感召力与吸引力！可以让寂寞显得热闹，排除一切骚扰与烦燥，这是一般人难以体会到的。尤其夏丏尊与丰子恺之间，过去是师生，现在又是同事和近邻，这样非同一般的情谊，又置之清彻明丽的山水间，是多么难得的情缘与天趣啊！

夏丏尊又是丰子恺漫画天才的头一个发现者和推崇介绍者。丰子恺在春晖任教时，他的漫画尚未出名，但在课堂上已让学生们由衷地折服。课余他又是夏家的常客，常常同国文老师张同光去夏家平屋小酌闲谈，赋诗作画。丰子恺亦十分平易近人，性格随和，只要有纸笔，又是在老师家，有人求，哪有不应之理。往往简简洁洁的几笔，便可勾出活灵活现的形象。一次开校务会，他注意观察那垂头拱手、伏于桌上的同事们各种疲惫神态，回家后便一一画了出来，但又恐被人看见，便把画贴在门背后，署上了"子恺"二字的英文缩写"TK"。不意一次竟被夏丏尊发现，不但没有批评他揭露校务会"丑态"，反而连声称赞道："好！好！再画！再画！"丰子恺从此便在抓神态、勾线条、求简明等方面更加精益求精，达到了漫画一时独步天下的高大境地。丰子恺在《丰子恺自传》中关于此事，更有生动具体的第一手记载：

每当开校务会议的时候，我往往对专于他们所郑重提出的议案茫无头绪，弄得举手表决时张皇失措。有一次会议，我也不懂得所议的是什么，头脑中所有的只是那垂头拱手而伏在议席上各同事倦怠的姿态，这印象至散会后犹未忘却，就用了毛笔在一条长纸上连画成了一个校务会议的模样，又恐被学生见了不好，把它贴在门的背后。

这画惹了我的兴味，使我得把我平常所萦心的琐事细故描出，而得到和产母产子后所感至的同样的欢喜。

于是包皮纸、旧讲义纸、香烟壳的反面，都成了我的 CANVAS（画纸），有毛笔的地方，就都是我的画室了。因为设备极简便，七捞八捞，有时把平日所信口低吟的古诗句词句也试译出来，七零八落地揭在壁上。有一次住在我隔壁的夏丏尊先生偶然吃饱了老酒，叫着"子恺、子恺"，踱进我家来，看了墙上的画，嘘地一笑，"好！好！再画！再画！"我心中私下欢喜，以后描的时候就觉得更胆大了。

这段充满童心无邪的自白叙述，正是丰子恺散文中极具代表性的作品之一。他坦率而从不闪烁其词，怎么想就怎么说的一贯作风，在此得以充分表现。而夏丏尊先生对他的直率与恰切的肯定，在他进一步坚定从事漫画创作的信心时，起了关键性的作用。

朱自清把丰子恺的漫画寄给了北京的俞平伯，并刊登在朱、俞合办的《我们的七月》上刊载，这是丰子恺漫画的首次发表，画题是《人散后，一钩新月天如水》。后被郑振铎看到了，对这画及其作者深感兴趣，说："虽然是疏朗的几笔墨痕，画着一道卷上的芦苇，一个放在廊边的小桌，桌上是一个壶，几个杯；天上是一钩新月，我的情思却被他带到一个诗的世界，我的心上感到一种说不出的美感。"从此一发不可收，署名 TK 的子恺漫画便在郑振铎主编的《文学周报》及其它书刊上陆续刊出，成为近现代书刊上常见的深具特色的佳构。

《丰子恺自传》中，关于他漫画的发展历程，还有如下一段叙述：

我的画最初在《我们》上发表，今春又屡载在《文学周报》上。没有画的素养而单从"听听看看想想"而作的画，究竟成不成东西，我自己也不懂，只好静待大雅之教。在这里，对于这等画的赏识者、奖励者及保护者的我的先生夏丏尊，友人郑振铎、朱佩弦、俞平伯、刘薰宇、方光焘、丁衍镛诸君，谨表私心感谢之意。

这里不免有过谦之处，而对老师夏丏尊对他漫画的发现与肯定，对友朋的赏识、爱护与鼓励的真心感激，则是真心诚意而一无虚饰的。

经夏丏尊介绍来春晖任教或讲学的社会名流尚多，如蔡元培、张闻天、叶圣陶、俞平伯、章锡琛、胡愈之、黄炎培、陈望道、舒新城、黎锦晖、吴稚晖、杨贤江、朱光潜、李叔同、何香凝、廖承志、柳亚子、张大千、黄宾虹等等，在此就难以一一详述了。

君子之交

1922 年秋，大台风过温州。当时尚称台风为飓风，造成灾害性破坏甚剧。一时拔木发屋，尤其穷苦百姓，受损失真不小。弘一法师友人吴璧华家的墙壁都被刮得倾圮了，泥瓦砖块压了他一身。他一时惊怕得一个劲儿地默念佛号，竟然风过之后安然无恙，颇感神奇。第二天便前往庆福寺向弘一法师讲述了亲历的险情，并深感佛法佛恩之广大。法师特为写《净宗问辩记》一篇，专记吴璧华之遭压与脱险，全文如下：

十一年壬戌七月下旬，温州飓风暴雨，墙屋倒坏者甚多。是夜璧华适卧墙侧，默念佛号而眠。夜半，墙忽倾圮，砖砾泥土坠落遍身，家人疑已压毙，相率奋力除去砖土，见璧华安然无恙，犹念佛号不辍。察其颜面，以至肢体，未有毫发损伤，乃大惊叹，共感佛恩。其时余居温州庆福寺，风灾翌日，璧华亲至寺中向余言之。

此文载《弘法月刊》第二十九期。此事或当为碰巧，正好没有压到要害处。尤其泥瓦之顶，砖亦泥砌，被大风浸毁而坍塌，往往多有此等情况。而吴璧华坚信佛法，认为是佛菩萨的保佑，亦不足为奇。法师以之来弘扬佛法，更是顺理成章。

也在这 1922 年，弘一法师一次突患痢疾，几乎不起。法师连后事都已安排好了，嘱咐因弘一法师在他气断后六小时，就用他睡的褥子一裹，投入江心，以结水族缘。因弘法师在《恩师弘一音公驻锡永嘉行略》一文中是这样记述这段事的：

是年，师患痢疾，寂老存问，师曰："小病从医，大病从死；今是大病，从他死好。唯求师尊，俟吾临终时，将房门扃锁，请数师助念佛号，气断逾六时后，即以卧被褥缠裹，送投江心，结水族缘。"闻者涕下。幸即霍然。……

法师之豁达随缘，将生死置之度外，在此又一次坦然表露。小病从医，大病从死，可谓乃法师出家后的一贯原则。若病烈而抢救得苟活，本非法师之愿也。

这一年春夏秋三季，法师研经余暇，共写了三通古德诗文，都是送给夏丐尊的。第一通是《念佛三昧诗》，书后题记云：

于时岁阳玄默，吠舍佉月第一褒洒陀前三日，写贻
丐尊居士慧览

弘一沙门演音居瓯庆福

标题"念佛三昧诗"之下小字注"出庐山集"四字，其下复书"晋瑯玡王乔之作"七字。诗为四言，凡八行，行四句，当是八首之组诗，诗云：

妙用在兹，涉有览无。

神由昧彻，识以照麤。

积微自引，因功本虚。

泯彼三观，忘此毫余。

寂寞何始，履玄通微。

融然忘适，乃朗灵晖。

心游缅域，得不践机。

用之以冲，会之以希。

神姿天凝，圆暎朝云。

与化而咸，与物斯群。

应不以方，受者自分。

昫尔渊镜，金水尘纷。

慨自一生，夙乏慧识。

讬崇渊人，庶藉冥力。

思转豪功，在深不测。

至起之念，注心西极！

　　款文中的"褒洒陀"一词乃梵文布萨 Posadha 之新译，仍是音译。因此词多义，有共住、长养、净住等义，故意译甚难。故义净三藏音译为"褒洒陀"。古代印度寺院每半月集众僧诵《戒经》一次，于半月间若有犯戒者，令忏悔之，以长善除恶。这仪式亦称为"布萨"。我国佛教丛林中，亦称此仪式为"诵戒"。吠舍佉月第一褒洒陀日，即二月十五日。此"第

念佛三昧詩　出盧山集

晉瑯琊王喬之作

妙用在茲　涉有覽無　神由昧徹　識以照墓
積微自引　日功本虛　彼彼三觀　忘此豪餘
寂寞何始　履玄通迹　融坐忘道　乃朗靈暉
心遊緬域　謀不踐機　用之以沖　會之以希
神安天凝　圓映朝雲　與化西咸　与物斯群
庭不以方　受者自分　昀爾澄鏡　金水變錄
慨自一生　風之慧識　託崇淵人　庶籍其力
思轉豪功　在深不測　至起之念　注心西極

于時歲陽云駬吹含佳月第一襄濂於前三日寫賬

兩尊居士慧覽

弘一沙門演音居頤嶺竇禍

世事千般連環不斷心則念念不住身則在在無
休役我升沈障我本性歷劫至今曾未休息妙叶
如見眷屬富作西方法眷想以淨土法門而開導
之若生悉愛時當念淨土眷屬無有情愛何
當得生淨土遠離此愛善生嗅志時當念淨土
眷屬無有觸惱何當進生淨土得離此嗅若受
苦時當念淨土無有眾苦但受諸樂著受樂時
當念淨土之樂無央無待九歷塚境皆以此意而
推廣之則一切時愛無非淨土之助行也此溪
問人不信淨土恐只是本朱福薄咨此言甚是

王戌夏寫付丙尊居士

弘裔沙門僧亂居溫嶺

一"乃指上半月之诵戒。这一评通书法颇具特色，既不同于在俗时的法书及一般书信，又不同于后来定型的肃穆淡泊。颇灵动多趣，而虚静恬澹之气已可摄凡俗之心。款下钤"演音"白文长方印。

第二通乃敬录妙叶、幽溪、莲池三大师之语录各一则：

世事千般，连环不断。心则念念不住，身则在在无休。役我升沉，障我本性。历劫至今，曾未休息。妙叶

如见眷属，当作西方法眷想。以净土法门而开导之。若生恩爱时，当念净土眷属，无有情爱，何当得生净土；远主离此爱？若生嗔恚时，当念净土眷属，无有触恼，何当进生净土；得离此嗔？若受苦时，当念净土无有众苦，但受诸乐。若受乐时，当念净土之乐，无央无待。凡历缘境，皆以此意而推广之，则一切时处，无非净土之助行也。幽溪

问人不信净土，恐只是本来福薄，答此言甚是。莲池

壬戌夏写付丏尊居士　　弘裔沙门僧胤居温岭

下钤"大心凡夫"、"僧胤"两白文小印，这一通之字体与上一通又不同，似又稍回向在俗时临北碑之意。

第三通乃书苏东坡《画阿弥陀佛像偈并序》，字体与上二通又有所不同，运笔多平实而偏方，其中拙趣又多显北碑之意。从总体观之，又向今后之写经体更靠扰一步矣。苏轼此偈并序，今人已鲜缘得读，姑亦录之如下，亦为从三通文字之内容，得知弘一对夏丏尊之一片一以贯之之实情：

画阿弥陀佛像偈　并序　东坡居士　苏轼

钱塘元照律师晋劝道俗归诚西方极乐世界，眉山苏轼敬舍亡母蜀郡太君程氏簪珥遗物，命匠胡锡画阿弥陀佛像，追荐冥福，以偈颂曰：

> 佛以大圆觉，充满十方界。
>
> 我以颠倒想，出没生死中。
>
> 云何以一念，得进生净土。
>
> 我造无始业，一念便有余。
>
> 既从一念生，还从一念灭。
>
> 生灭灭尽处，则我与佛同。
>
> 如投水海中，如风中投橐。
>
> 虽有大圣智，亦不能分别。
>
> 愿我先父母，及一切众生，
>
> 在处为西方，所遇皆极乐。
>
> 人人无量寿，无去亦无来。

于时逊国后十一年岁次玄黓秋孟之节

写付夏丏尊居士　　　　　　　　　　　　　　　弘裔僧胤

下钤"胤"白文印及"弘一"朱文印。秋孟之节即七月十五也。

同一年中春夏秋三季各写一通于同一尺寸的字幅上，均专诚主动赠送挚友夏丏尊，其情之真挚，诚可谓牢坚如磐而超凡脱俗。字体尽可三幅多有不同，内容似亦净俗浑杂，而笃信佛法，万念归一，则一以贯之。这就是出家的弘一法师，对在俗的夏丏尊居士的既诚笃又圆通的一贯态度。只

畫阿彌陀佛像偈　許序　東坡居士蘇軾

錢塘元照律師普勸道俗歸誠西方極樂世界晳山

蘇軾敬捨亡母蜀郡太君程氏簪珥遺物命匠胡錫

畫阿彌陀佛像追薦冥福以偈頌曰

佛以大圓覺充滿十方界我以顛倒想出没生死中

云何以一念淨逰生淨土我造無始業一念便有餘

既從一念生還逐一念滅，盡衆則我与佛同

如投水海中如風中鼓橐雖有大聖智亦不能分別

顧我先父母及一切眾生在家為西方所遇皆極樂

人人無量壽無去亦無来　於時逝國後十一年歲次

玄黓秋孟之節寫付正尊居士弘喬僧臘

有如此，方不失真正的相知。夏丏尊在弘一的感召下，虽烧香供佛，但仍是位努力从事于教育事业、编辑翻译创作事业的居士。二者貌似矛盾，而两颗认真爱国的心，乃是深深相通的，相敬相爱的。彼此深深了解对方，仰爱对方，是平等的。建于这样基础上的友谊，岂只至死不渝，而且是千古传颂的。这才是其淡如水的君子交啊！

《爱的教育》

1923 年，夏丏尊开始将意大利作家亚米契斯所作的《考莱》（意大利语意为"心"）一书，从日文转译成中文。这一名著当时在全世界已有三百多种版本，译名亦各异，例如英译本叫《一个意大利小学生的日记》，日译本则叫《爱的学校》，等等。而夏丏尊则译之为《爱的教育》，这当与他一直热衷从事于教育事业有关。

他在四年前就读到了此书的日文译本，一读之下便感动不已，就想把它译成中文，以便广泛介绍给中国的青少年朋友们。为什么迟迟没有动笔呢？一是事忙；一是他的妹妹因难产而死了，心中万分痛惜。后来化悲痛为力量，即用努力译述此事来回向亡妹，才忙中抽闲，陆陆续续译出了全书。

译文先在胡愈之先生主编的《东方杂志》上连载，即受到社会上各行各界的关注与好评，即被列为"文学研究会丛书"之一，由商务印书馆出单行本。既由商务出版，自然商务门市部应有出售。而当夏丏尊看到广告去门市部买出时，却看不到书。问营业员，却得到无理回答云："我们这里书可多哩，谁知道！"夏丏尊一气之下，便想与商务解除出版契约。又怕商务不答应，于是略施小计，先要求著作权出让，故意将价提高到每千字二十元，这是当时从未有过的高价。商务当然不答应。最后才得商定，待出版书卖完，即取消出版契约。此后即转交开明书店出版发行，从此连连再版，竟再版了三十余次，盛销不衰。

夏丏尊译这本书时是一面被内容感动得流泪，一面不断挥动笔杆才译成的。岂至如此，早在四年前首次读日译本时就激动不已了。他在《爱的教育》译者序言的一开始这样写道：

> 这书给我以卢梭《爱弥尔》、裴斯泰洛齐《醉人之妻》以上的感动。我在四年前始得此书的日译本，记得曾流了泪三日夜读毕，就是后来在翻译或随便阅读时，还深深地感到刺激，不觉眼睛润湿。这不是悲哀的眼泪，乃是惭愧和感激的眼泪。除了人的资格以外，我在家中早已是二子二女的父亲，在教育界是执过十余年的教鞭的教师。平日为人为父为师的态度，读了这书好像丑女见美人，自己难堪起来，不觉惭愧了流泪。书中叙述了亲子之爱，师生之情，朋友之谊，爱国之感，社会之同情，都已近于理想的世界，虽是幻影，使人读了觉到理想世界的情味，以为世间要如此才好。于是不觉就感激了流泪。

这是夏丏尊先生真情的独白，内心世界纯净的又一次表露，真所谓"只有首先感动自己，才能感动别人"。夏丏尊首先被这本书的"亲子之爱，师生之情，朋友之谊……"所真切感动，感动得三日夜一气含泪读完，动笔翻译时又一再继续被感动，所以他的译文中是充满了受感动之热泪的。只有这样，他的译笔才感动了一代又一代的中国人。

夏译《爱的教育》问世后，各中学纷纷把它作为课外辅导读物。就在上海著名的尚公小学里，有位好老师，叫王志成。他即以《爱的教育》一书为题材，在学校中实施爱的教育，还把他实施的具体事例记载下来，写成了一部书，书名即叫《爱的教育实施记》，由开明书店出版。夏丏尊还为这本书亲自写过书评：

缺少了爱的元素的教育是死的教育，是领导儿童走向坟墓的教育：你不走向儿童的队伍中去永远不会发现你的儿童，领导你的儿童！不要责罚儿童，因为他不知道什么是过失；不要使儿童来谢罪，因为他不知道何以会使诸君动怒。儿童还没有对于所谓道德底意识，所以不能成立为道德上罪恶，因之叱他罚他，都是不应当的。志成先生就本了此意，并运用了夏丏尊所译的《爱的教育》中爱的精神，在上海最著名的尚公小学里实施起来，得到了以外的效果。

笔者十分有幸，我的四姊王清华，就是当年王志成先生班上的学生，即且是全盘接受并且始终努力实施的"爱的教育"头一代受益者之一。她在《我和〈爱的教育〉——纪念我的小学老师王志成先生》一文中这样写道：

六十多年前，我在上海商务印书馆的子弟学校尚公小学读书，我所在的班级是实施"爱的教育"的实验班。《爱的教育》一书是四年级时指定的课外读物。级任老师是比我大十余岁的王志成先生，他是《爱的教育》这部名著的热情传播者，也是"爱的教育"这一教育思想的忠实施行者。王老师的身材中等，脸型略长，额头比较突出，戴副近视眼镜，头发并不梳分头，也不抹油。他在用粉笔使劲写字或提高嗓音讲课时，头顶上的头发就会一动一动的。他的音容笑貌我至今记忆犹新。

王老师带着浓厚的感情给我们讲解《爱的教育》的每一章节，告诉我们什么是人间的爱，为什么人人要彼此相爱，并谆谆告诫我们应该怎么样去做人，怎样去做一个对社会有用的人。他上课很严肃认真，下了课就像父兄、朋友那样和蔼可亲，与同学完全打成一片。他的语言和行为使班级里形成了一个真挚温暖的爱的环境和气氛。记得班上有个同学患了脑膜炎，长期不能来上课，王老师就常在课余时间轮流带着两三个同学坐着人力车代表全班去探望。在星期天他又常常约些同学到公园去游玩、谈心，借以互相了解家庭情况，沟通彼此的感情。寒暑假时，王老师虽回到了他的家乡，但仍不断地给同学们写信，关心大家的学习和生活，我们时时感到他的爱仍然在我们身边，他把他全部的心力倾注给我们了。

王老师为了实施爱的教育，真是费尽心思地用爱来理解学生、培养学生。他的"爱"不是溺爱，不是姑息纵容，而是像修剪树木一样，充满希望地扶植我们。个别同学不用功读书或出现操行问题，他从不当面责骂，总是在放学以后叫到他的办公室去长谈，他的办公室是一间与教室连在一起的小屋，只能容纳两三个人。他细声款语地与同学谈心，耐心地启发同学的良知，一直谈到这个同学痛哭流涕，使之警醒，以后就再也不愿犯同样的错误。在教室的墙壁上挂着一本忏悔录和一本悔过薄，同学们随时可以把自己的想法和认识记上去。王老师把学校里或班级上发生的大小事情写成"每日例话"，这些例话写得那样生动真实，富有感情，以至每当我们早晨走进教室还来不及放下书包，就要急忙先看布告窗内的"每日例话"，上面记载的内容多半是自己班级的事情，看时又亲切又感动。看到这些饱含热情的文字，我常想每到夜深人静的时候，王老师还要为我们付出多少心血呵！

以宽恕的精神对待他人，以同情心感化周围的事物，是"爱的教育"的重要内容。王老师经常激励我们要有勇气承认自己的错误，勇于承担责任，当同学之间发生纠纷和误解时，他常常抓住某一个人或某一件事开导同学要立足对方，设身处地地加以深思。世上多了一分同情，就少了一分自私，多了一分宽恕就少了一分仇恨。通过爱的教育，使得我们师生之间、同学之间好像是一个和谐的、充满爱的大家庭。当时，王老师曾把一学年进行"爱的教育"的所有活动和成果写成一本《爱的教育实施记》，于1930年在开明书店出版。现在这本珍贵的书恐怕已经找不到了。

……

之所以要大段引录我四姊的文章，不为别的，我想，这是推行爱的教育的活生生的一个样板。如果不是不久就发生内战围剿、抗日战争等，中国能安安稳稳地建设下去，狠抓教育改革，中国不也可很早就置身于先进的现代化的国家之林了吗?！如果全国所有的学校都涌现出类似王志成老师甚至胜过王志成老师那样的优秀老师，中国的教育状况，应该可居世界先进行列之首位的。

"爱的教育"思想应该说在中国未得全面展开，但当年，夏丏尊等先进教育工作者所播下的种子，在一定范围内还是生了根、发了芽，并且结得了相当有分量的果实的。至少可说不绝如缕。当今改革开放大潮中，重兴"爱的教育"事业，应该被再次提到日程上来了。

四姊王清华文章的全文，限于篇幅，未能全引。它登载在田雅菁重译的《爱的教育》(北岳文艺出版社1996年9月出版)一书中。劝君一读其全文。

《子恺漫画序》

1925 年，民国十四年乙丑之春，弘一法师从温州来到宁波，挂褡于七塔寺。寺在宁波市东五里。与延庆寺、阿育王寺、天童寺合称四明四大丛林。始建于唐大中十二年（858），是分宁县令任景求舍宅所建，初名东津禅院，敦请心境禅师来当住持。唐咸通元年（860—873）改名栖心寺。明洪武二十年（1387），因南海梅领宝陀寺悬于海滨，乃徙建于本寺空地，改名补陀寺。清康熙时建七浮图于寺前，遂俗称作七塔寺。光绪二十一年（1895），住持僧运慧进京请皇上赐颁龙藏，遂又得敕赐寺额"报恩寺"，所以寺的全名应叫"七塔报恩禅寺"。弘一法师此次离温，本来是要到安徽九华山去的，不意又遇上了军阀混战，在江浙一带又打起了仗来，才被迫在宁波暂留的。他刚在七塔寺云水堂住了没几天，夏丏尊即专程前去看望他。

夏丏尊在《子恺漫画序》中这样写道：

近因了某种因缘，和方外友弘一和尚（在家时姓李，字叔同）聚居了好几日。和尚未出家时，曾是国内艺术界的先辈，披剃以后专心念佛，见人也但劝念佛，不消说，艺术上的话是不谈起了的。可是我在这几日的观察中，却深深地受到了艺术的刺激。

他这次从温州来宁波，原预备到了南京再往安徽九华山去的。因为江浙开战，交通有阻，就在宁波暂止，挂褡于七塔寺。我得知就去望他。云水堂中住着四五十个游方僧。铺有两层，是统舱式的。他住在下层，见了我笑容招呼，和我在廊下板凳上坐了，说：

"到宁波三日了，前两日是住在某某旅馆（小旅馆）里的。"

"那家旅馆不十分清爽吧。"我说。

"很好！臭虫也不多，不过两三只。主人待我非常客气呢！"

他又和我说了些在轮船统舱中茶房怎样待他和善，在此地挂褡怎样舒服等等的话。

我惘然了，继而邀他明日同往白马湖去小住几日。他初说再有机会，及我坚请，他也就欣然答应。

行李很是简单，铺盖竟是用破席子包的。到了白马湖，在春社里替他打扫了房间，他就自己打开铺盖，先把那破席子珍重地铺在床上，摊开了被，把衣服卷了几件作枕。再拿出黑而且破得不堪的毛巾走到湖边洗面去。

"这毛巾太破了，替你换一条好吗？"我忍不住了。

"哪里！还好用的，和新的也差不多。"他把那破毛巾珍重地张开来给我看，表示还不十分破旧。

他是过午不食的。第二日未到午，我送了饭和两碗素菜去（他坚说只要一碗的，我勉强再加了一碗），在旁坐了陪他。碗里所有的原只是些萝卜白菜这之类，可是在他却几乎是要变色而作的盛馔，喜悦地把饭划入口里，郑重地用筷夹起了一块萝卜来的那种了不得的神情，我见了几乎要流下欢喜惭愧之泪了！

第二日，有另一位朋友送了四样菜来斋他，我也同席，其中有一碗咸得非常，我说：

"这太咸了！"

"好的！咸的也有咸的滋味，也好的！"

我家和他寄寓的春社相隔有一段路。第三日，他说饭不必送去，可以自己来吃且笑说乞食是出家人的本能。

"那么逢天雨仍替你送去吧。"

"不要紧！天雨，我有木屐哩！"他说出木屐二字时，神情上竟俨然是一种了不得的法宝。我总还有些不安。他又说：

"每日走些路，也是一种很好的运动。"

我也就无法反对了。

在他，世间竟没有不好的东西，一切都好，小旅馆好，统舱好，挂褡好，破席子好，破旧的手巾好，白菜好，萝卜好，咸苦的蔬菜好，跑路好，什么都有味，什么都了不得。

这是何等的风光啊！宗教上的话且不说，琐屑的日常生活到此境界，不是所谓生活的艺术化了吗？人家说他在受苦，我却要说是他是享乐。我常见他吃萝卜白菜时那种喜悦的光景，我想：萝卜白菜的全滋味，真滋味，怕要算他才能如实尝到的了。对于一切事物，不为因袭的成见所缚，都还他一本来面目，如实观照领略，这才是真解脱、真享乐。

艺术的生活原是观照享乐的生活，在这一点上，艺术和宗教实有同一的归趋。凡为实例或成束缚，不能把日常生活咀嚼玩味的，都是与艺术无缘的人。真的艺术，不限在诗里，也不限在画里，到处都有，随时可得。

能把它捕捉了用文字表现的是诗人，用形及五彩表现的是画家。不会作诗，不会作画，也不要紧，只要对于日常生活有观照玩味的能力，无论如何都能有权享受艺术之神的恩宠。否则虽自号为诗人画家，仍是俗物。

与和尚数日相聚，深深地感到这点。自怜囫囵吞枣地过了大半生，平日吃饭着衣，何曾尝到过真的滋味！乘船坐车，看山行路，何曾领略到真的情景！虽然愿从今留意，但是去日苦多，又因自幼未曾经过好好的艺术教养，即使自己有这个心，何尝有十分把握！言之怅然！

这一次夏丏尊与弘一法师的又一次接近，对法师的理解更加加深了许多。什么是苦？什么是乐？本是相对的、辩证的。而此时夏丏尊所得到的认识，更超越了相对、辩证等的境界。一般地都认为是在自讨苦吃，是苦行的事，佛徒修行到了弘一法师这等境地，自可视苦为乐，变苦为甜。夏丏尊能深深理解他，从而进一步更加景仰他，这也实在是很不容易的。由此反映出，二位之间相知之深厚，是其它友谊实在难以比拟的。

再说这篇《子恺漫画序》，还真是篇十分奇特的序。一般人甚至可以认为，主旨太不突出，为子恺的漫画作序，却用了绝大的篇幅来写弘一法师，写他自己对法师的理解与崇敬，只到倒数第二段才把笔锋一转，谈及子恺的漫画，当然是予以肯定的，总算在最后一段，把漫画之师承关系挂了钩，才勉强"像"是篇"序"。这可谓多数人读序后都能感觉到的表面现象。而夏丏尊在落笔之时，一心真的只是要写法师，而且越写对法师的认识越深。写序的过程本身，正是对法师认识的飞跃，所以直写到他的"言之怅然"，至此看来才与写序开始联系上。最后一段真可谓点睛之笔，而在佛法所云之"缘"字上开放出一朵不可思议的奇花。最后一段是这样写的：

　　子恺为和尚未出家时的弟子，我序子恺画集，恰因当前所感，并述及了和尚的近事，这是什么不可思议的缘啊！南无阿弥陀佛！

　　至此，不但把序写完整了，所要叙说的法师之事，也可谓功德圆满。而且把两位老师与一位学生间的不凡情结，亦点睛式地交代清楚了。

　　这篇序原刊于 1925 年 11 月《文学周报》第 198 期上。原序后面还有"一九二五年十月二十八日夜，夏丏尊在奉化江畔曙钟声中"这样一条款。读毕全序，再读此款，更可知，夏丏尊当时的心态有多么平和！梵贝钟声，山碧江清，所烘托的是何等不可思议的缘分啊！

师生相会招贤寺

1926 年，民国十五年丙寅五月，弘一法师用朱笔写铁线篆六字佛号于上方，分三直行，行二字，"南无阿弥陀佛"，约占整幅五分之二；其下五分之三，墨笔录莲池大师语录，以赠夏丏尊。幅高 49.5 厘米，宽 26 厘米。莲池语录云："近观山色苍然，其青焉如蓝也；远观山色郁然，其翠焉如蓝之成靛也。山之色果变乎？山色如故，而目力有长短也。自近而渐远焉，青易为翠；翠以缘会而翠，非唯翠之为幻，而青亦幻也。盖万法皆如是矣。"下面落款并无"丏尊居士"等上款，仅下款云："岁在丙寅木槿荣月，时居西湖招贤华藏阁。晚晴沙门昙昉书。"下钤"演音"、"弘一"两印。语录连款凡十行，写于朱书六字佛号之下，其布局之匀适，真可谓天衣无缝。其间行书简体之相互搭配，看似随意，其实乃是炉火纯青之后得心应手的写心之作。所谓成竹在胸，才能笔笔到位，字字得体。

这一幅书法作品，与作于 1922 年的那三幅相比，除此幅略长而稍狭外，尺寸大体相同，而字体已与上述三幅大不相同。那三幅虽每幅有每幅之面貌，各不相同，而大体与俗时所书还较接近；而这一幅的行书，可称已开始定型，与此后所作之大量作品比，虽仍有所不同，但那只是微异了。由此可见，弘一法师每有会心之书作，多想到要赠丏尊居士。所以夏

南無

阿彌

陀佛

近觀山色蒼然其青焉如藍也
遠觀山色鬱然其翠焉如藍之
戚靛也山之色果變乎山色如
故而目力有長短也自近而漸
遠焉青易為翠自遠而漸近焉
翠易為青是則青以綠會而青
以綠會而翠非惟翠之為幻而青
幻也蓋萬法皆如是矣　蓮池語錄

華嚴閣　晚晴沙門曇昉書

歲在丙寅木樨榮月時客西湖招賢

丐尊所珍藏的弘一法师书法，几乎能反映法师一生书体之变化发展，是相对最为完整的"法书精选集"。

这次弘一法师自温州到杭州来，是因为在温患感冒咳嗽，虽经医生诊治，但时间已拖得较长，内湿久滞不解，所以才易地来杭疗养的。

这次来招贤寺养病，也已是第二次了。

招贤寺坐落在杭州里西湖畔。据记载，唐德宗时（780—804），郡人吴元卿曾在此结庐学道。五代时，吴越王钱弘佐于开运二年（946）建为佛刹。鸟窠禅师曾居此刹。宋治平二年（1065）改为禅宗道场。清康熙十五年（1676）更名清隐庵。而现存建筑物为光绪十六年（1890）僧人住本所拓建。马一浮题此寺联云："若论佛法，此间也有些子；见成公案，上座且作么生。"由此颇可见该寺之道风，当系清静宜养病之所在。所以弘一法师于1920年4月，就曾来过此寺养病。这次还是为养病而来。

但弘一法师一到招贤寺，又不顾一己之病，马上与住持僧弘伞一起，合力于《华严疏钞》的厘订、修补与校点。弘一是在来杭之前就已发了愿的，要一身兼任此三事，还得二十年才能完成。关于此事，在五月十九日致蔡冠洛的信中曾详细述及，信云：

丐因居士丈室：

书悉。近与伞法师发愿重厘会、修补、校点《华严疏钞》（今之《会本》为明嘉靖时妙明法师所会。彼时清凉排定之科文久佚，妙师臆为分配，故有未当处。妙明《会本》，后有人删节，甚至上下文义不相衔接。《龙藏》仍其误。今流通本又仍《龙藏》之误。已上据徐居士考订之说），伞法师愿任外护，并排版流布之事（伞法师谓排版为定，可留纸版，传之承久）。

朽人一身任厘会、修补、校点诸务，期以二十年卒业。先科文十卷，次悬谈，次疏钞正文。朽人老矣，当来恐须乞仁者赓续其业，乃可完成也。此事须于秋暮自庐山返后，再与伞师详酌。若决定编印，尚须约仁者来杭面谈一切。前存尊斋《疏钞》等，乞暂勿送返。是间有《续藏》可阅。伞师又将觅木版流通本以为编写之稿本（改正科会及增补原文之处，皆剪贴，即以此本排印，不须另写）。近常与湛翁晤谈。彼诗兴甚佳。他日来杭，可往访也。

五月十九日　论月疏

　　此事实在工程浩大，所以一旦正式提上日程，尚须与蔡丏因面商一切也。再说，此次来杭，主要是必须养病。弘一在温州时即患咳嗽，而久治不愈，所以才想到来招贤寺静养。这在致蔡丏因的前一信中已详细提及：

丏因居士文室：

　　两获手书，欢喜无尽。二月下旬在温州时，患感冒咳嗽，至今未能复元。前日乞周子叙居士诊视，彼云感冒已久，因湿滞不解（常常发热），又因咳久伤肺损脾云云。今拟暂居招贤调养。弘伞师照护一切，甚为周到。不久当可痊愈。希释怀念。草略奉复，不具一一。

四月初七日　昙昉

　　《疏钞》全部可以暂存仁处，无须急于寄还。因朽人所到之处，皆有《续藏》等可以披阅。先穷研《清凉疏钞》一部，然后再浏览诸籍，其法甚善。刻本钞科多删节（《十迴向品》已由余补录，乞检阅），乞与续藏本对阅。

上月廿五日始，本已谢客，旋因有旧友自沪上专诚访谒者，弘伞师不忍谢绝，特为商酌，晤谈一次。其后有人闻风访谒者，亦悉接见。近颇苦于繁琐，拟不日仍申旧例，一概不见。昔在温州时，因如是也。尊处如有人欲来杭访问者，乞为婉辞致意。若有要事，可以通信，与面无异也。附白。

读毕此信，可略知法师旧病久缠其身，大大影响其一心研习佛法之心力，实颇痛楚；而闭关潜修又因来杭而一度破例，颇有一发难收之势，复大大影响潜修，良为苦事也。

这样夏天，弘一在弘伞陪同下，终于登上了庐山，参加了金光明法会。

自杭去庐，必须转道上海。在上海，弘一法师见到了夏丏尊、丰子恺等旧友。本拟自庐下山返沪时再与大家见面，后因等庐山盛会之确信，而在沪耽搁了。有关此次过沪诸节，要数丰子恺《法味》一文言之最多了，而且充满了真切的师生情谊，所以还是多引《法味》原文为上：

暮春的一天，弘一法师从杭州招贤寺寄来了一张邮片说：

"近从温州来杭，承招贤老人殷勤相留，年内或不复他适。"

我于六年前将赴日本的前几天的一夜，曾在闸口凤生寺向他告别。以后仆仆奔走，沉酣于浮生之梦，直到这时候未得再见，这一天接到他的邮片，使我非常感兴。那笔力坚秀、布置妥贴的字迹和简洁的文句，使我陷入了沉思。做我先生时的他，出家时的他，六年前告别时的情景，六年来的我……霎时都浮出在眼前，觉得这六年越发像梦了。我就决定到杭州去访问。过了三四日，这就被实行了。

同行者是他底老友，我底先生S，也是专诚去访他的。从上海到杭州的火车，几乎要行六小时。我在车中，一味回想着李叔同先生——就是现在的弘一师——教我绘图音乐那时候的事。对座的S先生从他每次出门必提着的那只小篮中抽出一本小说来翻，又常常向窗外看望。车窗中最惹目的是接续奔来的深绿的桑林。

车到杭州，已是上灯时候。我们坐东洋车到西湖边的清华旅馆定下房间，就上附近一家酒楼去。杭州是我底旧游之地。我受李叔同先生之教，就在贡院旧址第一师范。八九年来，很少重游的机会，今晚在车中及酒楼上所见的夜的杭州，面目虽非昔日，然青天似的粉墙，棱角的黑漆石库墙门，冷静而清楚的新马路，官僚气的藤轿，叮当的包车，依然是八九年前的杭州的面影，直使我的心暂时返了童年，回想起学生时代的一切的事情来。这一夜天甚黑，我随S先生访问了几个住在近处的旧时师友，不看西湖就睡觉了。

翌晨七时，即偕S先生乘东洋车赴招贤寺。走进正殿的后面，招贤老人就出来招呼。他说：

"弘一师日间闭门念佛，只有送饭的人出入，下午五时才见客。"

他诚恳地留我们暂时坐谈，我们就在殿后窗下的椅上就坐，S先生同他谈话起来。

招贤老人法号弘伞，是弘一法师底师兄，二人是九年前先后在虎跑寺剃度的。我看了老人底平扁的颜面，听了他底黏润的声音，想起了九年前的事：

他本来姓程名中和。李先生剃度前数月，曾同我到玉泉寺去访他，且在途中预先对我说：

"这位程先生在二次革命时曾当过团长，亲去打南京。近来忽然道，暂住在玉泉寺为居士，不久亦将剃度。"

我第一次见他时，他穿着灰白色的长衫，黑色的马褂，靠在栏上看鱼。一见他那平扁而和蔼的颜貌，就觉得和他底名字"中和"异常调和。他底齿底整齐，眼线底平直，面部底丰满，及脸色底暗黄，一齐显出无限的慈悲，使人见了容易联想螺蛳顶下的佛面，万万不会相信这面上是配戴军帽的。不久，这位程居士就与李先生相继出家。后来我又在虎跑寺看见他穿了和尚衣裳做晚课，听到他底根气充实而永续不懈的黏润的念佛声。

这是九年前的事了。如今重见，觉得除了大概因刻苦修行而蒙上的一层老熟与镇静的气象以外，声音笑貌，依然同九年前一样。在此，九年的时间真是所谓"如一日"罢！记得那时我从杭州读书归来，母亲说我底面庞像猫头；近来我返故乡，母亲常说我面上憔悴瘦损，已变了狗脸了。时间，在他真是"无老死"的，在我真如灭形伐性之斧了。——当 S 先生和他谈话的时候我这样想。

坐了一回，我们就辞去。出寺后，访了湖上几个友人，就搭汽车返旗营。在汽车中谈起午餐，我们准拟吃一天素。但到了那边，终于进王饭儿店去吃了包头鱼。

下午我与 S 先生分途，约于五时在招贤寺山门口会集。等到我另偕了三个也要见弘一师的朋友到招贤寺时，见弘一师已与 S 先生对坐在山门口的湖岸石埠上谈话了。弘一师见我们，就立起身来，用一种深欢喜的笑颜相迎。我偷眼看他，这笑颜直保留到引我们进山门之后还没有变更。他引我们到了殿旁一所客堂。室中陈设简单而清楚，除了旧式的椅桌外，挂着梵文的壁饰和电灯，大家坐了，暂时相对无言。然后 S 先生提出话题，介绍与我同来的 Y 君。Y 君向弘一师提出关于儒道、佛道的种种问题，又缕述其幼时的念佛的信心，及其家庭的事情。Y 君每说话必垂手起立。弘一师用与前同样的笑颜，举右手表示请他坐。再三，Y 君直立如故。弘一师只得保持这笑颜，双手按膝而听他讲。

我危坐在旁，细看弘一师神色颇好，眉宇间秀气充溢如故，眼睛常常环视座中诸人，好像要说话。我就乘机问他近来的起居，又谈及他赠给立达学园的《续藏经》的事。这经原是王涵之先生赠他的。他因为自己已有一部，要转送他处，去年 S 先生就为立达学园向他请得了，弘一师因为以前也曾有二人向他请求过，而久未去领，故嘱我写信给那二人，说明原委，以谢绝他们。他回入房里去了许久，拿出一张通信地址及信稿来，暂时不顾其他客人，同我并坐了，详细周到地教我信上的措词法。这种丁宁郑重的态度，我已十年不领略了。这时候使我顿时回复了学生时代的心情。我只管低头而唯唯，同时俯了眼窥见他那绊着草鞋带的细长而秀白的足趾，起了异常的感觉。

"初学修佛最好是每天念佛号。起初不必求长，半小时、一小时都好。惟须专意，不可游心于他事。要练习专心念佛，可自己暗中计算，以每句为一单位，凡念满五句，心中告一段落，或念满五句，摘念珠一颗。如此刻心不暇他顾，而可专意于念佛了。初学者以这步工夫为要紧，又念佛时不妨省去'南无'二字，而略称'阿弥陀佛'。则可依是辰钟底秒声而念，即以'的格（强）的格（弱）'的一个节奏（rhythm）底四拍合'阿弥陀佛'四字，继续念下去，效果也与前法一样。"

Y 君的质问，引起了弘一师普遍的说教。旁的人也各提出话问：有的问他阿弥陀佛是甚么意义，有的问他过午不食觉得肚饥否，有的问他壁上挂着的是甚么文字。

我默坐旁听着，只是无端地怅惘。微雨飘进窗来，我们就起身告别。他又用与前同样的笑颜送我们到山门外，我们也笑着，向他道别，各人默默地、慢慢地向断桥方面踱去。走了一段路，我觉得浑身异常不安，如有所失，却想不出原因来。忽然看见S先生从袋中摸出香烟来，我恍然悟到这不安是刚才继续两小时模样没有吸烟的原故，就向他要了一支。

是夜我们吃了两次酒，同席的都是我底许久不见的旧时老友。有几个先生已经不认识我，旁的人告诉他说："他是丰仁。"我听了别人呼我这个久已不用的名字，又立刻还了我的学生时代。有一位先生与我并座，却没有认识我，好像要问尊姓的样子。我不知不觉装出幼时语调对他说："我是丰仁，先生教过我农业的。"他们筛酒时，笑着问我："酒吃不吃！"又有拿了香烟问我："吸烟不？"我只答以"好的，好的"，心中却自忖着："烟酒我老吃了！"教过我习字的一位先生又把自己的荸荠省给我说吃。我觉得非常的拘束而不自然。我已完全孩子化了。

回到旅馆里，我躺在床上想："杭州恐比上海落后十年罢！何以我到杭州，好像小了十岁呢？"

翌晨，S先生因有事还要勾留，我独自冒大雨上车返上海。车中寂寥得很，想起十年来的心境，犹如常在驱一群无拘束的羊，才把东边的拉拢，西边的又跑开去。拉东牵西，瞻前顾后，困顿得极。不但不由自己拣一条路而前进，连体认自己的状况的余暇也没有。这次来杭，我在弘一师的明镜里约略照见了十年来自己的影子了。我觉得这次好像是连续不断的乱梦中一个欠伸，使我得暂离梦境；拭目一想，又好像是浮生路上的一个车站，使我得到数分钟的静观。

车到了上海，浮生的淞沪车又载了我颠簸倾荡地跑了！更不知几时走尽这浮生之路。

笔者之所以不避文抄公之嫌，大段引录丰子恺《法味》中的这段文字，原因之一，当然是它生动而详细地记载了弘一法师这次自温过杭的诸多细节，是后人怎么追叙都赶不及丰子恺平淡而真切的原始记录的；原因之二，丰子恺此文看似冗长而"啰嗦"，其实，它的夹叙夹议，还真透露出一位在俗弟子如何被出家师长深深感化的真实想法，一位只能站在二楼仰望三楼楼梯口的艺术家的心态。丰子恺似乎在文中有意把自己写得"俗"、"凡"、"腐"、"陋"，似乎憋了两个钟头不抽烟已难过得受不了，连夜就非吃两顿酒不可，……其实无非是敬仰弘一大师的一种反衬，一种对自己矛盾心理的真切解剖。

大家知道，丰子恺一生，对李叔同老师的敬重，对弘一法师的景仰，是始终如一的，是一以贯之的。当然，也始终没能直追恩师，从二层楼跨上三层楼一步；而弘一法师对弟子丰子恺、刘质平等，包

庄严的告别，1918 年摄于杭州（左一为刘质平，右一为丰子恺）

206

括挚友夏丏尊在内，也都从不强人所难，非要把人拉入佛门，与他一同出家。这才是君子之交，才真正是其淡如水的君子之交。从他离温前特地去信告知丰子恺要到杭州小住，到丰子恺特地去杭拜谒，再到清早赶去而不接见，等下午再去时已在山门外湖边笑迎……一系列平淡普通而又深有寓意的举动，都是为其淡如水的君子之交做诠释，立样板。当时丰子恺的心情，以及后来写这篇《法味》时的心情，在伏读此文之后，不就会了然于胸了吗？

重游城南草堂

弘一法师偕弘伞法师上庐山参加金光明法会，本拟过沪不作逗留，俟下山再过沪时方一会挚友学生的。后因庐山之确讯一时未到，必须久候，才可定上山之期，所以在上海才有了一系列的活动。这些活动，又只有丰子恺的《法味》一文载之最详，此文接着写道：

过了几天，弘一师又从杭州来信，大略说："音出月拟赴江西庐山金光明会参与道场，愿手写经文三百叶分送各施主。经文须用朱书，旧有朱色不敷应用，愿仁者集道侣数人，合赠英国制水彩颜料 Vermilion 数瓶。"末又云："欲数人合赠者，俾多人得布施之福德也。"

我与 S 先生等七八人合买了八瓶 Windsor Newton 制的水彩颜料，又添附了十张夹宣纸，即日寄去。又附言说："师赴庐山，必道经上海，请预示动身日期，以便赴站相候。"他的回信是："此次过上海恐不逗留，秋季归来时再图叙晤。"

后来我返故乡石门，向母亲讲起了最近访问做和尚的李叔同先生的事，又在橱内寻出他出家时送我的一包照片来看。其中有穿背心、拖辫子的，有穿洋装的，有扮《白水滩》里的十三郎的，有扮《新茶花女》里的马克的，有作印度人装束的，有穿礼服的，有古装的，有留须穿马褂的，有断食十七日后的照相，有出家后僧装的照相。在旁同看的几个商人的亲戚都惊讶，有的说："这人是无所不为的，将来一定要还俗。"有的说："他可赚二百块钱一月，不做和尚多好呢！"次日，我把这包照片带到上海来，给学园里的同事们学生们看。有许多人看了，问我："他为甚么做和尚？"

暑假放了，我天天袒衣跣足，在过街楼上——所谓家里写意度日。友人 W 君新从日本回国，暂寓我家里，在我底外室里堆了零零星星好几堆的行李物件。

有一天早晨，我与 W 君正在吃了牛乳，坐在藤椅上翻阅前天带来的李叔同先生的照片，P、T 两儿正在外室翻转 W 君底柳行李底盖来坐船，忽然一个住在隔壁的学生张皇地上楼来，说："门外有两个和尚在寻问丰先生，其中一个样子好像是照相上见过的李叔同先生。"

我下楼一看，果然是弘一、弘伞两法师立在门口。起初我略有些张皇失措，立了一歇，就延他们上楼。自己快跑几步，先到室外把 P、T 两儿从他们的船中抱出，附耳说一句："陌生人来了！"移开他们的船，让出一条路，回头请二法师入室，到过街楼去。我介绍了 W 君，请他们坐下了，问得他们是前天到上海的，现寓大南门灵山寺，要等江西来信，然后决定动身赴庐山的日期。

弘一师起身走近我来，略放低声音说：

"子恺，今天我们要在这里吃午饭，不必多备菜，早一点好了。"

我答应着忙走出来，一面差 P 儿到外边去买汽水，一面叮嘱妻即刻备素菜，须于十一点钟开饭。因为我晓得他们是过午不食的。记得有人告诉我说，有一次杭州有一个人在一个素馆子里办了盛馔请弘一师午餐，陪客到齐已经一点钟，弘一师只吃了一点水果。今天此地离市又远，只得草草办点了。我叮嘱好了，回室，邻居的友人 L 君、C 君、D 君，都已闻知了来求见。

今日何日？我梦想不到书架上这堆照片底主人公，竟来坐在这过街楼里了！这些照片如果有知，我想一定要跳出来，抱住这和尚而叫"我们都是你的前身"罢！

我把它们捧了出来，送到弘一师面前。他脸上显出一种超然而虚空的笑容，兴味津津地，一张一张地翻开来看，为大家说明，像说别人的事一样。

D 君问起他家庭的事。他说在天津还有阿哥、侄儿等；起初写信去告诉他们要出家，他们复信说不赞成，后来再去信说，就没有回信了。

W 君是研究油画的，晓得他是中国艺术界的先辈，拿出许多画来，同他长谈细说地论画，他也有时首肯，有时表示意见。我记得弘伞师向来是随俗的，弘一师往日的态度，比弘伞师谨严得多。此次都非常的随便，居然亲自到我家里来，又随意谈论世事。我觉得惊异得很！这想来是工夫深了的结果罢。

饭毕，还没有到十二时。弘一师颇有谈话的兴味，弘伞师似也喜欢和人谈话。寂静的盛夏的午后，房间里充满着从窗外草地上反射进来的金黄的光，浸着围坐谈笑的四人——两和尚，W 与我，我恍惚间疑是梦境。

七岁的 P 儿从外室进来，靠在我身边，咬着指甲向两和尚的衣裳注意。弘一师说她那双眼生得距离很开，很是特别，他说："蛮好看的！"又听见我说她欢喜画画，又欢喜刻石印，二法师都要她给他们也刻两个。弘一师在石上写了一个"月"字（弘一师近又号论月）、一个"伞"字，叫 P 儿刻。

当她侧着头，汗淋淋地抱住印床奏刀时，弘一师不瞬目地注视她，一面轻轻地对弘伞说："你看，专心得很！"又转向我说："像现在这么大就教她念佛，一定很好。可先拿因果报应的故事讲给她听。"我说："杀生她本来是怕敢的。"弘一师赞好，就说："这地板上蚂蚁很多！"他的注意究竟比我们周到。

话题转到城南草堂与超尘精舍，弘一师非常兴奋，对我们说：

"这是很好的小说题材！我没有空来记录，你们可采作材料呢。"

现在把我所听到的记在下面。

他家在天津，他的父亲是有点资产的。他自己说有许多母亲，他父亲生他时，年纪已经六十八岁。五岁上父亲就死了。家主新故，门户又复杂，家庭中大概不安。故他关于母亲，曾一皱眉，摇着头说："我的母亲——生母很苦！"他非常爱慕他母亲。二十岁时陪了母亲南迁上海，住在大南门金洞桥（？）畔一所许宅的房子——即所谓城南草堂，肄业于南洋公学，读书奉母。他母亲在他二十六岁的时候就死在这屋里。他自己说："我从二十岁至二十六岁之间的五六年，是平生最幸福的时候。此后就是不断的悲哀与忧愁，一直到出家。"这屋底所有主许幻园是他的义兄，他与许氏两家共居住在这屋里，朝夕相过从。这时候他很享受了些天伦之乐与俊游之趣。他讲起他母亲死的情形，似乎现在还有余哀。他说："我母亲不在的时候，我正在买棺木，没有亲送。我回来，已经不在了！还只四十□岁！"大家庭里的一个庶出（？）的儿子，五岁上就没有父亲，现在生母又死了，丧母后的他，自然像游丝飞絮，飘荡无根，于家庭故乡，还有甚么牵挂呢？他就到日本去。

在日本时的他，听说生活很讲究，天才也各方面都秀拔。他研究绘画、音乐，均有相当的作品，又办春柳剧社，自己演剧，又写得一手好字，做出许多慷慨悲歌的诗词文章。总算曾经尽量发挥过他底才华。后来回国，听说曾任《太平洋报》的文艺编辑，又当过几个学校底重要教师，社会对他的待遇，一般地看来也算不得薄。但在他自己，想必另有一种深的苦痛，所以说"母亲死后到出家是不断的悲哀与忧愁"，而在城南草堂读书奉母的"最幸福的"五六年，就成了他底永远的思慕。

他说那房子旁边有小浜，跨浜有苔痕苍古的金洞桥，桥畔立着两株两抱大的柳树。加之那时上海绝不像现在的繁华，来去只有小车子，从他家坐到大南门给十四文大钱已算很阔绰，比起现在的状况来如同隔世，所以城南草堂更足以惹他底思慕了。他后来教音乐时，曾取首凄惋呜咽的西洋有名歌曲 My Dear Old Sunny Home 来改作一曲《忆儿时》，中有"高枝啼鸟，小川游鱼，曾把闲情托"之句，恐怕就是那时的自己描写了。

自从他母亲去世，他抛弃了城南草堂而去国以后，许家的家运不久也衰沉，后来这房子也就换了主人。□年之前，他曾经走访这故居，屋外小浜、桥、树，依然如故，屋内除了墙门上的黄漆改为黑漆以外，装修布置亦均如旧时，不过改换了屋主而已。

这一次他来上海，因为江西的信没有到，客居无事；灵山寺地点又在小南门，离金洞桥很近；还有，他晓得大南门有处讲经念佛的地方叫做超尘精舍，也想去看看，就于来访我的前一天步行到大南门一带去寻访。跑了很久，总找不到超尘精舍。他只得改造访城南草堂去。

哪里晓得！城南草堂的门外，就挂着超尘精舍的匾额，而所谓超尘精舍正设在城南草堂里！而进内一看，装修一如旧时，不过换了洋式的窗户与栏杆，加了新漆，墙上添了些花墙洞。从前他母亲所居的房间，现在已供着佛像，有僧人在那里做课了。近旁的风物也变换，浜已没有，相当于浜处有一条新筑的马路，桥也没有，树也没有了。他走上转角上一家旧时早有的老药铺，药铺里的人也都已不认识。问了他们，方才晓得这浜是新近被填作马路的，桥已被拆去，柳亦被斫去。那房子的主人是一个开五金店的人，那五金店主不知是信佛还是别的原故，把它送给和尚讲经念佛了。

弘一师讲到这时候，好像兴奋得很，说：

"真是奇缘！那时候我真有无穷的感触啊！"其"无穷"两字拍子延得特别长，使我感到一阵鼻酸。后来他又说：

"几时可陪你们去看看。"

这下午谈到四点钟，我们引他们去参观学园，又看了他所赠的《续藏经》，五点钟送他们上车返灵山寺，又约定明晨由我们去访，同去看城南草堂。

翌晨九点钟模样，我偕 W 君、C 君同到灵山寺见弘一师，知江西信于昨晚寄到，已决定今晚上船，弘伞师正在送行李买船票去，不在那里。坐谈的进候，他拿出一册白龙山人墨妙来送给我们，说是王一亭君送他，他转送立达图书室的。过了一回，他就换上草鞋，一手挟了照例的一个灰色的小手巾包，一手拿了一顶两只角已经脱落的蝙蝠伞，陪我们看城南草堂去。

走到了那地方，他一一指示我们。那里是浜，那里是桥、树，那里是他当时进出惯走的路。走进超尘精舍，我看见屋是五开间的，建筑总算讲究，天井虽不大，然五间共通，尚不窄仄，可够住两份人家。他又一一指示我们，说：这是公共客堂，这是他底书房，这是他私人的会客室，这楼上是他母亲的住室，这是挂"城南草堂"的匾额的地方。

里面一个穿背心的和尚见我们在天井里指点张望，就走出来察看，又打宁波白招呼我们坐，弘一师谢他，说："我们是看看的。"又笑着对他说："这房子我曾住过，二十几年以前。"那和尚打量了他一下说："哦，你住过的！"

我觉得今天看见城南草堂的实物，感兴远不及昨天听他讲的时候浓重，且眼见的房子、马路、药铺，也不像昨天听他讲的时候的美而诗的了。只是看见那宁波和尚打量他一下而说那句话的时候，我眼前仿佛显出二十几年前后的两幅对照图，起了人生刹那的悲哀。回出来时，我只管耽于遐想："如果他没有这母亲，如果这母亲迟几年去世，如果这母亲现在尚在，局面又怎样呢？恐怕他不会做和尚，我不会认识他，我们今天也不会来凭吊这房子了！谁操着制定这局面的权分呢？"

出了弄，步行到附近的海潮寺一游，我们就邀他到城隍庙的素菜馆里去吃饭。

吃饭的时候，他谈起世界佛教居士林尤惜阴居士为人如何信诚，如何乐善。我们晓得他要晚上上船，下午无事，就请他引导到世界佛教居士林去访问尤居士。

世界佛教居士林是新建的四层楼洋房，非常庄严灿烂。第一层有广大的佛堂，内有很讲究的坐椅、拜垫，设备很丰富，许多善男信女在那里拜忏念佛。问得尤居士住在三层楼，我们就上楼去。这里面很静，各处壁上挂着"缓步低声"的黄色的牌，看了使人愈增严肃。三层楼上都是房间。弘一师从一房间的窗外认到尤居士，在窗玻璃上轻叩了几下，我就看见一位五十岁模样的老人开门出来，五体投地地拜伏在弘一师脚下，好像几乎要把弘一师底脚抱住。弘一师但浅浅地一鞠躬，我站在后面发呆，直到老人起来延我入室，始回复我的知觉，才记得他是弘一师的皈依弟子（？）。

尤居士是无锡人，在上海曾做了不少的慈善事业，是相当知名的人。就是向来不关心于时事的我，也是预早闻其名的。他底态度、衣装，及房间里的一切生活的表象，竟是非常简朴，与出家的弘一师相去不远。于此我才知道居士是佛教的最有力的宣传者。和尚是对内的，居士是对外的。居士实在就是深入世俗社会里去现身说法的和尚。我初看见这居士林建筑设备的奢华，窃怪与和尚底刻苦修行相去何远。现在看了尤居士，方才想到这大概是对世俗的方便罢了。弘一师介绍我们三人，为我们预请尤居士将来到立达学园讲演，又为我们索取了居士林所有赠阅的书籍各三份。尤居士就引导我们去瞻观舍利室。

舍利室是一间供舍利的，约二丈见方的房间。没有窗，四壁全用镜子砌成，天花板上悬四盏电灯，中央设一座玲珑灿烂的红漆金饰的小塔，四周地上设有四个拜垫，塔底角上悬许多小电灯，其上层中央供一水晶样的球，球内的据说就是舍利。舍利究竟是甚么样一种东西，因为我不大懂得，本身倒也惹不起我甚么感情；不过我觉得一入室，就看见自己立刻化作千万身，环视有千万座塔，千万盏灯，又面面是自己，目眩心悸，全我被压倒在一种恐怖而又感服的情绪之下了。弘一师与尤居士各参拜过，就鱼贯出室。再参观了念佛室、藏经室。我们就辞尤居士而出。

步行到海宁路附近，弘一师要分途独归，我们要送他回到灵山寺。他坚辞说："路我认识的，很熟，你们一定回去好了，将来我过上海时再见。"又拍拍他底手巾包笑说："坐电车的铜板很多！"就转身进弄而去。我目送着他，直到那瘦长的背影没入人丛中不见了，始同 W 君、C 君上自己的归途。

这一天我看了城南草堂，感到人生的无常的悲哀，与缘法的不可思议；在舍利室，又领略了一点佛教的憧憬。两日来都非常兴奋、严肃，又不得酒喝。一回到家，立刻叫人去打酒。

一九二六年八月四日记于石门

我不得不分两节而一口气将丰子恺的这篇《法味》全文引录完华，实在因是它太传神了。它把弘一法师过沪上庐山前的两天活动，生动而细腻地描写得栩栩如生。我每读一遍，总感到好像随丰子恺的笔，而亲随丰子恺与法师盘桓了两日。不仅伴随他的笔，更伴随着他的心！这不比把《法味》一文作剧本，去拍电影、电视剧要强多了吗！如若依之去拍电影、电视剧，那是非走样不可的。首先，现在就找不出修养、气质都能稍稍接近弘一法师与丰子恺的演员来。导演也很难体会此情此景之平凡而又伟大。所以我想，要传达出弘一法师两天的真实情景来，只有当"文抄公"之一法，即把《法味》全文抄录给敬爱的读者直接读原文，舍此一途，别无它法。更希望敬爱的读者不止一遍的细读，还可体味到丰子恺的一片景仰大师之心。

文中丰子恺写到自己方面，除在夹叙夹议中，虽每细微，而都生动且具体地表露了他一片景慕之心外。在结尾处，却写得貌似薄弱了些，好像憋了两天不喝酒，已很难受似的了。这是我初读《法味》时的浅薄感受，为什么要把自己写成这样呢？然而在复读数四之后，我却越发感到其真实感人了。文中无论写法师还是他自己，都一无夸大与缩小，句句实言。结尾正真切地写出了一己之在俗与法师之皈依，两者的的确确有着本质上的差异。丰子恺诚然亦伟大，但到了只能站在二楼爬向三楼的楼梯口，望三楼看一看而已，仍然属于禅外说禅的体系之中。这一类人物中，自然也包括尤惜阴与夏丏尊。对丰、尤、夏等辈的任何"拔高"，都是没有任何意义的。他们本人更是不会同意的。此文之所以命题为《法味》，我想丰子恺绝不是轻易落笔的，而是深思熟虑后点睛式的命题。

建晚晴山房

夏丏尊执教春晖中学后，深深地爱上了春晖，想通过教育上一系列的重大改革，为全国树立一个模范，一个榜样。为全心全意扑到春晖中学教育事业上，决心抛弃了祖传的老宅，在白马湖畔营建平屋，把全家由上虞崧厦迁来还不说，因为上次接待弘一法师只能请他住在学校附近的春社，比现在的请人住临时的招待所还不如，总感欠安。于是决心出资，会同刘质平、丰子恺等诸旧友，共同来为弘一法师营建一所小屋，应该说比他自己的平屋要小而简单，因为法师毕竟是单身偶来小住而已——即晚晴山房。它就选址在夏丏尊的家——平屋之东侧不远。

而晚晴山房之正式营建，已到 1928 年，民国十七年戊辰岁的冬天了。

所有发愿为晚晴老人——弘一法师修建晚晴山房的人，联合写了份《为弘一法师筑居募款启》：

弘一法师，以世家门第，绝世才华，发心出家，已十余年，披剃以来，刻意苦修，不就安养；云水行脚，迄无定居；卓志净行，缁素叹仰。同人等于师素有师友之雅，常以俗眼，愍其辛劳。屡思共集资材，筑室迎养；终以未得师之允诺而止。师今年五十矣，近以因缘，乐因前请。爰拟遵循师意，就浙江上虞白马湖觅地数弓，结庐三椽，为师栖息净修之所，并供养其终身。事关福缘，法应广施，裒赖腋集，端资众擎，世不乏善男信女，及与师有缘之人。如蒙喜舍净财，共成斯善，功德无量。

刘质平　经亨颐　周承德　夏丏尊

穆藕初　朱酥典　丰子恺

同启

中华民国十七年岁次戊辰十一月

弘一法师之所以此时才同意营建晚晴山房，实还有一更充分的理由：当时社会上一度盛传，南京政府已有将一切庙宇统统归公之说。法师深恐寺院制度之有变，这才同意了修建晚晴山房之动议。

《为弘一法师筑居募款启》一发，即得到各方赞助。遂由经亨颐亲行设计，动工建造。因夏丏尊的平屋往东，地势稍趋低下，所以屋基需略筑高。这三间普普通通连院子院门都没有的屋宇，却还是在夏丏尊等众力呼吁与安排下，才得付诸现实的啊！

弘一法师夙喜李义山"天意

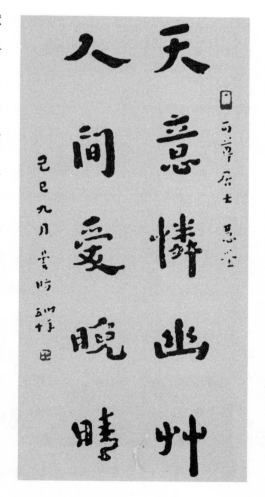

怜幽草，人间爱晚晴"的诗句，首次来住山房时即以之写成联赠夏丏尊。此联是写在一张纸上的，故仅在两侧落上下款，上款"丏尊居士　慧鉴"，上钤弘一法师自制之"南无阿弥陀佛"佛像砖形章（常见）；下款为"己巳九月昙昉"，下添小字双行"时年五十"四字，下钤一章诸印件均已不清（此件疑原迹早已不在夏丏尊手，故 2000 年 9 月出版之《夏丏尊旧藏弘一法师墨迹》中未收此件）。而这件作品正是夏丏尊等为法师营建晚晴山房，法师首次来住时的一件最好最有意义的作品。

于此同时，弘一法师还用篆书写了个横额，文为"具足大悲心"五字，题记云："此古法卷纸也。藏于钱塘定慧寺者万年后，归于余又十数年。尔将远行，写华严经句，心付后人，共珍奉焉。晚晴院沙门论月时年五十。"

九月二十三日，弘一法师与绍兴徐仲荪、刘质平等人，在白马湖放生，法师不但参与其事，事后还专门作了一篇《白马湖放生记》，记云：

白马湖在越东驿亭乡，旧名强浦。放生之事，前年间也。己巳秋晚，徐居士仲荪适谈欲买鱼介放生马湖，余为赞喜并乞刘居士质平助之。放生既迄，质平记其梗概，余书写二纸，一赠仲荪，一与质平，以示来览焉。

时分　十八年九月廿三日五更自驿亭出行十数里到鱼市，东方未明。

舍资者　徐仲荪

佐助者　刘质平

肩荷者　徐全茂　　　　　已上三人偕往

鱼市　在百官镇

品类　虾鱼等

值资　八元七毫八分

放生所　白马湖

盛鱼具　向百官面肆假用，肆主始不许，因告为放生，故彼乃欣然。

放生同行者　释弘一、夏丏尊、徐仲荪、刘质平、徐全茂及夏家老仆
　　　　　　丁锦标同乘一舟，别一舟载鱼虾等。

放生时　晨九时一刻

随喜者　放生之时，岸上簇立而观者甚众，皆大欢喜叹未曾有。

是岁嘉平元缚书

此记平淡无奇，似流水帐，而弘一法师之心态，以及引起观众之皆大欢喜等节，却已跃然纸上，也正是法师首次来晚晴山房小住的一段绝好小插曲。

江心寺与《护生画集》

1929 年，民国十八年己巳，夏丏尊把他珍藏着的弘一法师在俗时临写的古碑法帖等等，选出有代表性的若干件，题名为《李息翁临古法书》，由上海开明书店印行问世。弘一法师所写该书自序云：

居俗之日，尝好临写碑贴，积久盈尺，藏于丏尊居士小梅花屋十数年矣。尔者居士选辑一帙，将以锓版示诸学者，请余为文冠之卷首。夫耽乐书术，增长放逸，佛所深诫。然研习之者能尽其美，以是书写佛典，流传于世，令诸众生欢喜受持，自利利他，同趣佛道，非无益矣。冀后之览者，咸会斯旨，乃不负居士倡布之善意耳。岁躔鹑尾，如眼书。

鹑尾为巳年，即指一九二九年己巳。此书当时所印无多，今已较难得见矣。

这首次来晚晴山房小住，为时不久。很快弘一法师就又回到温州去了。大概寺制要改之风已暂平息，而晚晴山房又缺少佛教经藏，难以闭关潜修佛法之故吧。

回到温州，法师仍住城下寮。尝撰联赞叹地藏菩萨，并自作题记。

联云：

> 多劫荷慈恩，今居永宁，得侍十年香火；
>
> 尽形修忏法，愿生极乐，早成无上菩提。

题记云：

辛酉三月，余来永宁，居庆福寺，亲得瞻仰礼敬承事供养地藏菩萨摩诃萨，并修《占察忏仪》。明岁庚午，首涉十载。自幸余生，获逢圣教，岂无庆跃，碎身莫酬；揽笔成词，辄申赞愿。唯冀见闻随喜，同证菩提。己巳十月，时年五十，弘一。

此次回温州后，曾一度住到瓯江江心屿上之江心寺，该寺在宋代即被列入"五山十刹"之一。江心屿原分两岛，东西对峙，中贯川流。两屿之巅，宋开宝二年（969）建有七级六面宝塔一座，并于西麓建寺，俗名本塔院。元丰年间，赐西塔院为净信禅寺。后来东屿又建普寂禅寺（俗名东塔院）。南宋绍兴七年（1137）高宗诏蜀僧真歇、清了禅师来主普寂、净信二寺。时值中贯江心之川流淤塞，清了禅师即率众将之填平，东西二屿遂相连接，并兴建一新寺，即名之曰中川寺。后来宋高宗又赐改中川为江心寺，普寂寺为龙翔寺，净信寺为兴庆寺，合三寺为一，总名之曰江心寺。亦正因此增建与三寺合一，名遂大振，故有"三山十刹"之一之美誉。南宋温州王十朋梅溪高中状元，及第前曾在江心寺攻读经史，据云曾撰有一联云："云朝朝，朝朝朝，朝朝朝散；潮长长，长长长，长长长消。"现存之江心寺建筑，乃多系乾隆五十四年重建时旧物。弘一法师1921年到温州时，亦曾到江心寺息影，故此次来江心寺为第二次，乃因"庆福近多经忏，不适于闭关用功"，于是经寂山法师之介绍，复迁来江心寺闭关。但当时之江心寺，静则静矣，交通则至为不便。弘一法师为广结善缘，与夏丏尊、丰子恺、刘质平等等诸多居士与社会人士多有联系，仍靠通信，而江心寺之通信必须通过某豆腐店托寺工买豆腐时代转，因之往往大大延误通信时日，耽误急事，至感无奈。于是俟城下寮经忏渐稀，即又迁回城下寮了。

在江心寺闭关时间虽短，而有一事至关重要，必须一提，即有关《护生画集》之事。《护生画集》由丰子恺作画，是提倡爱护生灵，反对杀生的宣传漫画，与佛教的宗旨是一致的。所以第一集（当时亦尚无考虑出第二集之事，故亦无所谓第几）即由弘一法师亲自为每幅画配写文字。此事李圆净参与并出力至多，所以提到《护生画集》，本不宜不提及李圆净，李圆净参与并发起此事时，法师尚住城下寮，但不久即迁来江心寺，除闭关潜修佛法外，可静下心来为《护生画集》配写文字，或拟好文字由丰子恺配画之事，本都准备在江心寺住上两年来完成的，不意交通之不便，大大影响他与李圆净、丰子恺间及时之联络。有关此事，一封致李圆净、丰子恺的信中，有极详细与具体之描写，现录该信全文如下：

圆净
　　居士同鉴：
子恺

　　朽人现拟移居。以后寄信件等，乞写"温州蘇行门外江心寺弘一收"为宜。希勿再用"论月"二字，因名字歧异，邮局时生疑议。以专用弘一之名为妥也。

江心寺交通不便，凡有信件，皆寄存城同某店，俟有人入城买物时带来（由岸至江心寺，须乘船过江，甚为不便）。其寄出之信件，亦须俟有便人，乃可付邮。以是之故，如由上海寄来之信，大约须迟至一个月左右，乃能得回信，甚为迟缓。且因展转传递，或亦不免遗失也。此事诸乞亮察，为祷。

子恺新作画稿，并旧画稿全份，乞合并聚集为一包，统于明年旧历三月底寄下为要。不须络续而寄。又寄时，必须双挂号。至于朽人将白话诗题就，并书写完毕，即连马序及《护生痛言》，共为一包，大约于旧历五月，可以寄上。当由朽人亲身携往邮政总局，双挂号寄上，决不致有误。

依上所陈者，为尊处寄新旧画稿来时，亦仅一次。又朽人寄出者，亦仅一次。如是较为清楚。

又朽人在江心寺，系方便闭关。一概僧俗诸师友，皆不晤谈。又各地常时通信之处，亦已大半写明信片，通告一切：谓以后两年三个月内，若有来信，未能答复。又写字、作文等事，皆未能应命，云云。自是以后，无十分重大之要事，决不出门。惟明夏寄上画稿时，拟出外一次耳。草草书此，不具一一。

九月廿四日　演音　上

以后各种写件，皆拟暂停（如封面等皆不书写）。因邮寄太费周折，又恐遗失，反令他人悬念。故不如一律不写之为愈也。

再者，由他处寄至江心寺之函件，须存放某豆腐店，须待工人等买豆腐时领取。豆腐店中人等及工人等，皆知识简单，少分别心。虽有双挂号之函件，彼等亦漠然视之，不加注意。以是之故，虽双挂号，或亦不免遗失。因邮局之责任，仅送至豆腐店为止，以后即不管也。朽人之意，以为旧上海艺术师范毕业生，有二三人在第十中学任教务。拟请子恺居士于明春二月间，询问是否确实（问吴梦非便知）。倘果有其人者，先致函询彼。拟将画稿寄至第十中学，交彼手收，令彼亲身送至江心寺，可否？彼如允许，再将画稿双挂号寄去。总之，此事甚须注意，乞仁等详酌之。（周孟由居士体弱多病，惟在家念佛，不常出外。性情弛缓，诸事不愿与闻。此事万万不可托彼转交，恐反致遗误延缓也。）

　　法师于信中千叮咛万嘱咐，正说明于江心寺闭关静修，固然大好，而又不免太封闭而近于与世隔绝了。这大概就是不能在江心寺久住的主要原因了吧。

　　后来丰子恺于法师六十大寿时，又出第二集，画自五十幅增至六十幅。在大师身后，七十冥寿时又出第三集，增至七十幅，……直至大师百年纪念时，出至第六集一百幅，也将此《护生画集》圆满功德，此乃后话。而今之读画读文者，又往往难以想到当时弘一法师在江心寺与丰子恺、李圆净联系之艰辛吧！

书写铜模字

　　夏丏尊对弘一法师书道之推崇，早已是有目共睹之事。他为了让世上更多的人日常都能见到法师之字，尤其是披剃以还日趋规范，一般人都能认识，而又超凡脱俗的、弘一所特有的这一体，更让夏丏尊情有独钟。此时夏丏尊又早由教育界转而从事出版界的工作，于是他想到，若能请法师规范地写一套汉字，用它来铸成铜模，制成大大小小的铅字，来排版印书，岂不是空前之盛事。这样，读者一边读书，一边欣赏弘一法师的字，受到崇高品德的不断熏陶，不是一举而三得之吗？

　　只可惜夏丏尊为此事如何与法师面商，如何来信中具体联系安排，这方面的资料太欠缺了，可以说一封信也没有保存下来，连述及此字的文章也几乎没有，至少笔者孤陋寡闻，迄今尚未寓目。幸而另一方，弘一致夏丏尊的信中，还真有不少记载，至少最后为什么没有继续下去，未能完成此业的理由，信中都有。所以还是抄录这些原信呈送读者面前，最为必须。今按全集编录信件顺序来录：

八

（1929年阳历五月六日，温州庆福寺）

惠书诵悉，承询所需，至用感谢。此次由闽至温，旅费甚省，故尚有余资。宿疾本因路途辛劳所致，今已愈十之九，铜模字即可书写。拟先写千余字寄上，俟动工镌刻后，再继续书写其余者。今细检商务铅字样本，至为繁杂。有应用之字而不列入者。有《康熙字典》所未载之僻字及俗

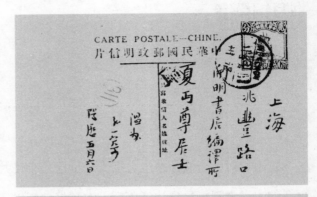

体字，而反列入者。若依此书写，殊不适用。今拟改依《中华新字典》所载者书写，而略增加。总以适用于排印佛书及古书等为主。倘有欠缺，他时尚可随时补写也。墓志造像不列目录，甚善。《佛教大辞典》是否仍存在尊处？因嘉兴前来书谓未曾收到，如未送去，仍以存尊处为宜。阳历四月十九日寄挂号信与上海美专刘质平居士，至今半月余，无有复音。乞为探询，质平是否仍在美专，或在他处，便中示知为感！

演音　阳历五月六日

此信中所提到的《佛学大辞典》，当系日本佛教学者织田得能所著本最早的佛教大辞典。此信系明信片，所写地址为"上海兆丰路口开明书店编译所"。

九

（1929 年旧三月晦日，温州庆福寺）

丏尊居士：

　　到温后，即奉上明信，想已收到。铜模字已试写二页，奉上。乞与开明主人酌核。余近来精神衰颓，目力昏花。若写此体，或稍有把握，前后可以大致一律。若改写他体，恐难一律。故先以此样子奉呈。倘可用者，余即续写。否则拟即作罢（他体不能书写）。所存之格纸，拟写小经一卷，以奉开明主人，为纪念可耳。此次旅途甚受辛苦，至今喉痛及稍发热、咳嗽、头昏等症，相继而作。近来余深感娑婆之苦，欲早命终往生西方耳。谨陈，并候回玉。

　　　　　　　旧三月晦日　　演音

信中所述开明之人，即章锡琛，字雪村，时是开明书店经理、发行人。"小经"为《阿弥陀经》之俗称。此信写于朱丝竖格上海朵云轩制笺之上。

一〇

（1929年旧四月一日，温州庆福寺）

昨复一片，想已收到。此次写铜模字，悉据商务《新字典》（前片云《中华新字典》者，非也）所载之字，去其钙、腺、哎等新造之字，而将拾遗门之字择要增入，并再参考《康熙字典》，增加其适用之字（如丙字等），先依此写成一部。以后倘有缺少者，可以随时增入也。拟先写卅纸奉上，计一千〇五十字。俟动工镌刻后，乞即示知，再当续写。前寄样纸两张，作废，今拟重新书写也。大约十天后，即可写就奉上。书写模字最应注意者，为全部之字须笔画粗细及结构相同。

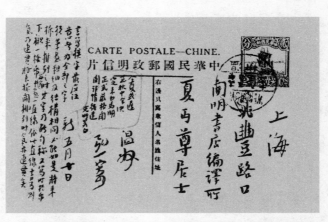

必能如是，将来拆（来）[开]排列之时，其字乃能匀称。又写时，于纸下衬一格纸。每字中画一直线，依此直线书写，则气乃连贯。将来拆开排列时，气亦连贯矣。今夏，或迟至秋中，余决定来白马湖正式严格闭关，详情后达，先此略白。山房存米甚多，乞令他人先取食之。俟余至山房，再买新米。

演音

　　此为明信片，反面白页写满并落款后，余言尚多，即先改小字写一行于左侧空白，尚不够，接写于正面左上角，又写满仍未尽意，再接写于正面"温州　弘一寄"等字之上，还不足，又于反面右侧补写一行多，方得完成。弘一法师本人一写毕后，复用朱笔圈点一过，并用朱线勾之，所以虽几经转接，仍脉络不乱，一清二楚。而看得出，正文写至"今拟重新书写也"并落款之后，已先圈点一过，然后再接补写小字。何以见得？小字"俟余至山房"中之"至"字，即写于正文首句"昨复一片，想已收到"句后朱圈内，可见此圈当在先，如果写毕后同再施朱，则此朱圈定不施于此处矣。

　　又，正面下款"温州　弘一寄"之后，当有"新五月十日"五字，"十"字之直笔稍粗，且向右斜，笔者认为当是"七"字。而且正文首句言"昨复一片"而不言"昨复一信"，显然是指接[八]号信（明片）之后，而非接[九]号信之后。亦即[九][一〇]二信之次序应互易。《全集》于此信之后注云："此信前信内容连贯，当为旧四月一日所写。"显然有误。明明本信写于"新五月七日"，却未被抄入，反去考作"旧四月一日"，一误再误矣。

一一

（1929年旧四月十二日，温州庆福寺）

丙尊居士：

前奉上二片，想已收到。铜模已试写三十页，费尽心力，务求其大小匀称。但其结果，仍未能满意。现由余细详思维，此事只可中止。其原因如下：

一、此事向无有创办者，想必有困难之处。今余试之，果然困难。因字之大小与笔画之粗细及结体之或长或方或扁，皆难一律。今余书写之字，依整张之纸看之，似甚齐整，但若拆开，以异部之字数纸（如口阝亻匚儿等），拼集作为一行观之，则弱点毕露，甚为难看。余曾屡次试验，极为扫兴，故拟中止。

二、去年应允此事之时，未经详细考虑。今既书写之时，乃知其中有种种之字，为出家人书写甚不合宜者。如刀部中残酷凶恶之字甚多，又女

232

部中更不堪言，尸部中更有极秽之字，余殊不愿执笔书写。此为第二之原因（此原因甚为重要）。

三、余近来眼有病，戴眼镜久则眼痛，将来或患增剧，即不得不停止写字，则此事亦终不能完毕。与其将来功亏一篑，不如现在即停止。此为第三之原因。

余素重然诺，决不愿食言。今此事实有不得已之种种苦衷，务乞仁者向开明主人之前，代为求其宽恕谅解，至为感祷！所余之纸，拟书写短篇之佛经三种（如《心经》之类是），以塞其责，聊赎余罪。

前寄来之碑帖等，余已赠与泉州某师，又《新字典》及铅字样本，并未书写之红方格纸，亦乞悉赠与余，至为感谢。

余近来精神衰颓，远不如去秋晤谈时之形状。质平前属撰之《歌集》，亦屡构思，竟不能成一章。止可食言而中止耳。余年老矣，屡为食言之事，日夜自思，殊为抱愧，然亦无可如何耳。务乞多多原谅，至感，至感！已写之三十张奉上，乞收入。

旧四月十二日　演音上

此信即书写于开明书店章锡琛、夏丏尊等专为他书写模字的红方格子纸上。旧四月十二日，即阳历五月二十日。

这是封决定中止不再写模字的重要信札。理由三条，自是第二条最为重要。而弘一法师至厦门后，于太平岩复有一信致夏丏尊，还谈及模字之事，其前因后果若何，殊难妄测，只得一并抄录如下，俟高明更加评察：

一七

（1929年旧十月，厦门太平岩）

丙尊居士：

来厦门后，居太平岩。拟暂不往泉州，因开元寺有军队多人驻扎也。序文写就附以奉览。此书出版之后，余不欲受领版税（即分取售得之资）。因身为沙门，若受此财，于心不安。倘书店愿有以酬报者，乞于每版印刷时，赠余印本若干册，当为之分赠结缘，是固余欢喜仰望者也。将来字模制就，印佛书时，亦乞依此法，每次赠余原书若干册，此意便中乞与章居士谈之，并乞代为致候。字模之字，决定用时路之体。（不因执

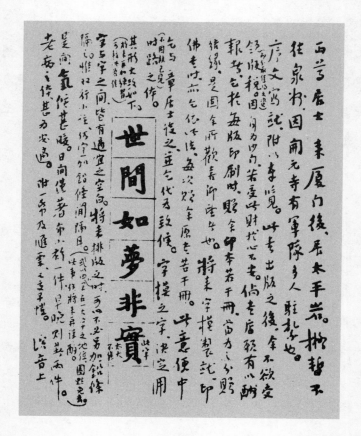

234

己见。）其形大致如下：[从略]（将来再加练习，可较此为佳。）字与字之间，皆有适宜之空白。将来排版之时，可以不必另加铅条隔之。惟双行小注，仍宜加铅条间隔耳。（或以四小字占一大字之地位，圈点免去。此事俟将来再详酌。）是间气候甚暖。日间仅著布小衫一件，早晚则著两件。老病之体，甚为安适。附一纸及汇票，乞交子恺。

演音上

信中所言序文，当指《临古法书序文》。章居士即指开明书店老板章雪村先生。

数月后又重提字模之事，笔者认为有几种可能：一、夏丏尊与章雪村尚未最后商定同意中止书写；二、已基本同意，而仍希望勉力完成此事；三、同意免写刀、女、尸等部不堪之字，字模专为印佛经所用；……或尚有其它原因。总之，铜模字之事，至此尚未了结，此后尚有几封谈及此事，一并按《全集》编排顺序录下：

一八

（1929 年旧十月，厦门太平岩）

昨日南普陀送来尊函，及格纸一包，白纸一包，悉已收到。所云字典等一包，想不久亦可寄到。

《有部毗奈耶》，请李居士转交四川徐耀远居士。

承夏居士转到孙居士一函一片，悉已收到（此事于前函中似已提及）。

护生信笺，乞即选定并示知其格式，即为书写。

以前属写各件，除铜模字须明年乃可奉上，其余各件，不久即可写好邮呈。

所有书物等，均乞暂在尊处，俟明年再斟酌办法。

演音

此件亦系明信片，而收信人写"夏丏尊、丰子恺居士"二人之名，未写年月日。

一九

（1930年正月初七日，南安雪峰寺）

尔来患神经衰弱甚剧。
今年拟即在此静养，不再他
往。晚晴山房若无人居住，
恐致朽坏。如惟净师能来住，
甚善。否则，或请弘祥师，
或他人，入内住之。此事乞
仁者斟酌为祷。信笺附挂号
寄上，乞收入。铜模之字，
俟病愈后再执笔。岁晚移居
泉州山中。以后惠函，乞寄
福建泉州洪濑雪峰寺弘一收。

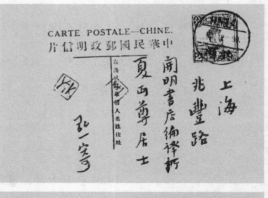

子恺居士乞致候（夏）

正月初七日 演音

此件为明信片。直至此片，弘一仍未谢绝书写模字，只是要俟病愈。此后正月晦日又有一明信片，未提及模字之事（第二〇号信，写于泉州承天寺），而下一明信片则又有提及。

二一

（1930 年旧二月十一日，泉州承天寺）

前邮信片，想已收到。拙书集出版之时，乞检三十册寄福建泉州承天寺性愿法师收。再检三十册寄温州大南门外庆福寺因弘法师收。并乞挂号，至为感谢。模字，拟于二三日后，即动手书写。先写七百字寄上，俟命工镑刻时，再继续书写他字。附闻。

演音　二月十一日

此明信片，除墨笔圈点外，福建泉州、温州两处之地址及收件人，均用引号标出，边上还划有朱笔直线。正面下款写"泉州 承天寺 弘一寄"分三行。此片虽已答应过二三日即动手写模字，看来亦未能如愿。此后之信与明

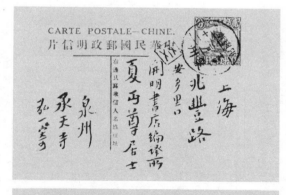

信片，再未提及模字，此事遂浸。抑战乱频仍，时时易地之故耶？抑身体健康欠佳之故？看来还是不忍心书写污秽不堪之字这一主要原因起着根本的作用吧！可惜夏丏尊致弘一之信物均未存世，十分遗憾！盼有朝一日，能发现夏丏尊致弘一之信。或所写模字之手迹，则这段历史应当好好地重新补写了。

《中学生》

1930 年，民国十九年庚午四月之初，弘一法师离开福建，到上虞白马湖。这是他第二次到晚晴山房来住。

五月十四日，是夏丏尊四十五岁初度。这一年的一月，在夏丏尊主持下，开明书店创刊了《中学生》杂志。他不但亲自撰写发刊辞，还每期拟好题目，有目的地去约人撰稿，撰写卷头言与编者后记等等。凡有读者来信，他还往往亲自作复，实在够他忙的。而因弘一法师第二次要来晚晴山房住，特地在生日前赶回白马湖老家去，与法师见面。经亨颐是夏丏尊与弘一法师的老朋友了，而且家就在夏丏尊平屋的右侧。夏丏尊自建造平屋，卖掉老宅以来，在平屋亦仍延用在杭州时"小梅花屋"的旧称。不是陈寅恪曾为绘过《小梅花屋图》吗，这次则由经亨颐为他作了幅画，画上题了"清风长寿，淡泊神仙"八个大字，并作题记云："十九年六月，丏尊老兄四十五生辰，颐渊写此为祝。"

夏丏尊在生日那天，特让夫人备了可口丰盛的素斋，请弘一法师、经亨颐来平屋小酌。法师当然不喝酒，而经亨颐在酒至半酣时，回忆起他们三人昔日在杭州同在浙江一师执教时的往事，不无怅失之感叹。弘一法师则为经亨颐画作了题记云：

庚午五月十四日，丏尊居士四十五生辰，约石禅及余到小梅花屋共饭蔬食，石禅以酒解愁。酒既酣，为述昔年三人同居钱塘时，良辰美景，赏心乐事，今已不可复得。余乃潸然泪下，写《仁王般若经》苦、空二偈贻之：

生老病死，轮转无际。事与愿违，忧悲为害。

欲深祸重，疮疣无外。三界皆苦，国有何赖。

有本自无，因缘成诸。盛者必衰，实者必虚。

众生蠢蠢，都如幻居。声响皆空，国土亦如。

永宁沙门亡言，时居上虞白马湖晚晴山房

由经亨颐（字子渊，亦称经颐，号石禅）之感借酒浇愁，感叹往昔，到弘一法师之潸然泪下，特书苦、空二偈赠夏丏尊来看，这一席的祝寿筵宴亦已堪称悲随善来，乐而生苦之事。法师当时的内心活动，亦可由此料测一二。而特选此二偈来"祝寿"，却可证弘一与夏丏尊之间相知之深，互无芥蒂之情已达到至高的境界了。

而丏尊此时，除上述办刊重任之外，还有大量写作、翻译、编辑，以及领导开明编译所的重任。而由《中学生》发刊辞又可看出，他虽已身离教育界而置身出版界，但他那颗"爱的教育"之心，依然片刻不离教育。他的这篇发刊辞是这样写的：

中等教育为高等教育的预备，同时又为初等教育的延长，本身原已够

240

复杂了。自学制改革以后，中学含义更广，于是遂愈增加复杂性。

合数十万年龄悬殊趋向各异的男女青年含混的"中学生"一名之下，而除学校本身以外，未闻有人从旁关心于其近况与前途，一任其彷徨于纷叉的歧路，饥渴于寥廓的荒原，这不可谓非国内的一件怪事和憾事了。

我们是有感于此而奋起的。愿借本志对全国数十万的中学生诸君，供给多方的趣味与知识，指导前途，解答疑问，且作便利的发表机关。

啼声新试，头角何如？今当诞生之辰，敢望大家乐于养护，给以祝福！

言简意赅，一片妈妈式的苦口婆心，已跃然纸上。以后来《中学生》杂志的实效来看，夏丏尊所想达到的愿望都达到了。其影响之深远，有些还真是始料未及的。这当然与众人的养护与支持分不开，但夏丏尊的倡导与全身心的投入，则是首屈一指的，功不可没的。

夏丏尊的妇女观

夏丏尊重视妇女问题，提倡男妇平等，甚至某些方面更看重女子，认为胜于男子，……这是由来已久之事。

早在 1922 年，夏丏尊就多次在《民国日报》副刊《妇女评论》和《新女性》等报刊上发表过妇女问题的文章。1924 年，又把美国瓦特原著、日本堺利彦达恺译成日文的《女性中心说》，译成中文，由民智书店出版，说明夏丏尊是十分同意女性中心说的。书中提倡"女性中心"的观点是："女子从来因了法律、制度、习惯、偏见，很受过不应当的待遇。现在将这种事实做了前提，来比较女子底道德力与男子底道德力，看究竟哪一面强大，结果，勇气、决心、大胆、宽容等道德力，女子实远在男子之上。所以两性自然差异的问题，只有用了新观察，才能真正的阐明。"此外书中还特别强调："女性是新时代底母，对于子女的教养，比男性更有紧密的、永久的关系。从大自然底眼里看来，是比男性更重要的元素。"这些当时就被夏丏尊赞成并加传扬的观点，现在看来，依然是颠扑不破的真理。

1928 年，夏丏尊又翻译了日本作家厨川白村的《近代的恋爱观》，是"妇女问题研究会丛书"之一，开明书店印行。他在序言中说：

著者自述其写斯稿的动机说，"因为一方不满于只喋喋谈性欲的一代的恶风潮，一方又感到把恋爱作劣情或游戏观的迷妄，事实上至今还未脱离人心，愤激了于是执笔的……"一方只喋喋于性欲，一方把恋爱视作劣情游戏，这二语竟可移赠中国，作中国关于这部分的现状的诊断。近年以来，青年对于浅薄的性书趋之若鹜，肉的气焰大张，而骨子里对于两性间仍脱不了浮薄的游戏态度，至于顽固守旧者的鄙视恋爱的迷执，不消说亦依然如故。在这时期中，把厨川氏本书加以介绍，也许可谓给同样的病者以同一的药，至少是一个很好的调剂。

这里已交代得很清楚，他所以选中此书来翻译的目的。在此前前后后，夏丏尊还发表了不少主张妇女解放、同情旧社会妇女地位低下、提倡男女平等的文章。其中《闻歌有感》一文，刊于 1926 年 7 月《新女性》第七号上，就很典型地表现出他一贯同情妇女的态度。文章一开头先引了一首听他两个女儿所唱的歌谣：

一来忙，开出窗门亮汪汪；

二来忙，梳头洗面落厨房；

三来忙，年老公婆送茶汤；

四来忙，打扮孩儿进书房；

五来忙，丈夫出门要衣裳；

六来忙，女儿出嫁要嫁妆；

七来忙，讨个媳妇成成双；

八来忙，外孙剃头要衣装；

九来忙，捻了数珠进庵堂；

　　　十来忙，一双空手见阎王。

　　这首流行于浙江上虞一带的俗谣，典型地概括了家庭妇女旧时忙忙碌碌无休止的后半生，可谓深深打动了夏丏尊的同情心。所以文章写道：

　　十一岁的阿吉和六岁的阿满又在唱这俗谣了。阿满有时弄错了顺序，阿吉给伊订正。妻坐在旁边也陪着伊们唱。一壁拍着阿满，诱伊睡熟。

　　……

　　我的祖母，我的母亲，已和一般女性一样都规规矩矩地忙了一生，经过了这些刻板的阶段，陷到"死"的江里去了。我的妹子，只忙了前几段，以二十七岁的年纪，从第五段一直跳过到第十段，见阎王去了！我的妻正在一段一段地向这方走着！再过几年，眼见得现在唱这歌的阿吉和阿满也要钻入这铸型去！

　　记得有一次，我那气概不可一世的从妹对我大发挥其毕生志愿时，我冷笑说：

　　"别做梦罢！你们反正要替孩子抹尿屎的！"

　　从妹那时对我的愤怒，至今还记得。后来伊结婚了，再后来，伊生子了，眼见伊一步一步地踏上这阶段去！什么"经济独立"、"出洋求学"等等，在现在的伊，也已如春梦浮云，一过便无痕迹。我每见了伊那种憔悴的面容，及管家婆的像煞有介事的神情，几乎要忍不住下泪。可是伊反不觉什么，原来"家"的铁笼，已把伊的野性驯伏了！

　　……

贤妻良母主义虽为世间一部分所诟病，但女性是免不掉为妻与为母的。说女性于为妻与为母以外还有为人的事则可以，说女性既为了人就无须为妻为母决不成话。既须为妻为母，就有贤与良的理想的要求，所不同的只是贤与良的内容解释罢了。可是无论把贤与良的内容怎样解释，总免不掉是一个重大的牺牲，逃不出一个"忙"字！

　　自然所加给女性的担负真是严酷。……中馈，缝纫，奉夫，哺乳，教养……忙煞了不知多少的女性。……

　　叫新女性把个人的自觉抑没了，来学那旧式女性的盲目的生活，减却自己的苦痛吗？社会上大部分的人们也许在这样想。什么"女子教育应以实用为主"，什么"新式女子不及旧式女子的能操家政"，种种的呼声都是这思想的表示。但我们断不能赞成此说，旧式女性因少个人的自觉，千辛万苦，都于无意识中经过，所感到的苦痛不及新女性的强烈，这种生活，自然是自然的，可是与普通的生物界有何两样！如果旧式女性的生活可以赞美，那么动物的生活该更可赞美了。况且旧式女性也未始不感到苦痛，这俗谣中所谓"忙"，不都是以旧式女性为立场的吗？

　　一切问题不在事实上，而在对于事实的解释上。女性的要为妻为母是事实，这事实所给于女性的特别麻烦，因了知识的进步及社会的改良，自然可除去若干，但断不能除去净尽。不，因了人类欲望的增加，也许还要在别方面增加现在所没有的麻烦。说将来的女性可以无苦地为妻为母，究是梦想。

　　我不但不希望新女性把个人的自觉抑没，宁愿希望新女性把这才萌芽的个人的自觉发展强烈起来，认为为妻为母是自己的事，把家庭的经营，儿女的养育，当作实现自己的材料，一洗从来被动的屈辱的态度。为母固然是神圣的职务，为妻是为母的预备，也是神圣的职务。为母为妻的麻烦不是奴隶的劳动，乃是自己实现的手段，应该自己觉得光荣优越的。

……

苦乐不一定在外部的环境，自己内部的态度常占着大部分的势力。有花草癖的富翁不但不以晨夕浇灌为苦，反以为乐，而在园丁却是苦役。这分别全由于自己的与非自己的上面，如果新女性不彻底自觉，认为为妻为母都不是为己，是替男子作嫁，那么即使社会改进到如何的地步，女性面前也只有苦，承无可乐的了。

……

妇女解放的声浪在国内响了好几年了，但大半都是由男子主唱，且大半只是对于外部的制度上加以攻击。我以为真正妇女问题的解决，要靠妇女自己设法，好像劳动问题应由劳动者自己解决一样。而且单攻击外部的制度，不从妇女自己的态度上谋改变，总是不十分有效的。老实说，女性的敌，就在女性自身！如果女性真已自觉得自己的地位并不劣于男性，且重要于男性，为妻、产儿、养育，是神圣光荣的事务，不是奴隶的役使，自然会向国家社会要求承认自己的地位价值，一切问题应早已不成问题了。唯其女性无自觉，把自己神圣的奉仕认作屈辱的奴隶的勾当，才致陷入现在的堕落的地位。

有人说，女性现在的堕落是男性多年来所驯致的。这话当然也不能反对。但我认为无论男性如何强暴，女性真自觉了，也就无法抗衡。……

正在为妻为母和将为妻为母的女性啊！你们正在"忙"着，或者快要"忙"了。你们在现在及较近的未来，要想不"忙"，是不可能的。你们既"忙"了，不要再因"忙"反屈辱了自己，要在这"忙"里发挥自己，实现自己，显出自己的优越，使国家社会及你们对手的男性，在这"忙"里认识你们的价值，承认你们的地位！

夏丏尊在妇女问题方面的观点，在这篇文章中可以说表现得比较完整与全面，与一味高喊妇女解放而几乎完全脱离实际的高调不可同日而语。男性与女性生理上的差别，本是自然的组成部分，因此母爱之伟大高于父爱也是无可争议的事实。夏丏尊的重视与同情妇女，实比那些唱高调者要高得多得多，但他不唱高调，不脱离现实，承认自然现实。这是他一贯的主张，他掌握了客观真理。

书写《佛说阿弥陀经》

1931 年，民国二十年辛未腊月，弘一法师到宁波镇海县东北三十一公里的伏龙山伏龙寺度岁。他在那里曾写了平生重要书法作品之一，十六幅五尺整张的《佛说阿弥陀经》屏条，以及大量其他作品。

伏龙山又名箬山，伏龙寺即建山麓水际，古称番舶必由之道，创建于唐咸通三年（862），历代兴衰不一。此地今属慈溪市，背山面海，风景致嘉。惜今寺已废。

弘一法师来伏龙寺亦可称凡三次，因期间曾两度离去，是该寺住持诚一法师邀请他来的。他为学生蔡丐因之父所撰《清故渊泉居士暮碣》，即写于首次来伏龙寺期间。蔡丐因名冠洛，虽未直接受教于李叔同，但他是浙江两级师范的毕业生，所以后来在绍兴相识后，一直师事弘一法师，终身服膺。蔡丐因后历任绍兴、丽水、嘉兴等地之中学教员，最后任上海世界书局总编辑。他是收藏弘一法师信札数量最多的人，凡一百一十通之多。由弘一法师为其父撰写墓碣，亦可看出法师对他的交情。《墓碣》全文如下：

渊泉居士姓蔡，讳宗沈，诸暨月陇村人。累世力田，勤苦自给。居士生有异禀，从塾师读三四年，已能为帖括文。逮入邑庠，遂厌弃之。率意怀素狂草，颇得错综变化之妙。精篆刻，偶作小印，识者珍焉。顾性傲岸，未肯下人，荐绅咸畏惮，不获于世，坎壈而终。维时逊国后三年，岁次甲寅。春秋六十有一。先娶斯孺人，继配金孺人，生子冠洛。十载孺人殉，由是不再娶。破屋瓦灶，一灯荧荧。养息稚儿幼女，蓬发跣足其侧。居士手持《金刚般若波罗蜜经》，为之讲说曰：圣道在是矣。今岁五月，冠洛书来，陈述轶事。以彼父母，悉积善业，世称其德，久而勿衰。近将合葬濮院之原，愿乞题碣，亦犹亡亲得闻难闻法也。冠洛字丙因，博学能文，笃信佛乘，为余善友；重趈其意，略记遗行。附以偈曰：

金刚般若，是最上乘。

圆顿极谈，实相正印。

居士往昔，植般若因，

故于此生，获逢妙典。

愿当来世，更值胜缘。

得闻净土，归元捷径。

般若开解，净土导行，

解行相资，犹如目足，

命终见佛，华敷上品。

早成正觉，广利含识。

今依圣教，聊述津要，

惟冀见闻，同证菩提。

岁次辛未，沙门演音书

由此可见法师与蔡丏因之间其淡如水的交情。

弘一法师在伏龙寺度岁后，于次年春即赴白湖金仙寺，发心讲律。初夏即又重返伏龙寺。六月五日正值法师之父一百二十岁冥寿，即在学生刘质平的帮助下，书写了著名的十六大幅《佛说阿弥陀经》。据刘质平回忆说："《佛说阿弥陀经》，屏条式，五尺整张大小，共十六幅。每幅六行，行二十字，分十六天写成，为先师生平最重要墨宝。余亲自磨墨牵纸，观其书写。先师所写字，每幅行数，每行字数，由余预先编排。布局特别留意，上下左右，留空甚多。师常对余言：字之工拙，占十分之四，而布局却占十分之六。写时关门，除余外，不许他人在旁，恐乱神也。大幅先写每行五字，从左至右，如写外国文。余执纸，口报字，师则聚精会神，落笔迟迟，一点一划，均以全力赴之。五尺整幅，须二小时左右方成。（见《年谱》P198）"

抄书有所谓"无情抄"，即按原行款格式移抄时，先于一页之首尾，以便万一抄差抄错抄漏时，可及时发现。弘一法师书写这十六幅时，先由弟子算好编排好，然后由学生报一字写一字，可谓比无情抄更为严密周详，所以才写得如此神完气足。读了刘质平这段说明，一幅幅认真作书的图景，活生生地显现于人们眼前，……那种一丝不苟坚持十六天的情状，真令人肃然起敬。若有丰子恺再世，将此图景写下，那该有多么好啊！憾哉！不过这也好，还是给世人留下更多的想象空间吧！

第十六幅经文只占四行，最后所空两行，弘一法师用小字落款云：

岁次壬申六月，先进士公百二十龄诞辰，敬书《阿弥陀经》，回向先考冀往生极乐，早证菩提，并愿以是回向功德，普施法界众生，齐成佛道者。沙门演音，时年五十三。

此件见《全集》第九册《书法卷》第 357 页至 364 页，惜五尺缩小至一尺不到，故款下所钤印已模糊不清，难以辨认矣！此原件不知今存何处，若有缘拜观，则三生大幸也。

《新时代的梦想》与《长闲》

1932 年，上海"一·二八"事变爆发。商务印书馆以及它的东方图书馆、开明书店的编译所等等，均被日寇的炮火毁于一旦。其经济损失或许尚可计算出，而文化之损失则无法计算清。不要说商务的涵芬楼所藏的珍贵善本，除暂存金城银行的一小部分幸免于难之外，悉数化为寒烟。其中就笔者寡陋闻知，如郭沫若译的《浮士德》稿子、郑振铎编译的《希腊罗马神话故事》稿子……等等，亦全部同赴劫火。现在大家所见者，乃后来又重译的。这对淞沪一带的爱国志士文化的打击，实在太大。家父王伯祥先生数十年心血所收藏的万余册藏书，亦就在这可憎的"一·二八"炮火中灰飞烟灭。……

当时夏丏尊住在提篮桥仁安里一所石库门房子的二层前楼，叶圣陶住楼下右厢房。这是章锡琛所租的房子，章一向好客。当时《东方杂志》主编胡愈之等，都是章家的常客。凡有客来，则夏、叶往往共酌。席间往往是出点子、出题目的最佳场合。为了苦中自嘲，更为控诉日寇罪行，胡愈之想出了一个《东方杂志》特辑的题目，即叫《新年的梦想》，并于 11 月 1 日发出了几百封征稿信，信中说：

在这昏黑的年头儿，莫说东北 3000 万人民，在帝国主义的枪刺下活受罪，便是我们的整个国家、整个民族也沉沦在苦海之中。沉闷的空气窒塞住每一个人，大家只有皱眉叹气捱磨各自的生命。先生，你也应该有同样的感觉罢？

但是我们真的没有出路了吗？我们绝不作如是想。固然，我们对现局不愉快，我们却还有将来。我们咒诅今天，我们却还有明日。假如今天的现实生活是紧张而闷气的，在这漫长的冬夜里，我们至少还可以做一两个甜密的、舒适的梦。梦是我们所有的神圣权利啊！

虽说是梦，但如果想到梦是代表"希望"与"未来"的这一点，就可见不是全然无益的事，它或者是能够鼓舞我们前进的勇气的，我们想。

信一发出，很快陆续收到回信，纷纷各讲各自的各奇各式的梦。就中头一个是柳亚子，他梦想的未来世界是个一切平等、一切自由的大同世界，各尽所能，各取所需。其次，冰心、徐悲鸿、郑振铎、巴金、郁达夫、老舍、孙福熙、邹韬奋、俞平伯、茅盾、施蛰存、周作人、洪深、林语堂、马相伯等等等等，也都投来了稿。就是夏丏尊，则别具一格，借"恶梦"形式来影射讽刺当时的日寇侵略、汉奸卖国，以及国民党反动统治的种种丑态。题目即叫作《新年的梦想》：

我常做关于中国的梦。我所做的梦都是恶梦，惊醒时总要遍身出冷汗。梦不止一次，姑且把它拉杂写记如下，但愿这景象不至实现，永远是梦境。

我梦见中国遍地都开着美丽的罂粟花，随处可闻到芬芳的阿芙蓉气味。

我梦见中国捐税名目繁多，连撒屁都有捐。

我梦见中国四万万人都叉麻雀，最旺盛的时候，有麻雀一万万桌。

我梦见中国要人都生病。

我梦见中国人用的都是外国货，本国工厂烟筒里不放烟。

我梦见中国市场上流通的只是些印得很好看的纸。

我梦见中国日日有内战。

我梦见中国监狱里充满了犯人。

我梦见中国到处都是匪。

（刊《东方杂志》第三十卷十一号。1933 年 1 月 1 日）

真是不幸而言中，夏丏尊的恶梦，也就他不愿实现的种种，却一一都成了现实。更不幸者，有些至今仍未绝迹，有的甚至更有甚者，如叉麻雀等等。

夏丏尊在另一篇题为《长闲》的散文中，却看到了似乎完全另一种样子的他。《长闲》是用第三称来写他自己的，正如题所示，写的是一种"长闲"，却又是对"长闲"一种自我批评，检讨一己之懒散。思想斗争还是满激烈的。他从朽道人陈寅恪词句"明日事自有明日，且莫负此梧桐月色"中找到了闲情赏景的理由，却又从陶渊明的"勤靡余劳心有常闲"句中既为"长闲"开脱，又用作对弘一法师鼓励他的"勇猛精进"警句辅助策励。人本来就处在矛盾中生活，劳与逸，既是相辅相成的两个方向，又是一对矛盾，就看你如何掌握好劳与逸的尺度，工作既可勇猛精进，又还可使心态有长闲的调节。《长闲》一文貌似归结在"明日事自有明日，且莫负此梧桐月色"上，其实不然，应该说，夏丏尊的一生是勇猛精进的一生。现摘示《长闲》一小段，以证余言之不虚：

他立起身把这画幅（指朽道人十年前为他画的山水小景）除去。一时壁间空洞洞地，一室之内，顿失了布置上的均衡。

"东西是非挂些不可的，最好是挂些可以刺激我的东西。"

他这样自语，就自己所藏的书画中想来想去，忽然想到他的畏友弘一和尚的"勇猛精进"四字的小额来。

"好，这个好！挂在这里，大小也相配。"

他携了灯从画箱里费了许多工夫把这小额寻出，恐怕家里人惊醒，轻轻地钉在壁上。

"勇猛精进！"他坐下椅子去默念着看了一会，复取了一张空白稿子，大书"勤靡余劳，心有常闲"八字，用图画钉钉在横幅之下。这是他在午

睡前在《陶集》中看到的句子。

"是的，要勤靡余劳，才能心有常闲，我现在是身安逸而心忙乱啊！"他大彻大悟似地默想。

——安顿完毕，提起笔来正想重把稿子续下，未曾写到一张，就听到外面钟"丁"地敲一点。他不觉放下了笔，提起了两臂，张大了口，对着"勇猛精进"的小额和"勤靡余劳，心有常闲"八个字，打起呵欠来。

携了灯回到卧室去。才出书斋，见半庭都是淡黄的月色，花木的影映在墙上，轮廓分明地微微摇动着。他信步跨出庭间，方才画上题句不觉又上了他的口头：

"明日事自有明日，且莫负此梧桐月色也！"

笔者之所以认为夏丏尊在此文中是对长闲的自我批评，想必大家读毕上面引文之最后几段，亦都可明白了。夏丏尊决非偷闲贪懒之辈，要不怎能在仅只六十年的生涯中，作出如此巨大的成绩来呢！文中又尽都写实，翻然更新，换上弘一法师之勉句是事实；而换毕字画都已下半夜一点钟，很累了，也是事实。口虽尚念"明日事，梧桐月色"，而明日将以何等之勤奋去努力创作、翻译、工作，不已是不言而喻的了吗？

法师与韩偓之夙缘

　　1933 年，民国二十二年癸酉，那时弘一法师正住在泉州。一次，他偶然步出泉州南安西门外，在潘山路旁，发见"唐学士韩偓墓道"石碑，即循道登墓展谒，心中至为惊喜。法师一向极为仰佩诗人韩偓之忠烈。他是唐以来避战乱之难而来福建依附王审知的，曾被馆于招贤院，历史上都称他为唐末完人。而《香奁集》却一直被认为是韩偓的作品，遂致在文学史上成了唯美派的总代表了。这似乎与韩偓之为人大相径庭，弘一法师一向不相信这是事实，一谒其墓，对韩偓景仰之心更是油然而生。于是进一步收集了很多资料，让他的弟子高文显来写《韩偓传》。

　　高文显是南安水头镇人，他的母亲即为南安双灵寺住持宏贤法师。双灵寺就在水头镇埕边乡，靠近安海。寺建于清代嘉庆七年（1802）。相传外镇上人高钟卓的三女儿，名榜，因辞婚而绝粒，持斋二十一年，于嘉庆六年十一月二十六日成佛；四女名瓜，也因辞婚绝粒，持斋十九年，于嘉庆九年三月初八日成佛。于是当地人为这两姊妹的真身塑了像来祀奉，都称之为灵女，是为"双灵"之来历，建寺即名双灵寺。后来于 1937 年 12 月中旬，高氏母子还专门将弘一法师迎来该寺，宣讲了《梵网经菩萨戒本浅释》，还写了条幅"愿一切众生悉得成佛"留赠该寺供养。此乃后话。

高文显得法师授意后，又进一步搜集资料，终于写成了《韩偓评传》一书。书中《香奁集辨伪》一章，还是弘一法师自己写的。书交夏丏尊，由开明书店排印出版，不幸稿子与版子均毁于战火。后高文显又另起炉灶，写成《韩偓》一书，于1984年由台北新文丰公司出版。这也是后话了。高文显写有《弘一法师的生平》一文，文中第四节《与闽南的缘》中，关于此事这样写道：

弘一法师与闽南人特别有缘。他于十年前同尤惜阴居士要到暹罗去，经过厦门，因病暂时独留在南普陀寺内。又往南安的小雪峰住了很久，才回温州去。这是他第一回来闽南。

……

第三回是民国二十一年来的。从那年一直到现在，还没有回去过。

这一回他的事迹很多，现在且择几件来说。

当癸酉年小春（十月）的时候，他曾坐车经过南安西门外，在潘山的路旁，矗立着晚唐诗人韩偓的墓道。他看到了，惊喜欲狂，对着这位忠烈的爱国诗人，便十分注意起来。

他与韩偓很有缘，而且很佩服诗人的忠烈。因为韩偓于唐末避地来闽，依王审知，被馆于招贤院中，而终其身。那种遭着亡国的惨痛，而不愿甘心附逆，耿耿孤忠，可与日月争光，所以唐史称为唐代完人。我们的法师，更想要替他立传，以旌其忠烈了。

经了一年后，他搜集了许多的参考资料给我，嘱我为诗人编一部传记。我经过二三年的搜集，便于去年把传记完成。不幸于沪上战事起时，开明总厂被焚，而正在排校的稿件，也毁于火了。

法师说，也许因为对着韩偓赞美太过了，所以遭着不幸呢！因为他在韩偓的传中曾有一章《香奁集辨伪》，用十二分的考古癖，把《香奁集》证明是伪作，而说韩偓决不是做香奁诗的人，因此把韩偓在文学史上做着唯美派的总代表的地位推翻了，难道韩偓不起来反对吗？（因为佛教徒是相信灵魂的。）所以嘱我从新编纂，再谋出版，以慰忠魂，这实在是一件值得记述的趣事；又何况因此引起了泉州老进士吴增的关心古迹，发心向黄仲训募捐，而来修茸韩偓的墓呢！（墓在南安三都葵山之麓。）

法师一向的态度，都是闭门自守，喜欢在禅室中度着学者的生活，并不喜欢大吹特吹，到处像要人一般，会客、演说、讲经、赴宴……的。而且他的字，也是难以求得到的。可是这一回他到泉州来，单就法书来说，所写的不少千余件，而讲经、赴宴，也不计其数，这实在与我们南方有特别的宿缘，不然为什么在从前他的老师蔡元培要会他，尚且拒绝不见，在沪上有友人以百金求他书一尺书，他也不答应呢？（这些逸事曾载于《南社丛选》及其他杂志。）所以我也深深地为闽南人庆幸！

法师这一回在泉宏法，可以说是别开生面的，因为向来和尚的讲经说法，那里会引起了广大的群众的注意呢！

他于泉州讲毕之后，又应惠安诸佛教经之请，前往宣讲，那时我也跟他去，于最后的一天，我到图书馆里面去，无意中在《螺阳文献》里，发现了韩偓在惠安所作的逸诗。这一首在《全唐诗》韩偓的集中，并没有收入，我抄录给他。他即时戴起眼镜来，披诵之余，证明说是韩偓所作的无疑，因为诗格的高超与忠愤，都可以断定是孤臣亡国的悲歌，诗曰：

微茫烟水碧云间，挂杖南来渡远山。

冠履莫教亲紫阁，袖衣且上傍禅关。

青邱有路榛苓茂，故国无阶麦黍繁。

午夜钟声闻北阙，六龙绕殿几时攀？

这一首诗是韩偓当日游惠安的松洋洞而作的。法师获得此诗，更十分地欢喜，归泉后，即时手录此诗，成一中堂，做我们游惠安的大纪念。

隔了几天，昭昧国学的李钰先生来，他又欢喜地告诉李先生说他在惠安获得此诗，而李先生也逸兴大发，请他于隔日往游南安的名胜，及东晋时代建立在九日山的延福寺。

九日山是诗人韩偓常到的游踪之一，他得着这个机会来登临吊古，更无限地高兴，而我以前于做《韩偓评传》时，也曾把九日山的名胜写了一章，把那中唐时代做过宰相而被贬为泉州别驾的姜公辅，及那避天宝末年之乱而曾隐居的诗人隐士秦系，叙述了很多他们在九日山的逸事，以及韩偓也被谪而流寓于此的事迹及赠九日山僧的诗，谈得很多，现在得伴着一代的艺人而且是已经披了袈裟后，梵行高远的大德，同临名胜，登高士峰，吊姜相坟，怎不大感兴奋呢！法师在山中又频频地对我们说他与韩偓不知道有什么宿缘，一提到韩偓的名字，他都无限地欢喜的！

法师不久即离泉返厦，又将往闽都宏法，我深深地祝他杖履稳健，于宏法之余，多临名胜，足迹到处，雪泥鸿爪，留作后代凭吊的资料，而光荣吾闽之名胜！

读了高文显的这段文字，真可看到，弘一法师与韩偓之间，真可称是异代知己了。文中"法师一向的态度"这一段，更是伟大人格的又一次明证，他决不干禄，绝对的疏远权贵，这一点还真是很多人绝对做不到的。而与韩偓有隔代夙缘，与此并无矛盾也。

建立文艺家协会与纪念鲁迅

抗战即将爆发之前夜，上海文艺界人士即酝酿成立中国文学家协会。以抗日救国为大目标，把写作不同风格的各种作家，联合到这面大旗之下。经过两个月的筹备，于 1936 年 6 月 7 日，终于在上海正式宣布成立。签名参加协会的有一百一十人之多。茅盾、夏丏尊、傅东华、洪深、郑振铎、徐懋庸、王统照、沈起予、郭沫若等九人被选为理事，茅盾为常务理事会召集人。

成立大会召开的那天是个星期天，天气不太好，而与会者依然十分踊跃。会场气氛至为热烈，坐落在福州路的那家西餐馆，一个三间打通的大厅被挤得满满的。稍稍晚到者，连座位也没有，只得在墙边挤着站立。大会上，夏丏尊被推为主席，傅东华报告筹备经过，何家槐担任记录。大会通过了协会的简章、宣言等，强调指出：在全民族一致救国的大目标下，文艺上主张不同的作家们，可以是一条战线上的战友，强烈要求民族救国最低限度的基本要求——团结一致，抵抗侵略，停止内战。

宣言指出：

光明与黑暗正在争斗。

世界是在战争与革命的前夜。

中华民族已到了生死存亡的关头！

……

1936 年 10 月 19 日鲁迅逝世，夏丏尊闻讯后，立即和叶圣陶一起赶到鲁迅家，向许广平夫人致以唁慰，并将已发排的《中学生》与《新少年》，收回抽调内容，增加了悼念鲁迅的文章和照片。

10 月 22 日下午 2 时，鲁迅遗体送上万国殡仪馆时，成千上万的群众涌上街头。送葬行中就有夏丏尊。11 月 1 日，鲁迅家属及治丧委员会借上海八仙桥基督教青年会，招待送葬各界代表时，夏丏尊亦出席。不久夏丏尊又写了《鲁迅翁杂忆》一文来纪念鲁迅，文中说：

我认识鲁迅翁，还在他没有鲁迅的笔名以前。我和他在杭州两级师范学校相识，晨夕相共者好几年，时候是前清宣统年间。那时他名叫周树人，字豫才，学校里大家叫他周先生。

那时两级师范学校有许多功课是聘用日本人为教师的，教师所编的讲义要人翻译一遍，上课的时候也要有人在旁边翻译。我和周先生在那里所担任的就是这翻译的职务。我担任教育学科学方面的翻译，周先生担任生物学科方面的翻译。此时，他还兼任着几点钟的生理卫生的教课。

翻译的职务是劳苦而且难以表现自己的，除了用文字语言传达他人的意思以外，并无任何可以显出才能的地方。周先生在学校里却很受尊敬，他所译的讲义就很被人称赞。那时白话文尚未流行，古文的风气尚盛，周先生对于古文的造诣，在当时出版不久的《域外小说集》里已经显出。以那样的精美的文字来译动物植物的讲义，在现在看来似乎是浪费，可是在三十年前重视文章的时代，是很受欢迎的。

周先生教生理卫生，曾有一次答应了学生的要求，加讲生理生殖系统。这事在今日学校里似乎也成问题，何况在三十年以前的前清时代。全校师生都为惊讶，他却坦然地去教了。他只对学生提出一个条件，就是在他讲的时候不许笑。他曾向我们说："在这些时候不许笑是个重要的条件。因为讲的人的态度是严肃的，如果有人笑，严肃的空气就破坏了。"大家都佩服他的卓见。据说那回教授的情形果然很好。别班的学生因为没有听到，纷纷来讨油印讲义看，他指着剩余的油印讲义对他们说："恐防你们看不懂的，要么，就拿去。"原来他的讲义写得很简，而且还故意用着许多古语，用"也"字表示女阴，用"了"字表示男阴，用"系"字表示精子，诸如此类，在无文字学素养未曾亲听地讲的人看来，好比一部天书了。这是当时的一段珍闻。

周先生那时虽尚年青，丰采和晚年所见者差不多。衣服是向不讲究的，一件廉价的羽纱——当年叫洋官纱——长衫，从端午前就着起，一直要着到重阳。一年之中，足足有半年看见他着洋官纱，这洋官纱在我记忆里很深。民国十五年的秋他从北京到厦门教书去，路过上海，上海的朋友们请他吃饭，他着的依旧是洋官纱。我对了这二十年不见的老朋友，握手以后，不禁提出"洋官纱"的话来。"依旧是洋官纱吗？"我笑说。"呃，还是洋官纱！"他苦笑着回答我。

周先生的吸卷烟是那时已有名的。据我所知，他平日吸的是廉价卷烟，这几年来，我在内山书店时常碰到他，见他所吸的总是金牌、品海牌一类的卷烟。他在杭州的时候，所吸的记得是强盗牌。那时他晚上总睡得很迟，强盗牌香烟，条头糕，这两件是他每夜必须的粮。服侍他的斋夫叫陈福。陈福对于他的任务，有一件就是每晚摇寝铃以前替他买好强盗牌香烟和条头糕。我每夜到他那里去闲谈，到摇寝铃的时候，总见陈福拿进强盗牌和条头糕来，星期六的夜里备得更富足。

周先生每夜看书，是同事中最会熬夜的一个。他那时不做小说，文学书是喜欢读的。我那时初读小说，读的以日本人的东西为多，他赠了我一部《域外小说集》，使我眼界为之一广。我在二十岁以前曾也读过西洋小说的译本，如小仲马、狄更斯诸家的作品，都是从林琴南的译本读到过的。《域外小说集》里所收的是比较近代的作品，而且都是短篇，翻译的态度，文章的风格，都和我以前所读过的不同。这在我是一种新鲜味。自此以后，我于读日本人的东西以外，又搜罗了许多日本人所译的欧美作品来读，知道的方面比较多起来了。他从五四以来，在文字上，思想上，大大地尽过启蒙的努力。我可以说在三十年前就受他启蒙的一个人，至少在小说的阅读方面。

周先生曾学过医学。当时一般人对于医学的见解，还没有现在的明了，尤其关于尸体解剖等类的话，是很新奇的。闲谈的时候，常有人提到这尸体解剖的题目，请他讲讲"海外奇谈"，他都一一说给他们听。据他说，他曾经解剖过不少的尸体，有老年的，壮年的，男的，女的。依他的经验，最初也曾感到不安，后来就不觉得什么了，不过对于青年的妇人和小孩的尸体，当开始去破坏的时候，常会感到一种可怜不忍的心情。尤其是小孩的尸体，更觉得不好下手，非鼓起了勇气，拿不起解剖刀来。我曾在这些谈话上领略到他的人间味。

周先生很严肃，平时是不太露笑容的，他的笑必在诙谐的时候。他对于官吏似乎特别憎恶，常摹拟官场的习气，引人发笑。现在大家知道的"今天天气……哈哈"一类的摹拟谐谑，那时从他口头已常听到。他在学校里是一个幽默者。

夏丏尊如此平平淡淡地写来，鲁迅努力工作、平易近人、富有普通人的共性、严肃认真……等神态，却已跃然纸上。不像后来的某些学者，往往会有意拔高、神化。笔者之所以必须全文引录于上，也就是为了不断章取义，让大家看到是全貌，是夏丏尊一片真心地对鲁迅的追思。鲁迅也是个普通的人。像夏丏尊这样与鲁迅完全平辈并认识那么早而相知较深的人的回忆纪念文字，应视为最最珍贵的真实资料了，望读者认真一读。

夏丏尊与弘一法师，与鲁迅的关系，在某一方面颇有相似之处，即同为留日学生，而又并未在日本相识，却又都在浙江一师同过事。三人又同为一师老师中之佼佼者，却又殊途分岔至远，一事文艺终成斗士，一事教育编译终成大家，而一系全才而终皈释氏。

1940 年 12 月，内山完造请范泉翻译日本小田岳夫所著《鲁迅传》成中文，译稿请夏丏尊来审核，夏丏尊认认真真地校阅修改，并即交开明书店出版。可惜等出版时，夏丏尊已去世。1946 年 9 月，当徐调孚给译者送去译稿与清样，译者打开纸包，出现在范泉眼前的是夏丏尊认认真真、仔仔细细修改译稿的墨迹。范泉感动得热泪盈眶，于是在译本的扉页上添写了"谨以此书献给夏丏尊先生"等字，还在下面写了四行小字：

我流下感激的眼泪，翻看着留在
译稿上的夏先生的手迹，想不到

这个集子出版的时候，夏先生已

永远不再和我们见面了……

　　这也许是夏丏尊为鲁迅所做的最后一件事，他认认真真工作直到最后
的伟大精神永留人间。尤其为挚友之事，更是从来都一丝不苟，像这样一
颗伟大的心，是会永久跳动在人们心中的，不是吗？

净峰缘

1935年，民国二十四年乙亥四月，弘一法师到了惠安钱山之净峰寺。净峰寺亦名净山寺，坐落在惠安县东十公里处净山之山顶上，净山三面环水，一面负陆，地处海滨之乾，故又名乾山。复因此间只一峰独峙，遂又别名尖山。相传此地是八仙之一的李铁拐的故里，俗呼钱山。寺始建于咸通二年（861），而现存寺宇乃光绪三十年（1904）重修。佛殿旁有李仙祠，也叫仙祖庙。弘一法师一到此地，便深深地爱上了它。在此曾为诸善信开讲了《华严经普贤行愿品》、《四分律戒本疏行宗记》、《地藏九华山示迹大意》、《蕅益大师事迹》等等。

弘一法师在净峰寺期间，曾三次致书夏丏尊，二次都提到了寺宇环境之清静与优美。第一封信约写于五月初而未写确切之月日，信云：

丏尊居士道鉴：

久未致讯，至念。上月徙居山中，距邮政代办所八里，投信未便，故诸友处悉无音问也。兹拟向佛学书局请经，附一笺乞转送，并（乞晚晴会施）洋三十元附递。费神，至感。山乡风俗淳古，男业木、土、石工，女任耕田、挑担。男四十岁以上多有辫发者。女子装束更古，岂唯清初，或是千数百年来之遗风耳。余居此间，有如世外桃源，深自庆喜。开明出版拙书《华严集联》及《李息翁法书》，乞各寄下三册，以结善缘，感谢无尽。惠书，乞寄厦门转惠安县东门外黄坑铺港仔街回春号药店刘清辉居士转交净峰寺弘一收。

演音疏

下钤朱文宽边"演音"印一方。

弘一法师来此胜如桃源仙境之净峰寺，心境为之一舒；尤其对此间民风之淳古，更感幽闲。不过，交通与邮途之不便，亦颇难长久适应，亦是事实，所以住了半年许，于秋晚，因寺主他往及其它原因，也就离去了。

弘一在此致夏丏尊的第二封信时，尚未收到回信，约写于中旬。后收到回信，方知夏丏尊之长女吉子已去世。而听说临终安详无苦，故亦无多安慰语。却又多述当地之境况，足见他对惠安净峰寺之深喜，信中说：

丏尊居士道鉴：

惠书具悉。吉子临终，安详无苦，是助念佛名力也。余自昨夕始，为诵《华严行愿品》。又有友人（不须酬资）亦为诵《行愿品》及《金刚经》。附奉上诵经证，请于灵前焚化可也。净峰寺在惠安县东三十里半岛之小山上，三面临海（与陆地连处仅十分之一），夏季甚为凉爽，冬季北风为山所障，亦不寒也。小山之石，玲珑重叠，如书斋几上所供之珍品，惜在此荒僻之所无人玩赏耳。附奉《表记附录》一章，拟附于再版《表记》之后（用小号仿宋字排印）。倘陈无我居士来时，乞面交与；若已来者，乞挂号寄至世界新闻社。（大约在慕尔鸣路，乞探询之。）费神，至感。不宣。

演音复疏　旧五月廿八日

开明出版《子恺漫画》，其卷首有仁者序文述余往事者，已忘其书名，乞寄赠四册，以结善缘，至用感谢。

信中所提到的《表记》，即《四分律比丘戒相表记》，是弘一法师的律学名著之一。

弘一在净峰寺期间，还校点完成了《含注戒本科》、《行宗记》等。又撰写了《四分律含注戒本科》、《菩萨戒受随纲要表》等。还为该寺客堂题写了一副门联：

自净其心，有若光风霁月；

他山之石，厥惟益友明师。

为仙祖庙也写了副门联：

是真仙灵，为佛门作大护法；

殊胜境界，集僧众建新道场。

弘一法师一到净峰寺，还即手植菊花数十本，足见其初衷是想在此过秋甚至越冬的，但到他离去时菊花含苞，所以他为之咏成五绝一首云：

我到为植种，我行花未开。

岂无佳色在，留待后人来。

又加小序云："乙亥首夏来净峰，植菊盈畦，秋晚将归，犹含蕾未吐，口占一绝，藉以志别。"此等胸臆与情怀，亦非凡人皆可体味者。

九月间，当弘一得知净峰寺主持将他往时，曾致书高文显云：

胜进居士道鉴：

承施鼓山刊《梵网》及《王摩诘》，欢感无已。净峰生活甚安适。近以寺主他往，余亦随其移居草庵。谨复，不具。

九月六日　演音启

净峰居半岛之中（与陆地连者仅十之一二），山石玲珑重叠，世所罕见。民风古朴，犹存千年来之装饰，有如世外桃源。种植者以地瓜、花生、大麦为主。

此信中之附言，乃亦专谈净峰半岛之民风者。弘一法师之净峰缘，于此又见一斑矣。

钢铁假山

1931 年 9 月 18 日，即震惊全球的日寇侵占我东三省的"九·一八"事件时，夏丏尊力主抗日救国，反对蒋介石的不抵抗主义。

随着抗日局势的进一步发展，夏丏尊参加了一系列的抗日救亡活动。

9 月 28 日，上海《文艺新闻》第 29 期专门另辟了《日本占领东三省屠杀中国民众！！！文化界的观察与意见》专栏，刊登了鲁迅、陈望道、郑伯奇、胡愈之、郁达夫、叶圣陶等人的文章，夏丏尊的短文题为《其实何曾突然》，对日军的侵略行径，进行了严正的揭露与抨击。文章云：

日本在满洲经营已久，陆续投资至十五亿余元之多，当然是不肯白费心力的。此次对华出兵，日本报纸上已宣传得很久很久，而上海各报登载这消息却在沈阳的日军开炮以后。大家都说"日本突然占领我满洲"，其实何曾突然。

现在已是资本帝国主义的时代了，日本所要的是满洲的膏血，不是满洲的躯壳。日本吸去满洲的膏血不少，还想多吸，独吸，故有此横暴行动。结果也许因了与别国的利益冲突，引起世界大战吧。

满洲事件，一方面是中国的大事，一方面是世界的大事。中国对于此次大事，除了"逆来顺受"、"政治手腕"、"和平抵抗"等等的所谓口号以外，不知最后准备着什么？我虽是中国人，殊难悬揣，即使悬揣了也不会有什么把握。问题的如何解决，要看世界方面的情形怎样了。但须声明，我的所谓世界方面的情形者，不是什么"公理"之类的东西，乃是着着实实的露骨的资本主义的利害关系。

语句平平实实，既无过激言辞，也无讥讽口吻，却句句切中肯綮。

1931年12月19日，上海文化界成立"上海文化界反帝抗日联盟"，在四川路青年会召开成立大会。到会者有夏丏尊、周建人、胡愈之、傅东华、叶圣陶、郁达夫、邓初民、武育干、方光焘、丁玲、楼适夷、何畏、蓬子、徐调孚、沈起予、穆木天、张栗原、袁殊、张天翼、郑伯奇、杨骚、章克标、陈高佣、周伯勋、颐凤城、李白英。大会议决了七条纲领、全文如下：

一、反对帝国主义对我经济文化政治军事的侵略，尤其是目前日本帝国主义的武力侵略行为；

二、反对依附帝国主义的一切势力，及其对反帝抗日运动的压迫；

三、主张废除一切公开秘密的外交上的不平等条约；

四、反对帝国主义分赃机关的国际联盟；

五、反对帝国主义瓜分中国的阴谋；

六、反对酝酿中的第二次世界大战；

七、发扬反帝国主义文化，争取关于反帝抗日的一切自由。

这七条可谓言简意赅，而分量极重。

12月18日，上海文化界反帝抗日联盟即召开了第一届执行委员会会议，推举出执行委员九人，候补执委二人，即胡愈之、傅东华、周建人、夏丏尊、丁玲、蓬子、楼适夷、沈起予、袁殊、邓初民、钱啸秋。联盟还创办了刊物，即名为《文化通讯》，由楼适夷、郁达夫、丁玲、夏丏尊、叶圣陶来任编辑。

立达学园在"一·二八"中亦被炸毁，夏丏尊冒着尚未散尽的硝烟，来到已成一片瓦砾的江湾立达遗址，其满腔之愤怒是可想而知的。当时未被收殓的血肉模糊的死尸，有的还被压死在瓦砾之下。他痛心地拾起一枚弹片，带回家置于案头，以志对日寇血腥暴行的真切控诉。三年后，他又写了《钢铁假山》一文：

案头有一座钢铁的假山，得之不费一钱，可是在我室内的器物里面，要算是最有重要意味的东西。

它的成为假山，原由于我的利用，本身只是一块粗糙铁片，非但不是什么"吉金乐石"，说出来一定会叫人发指，是一·二八之役日人所掷的炸弹的裂块。

这已是三年前的事了。日军才退出，我到江湾立达学园去视察被害的实况，在满目凄怆的环境中徘徊了几小时，归途拾得这片钢铁块回来。这种钢铁片，据说就是炸弹的裂块，有大有小，那时在立达学园附近触目皆是。我所拾的只是小小的一块。阔约六寸，高约三寸，厚约二寸，重约一斤。一面还大体保存着圆筒式的弧形，从弧线的圆度推测起来，原来的直径应有一尺光景，不知是多少磅重的炸弹了。另一面是破裂面，巉削凹凸，有些部分像峭壁，有些部分像危岩，锋棱锐利得同刀口一样。

江湾一带曾因战事炸毁过许多房子，炸杀过许多人。仅就立达学园一处说，校舍被毁的过半数，那次我去时，瓦砾场上还见到未被收敛的死尸。这小小的一块炸弹裂片，当然参与过残暴的工作，和刽子手所用的刀一样，有着血腥气的。论到证据的性质，这确是"铁证"了。

我把这铁证放在案头上作种种的联想，因为锋棱又锐利摆不平稳，每一转动，桌上就起擦损的痕迹。最初就想配了架子当作假山来摆。继而觉得把惨痛的历史的证物，变装为骨董性的东西，是不应该的。一向传来的骨董品中，有许多原是历史的遗迹，可是一经穿上了骨董的衣服，就减少了历史的刺激性，只当作骨董品被人玩耍了。

这块粗糙的钢铁，不久就被我从案头收起，藏在别处，忆起时才取出来看。新近搬家整理物件时被家人弃置在杂屑篓里，找寻了许久才发见。为永久保藏起见，颇费过些思量。摆在案头吧，不平稳，而且要擦伤桌面。藏在衣箱里吧，防铁锈沾惹坏衣服，并且拿取也不便。想来想去，还是去配了架子当作假山来摆在案头好。于是就托人到城隍庙一带红木铺去配架子。

现在，这块钢铁片，已安放在小小的红木架上当作假山摆在我的案头了。时间经过三年之久，全体盖满了黄褐色的铁锈，凹入处锈得更浓。碎裂的整块的，像沈石田的峭壁，细杂的一部分像黄子久的皴法，峰冈起伏的轮廓有些像倪云林。客人初见到这座假山的，都称赞它有画意，问我从甚么地方获得。家里的人对它也重视起来，不会再投入杂屑篓里去了。

这块钢铁片现在总算已得到了一个处置和保存的方法了，可是同时却不幸地着上一件骨董的衣裳，为减少骨董性显出历史性起见，我想写些文

274

字上去，使它在人的眼中不仅是富有画意的假山。

　　写些什么文字呢？诗歌或铭吗？我不愿在这严重的史迹上弄轻薄的文字游戏，宁愿老老实实地写几句记实的话。用甚么来写呢？墨色在铁上是显不出的，照理该用血来写，必不得已，就用血色的朱漆吧。今天已是二十四年的一月十日了，再过十八日，就是今年的"一·二八"，我打算在"一·二八"那天来写。

　　看似平淡的口气，平静的心情，然而其中孕含着多么不平的心情与愤怒的抗议啊！！！现在的年轻人，真应该好好多读读夏丏尊先生的这类血与泪的控诉，永远不能忘记"钢铁假山"之形成，给中国百姓带来的是什么样的灾难啊！！！

事理不二

　　《论语》中第十二节《颜渊》中第一小段是这样写的："颜渊问仁，子曰：'克己复礼为仁。一日克己复礼，天下归仁焉。为仁由己，而由人乎哉？'颜渊曰：'请问其目。'子曰：'非礼勿视，非礼勿听，非礼勿言，非礼勿动。'颜渊曰：'回虽不敏，请事斯语矣。'"

　　这是很有名，而且不断被后人运用的一段名言，所以还专门为这一段立了小标题，就叫"颜渊问仁"。不是直到浩劫中还大大地被炒作了一番，"克己复礼"不一时成了"批林批孔"中家喻户晓的热门词汇吗？

　　为了使广大读者都能了然，不妨再把杨伯骏任顾问，吴树平、赖长扬任主编的《白话四书五经》中这一段的白语译文也抄在下面，以利共晓："颜渊问：'什么是仁。'孔子说：'克制自己，使言语行动都合乎礼，就是仁。一旦这样做到了，天下人都会称许你是个仁人。实行仁德完全靠自己，还靠别人吗？'颜渊说：'请问具体条目。'孔子说：'不合乎礼的不看，不合乎礼的不听，不合乎礼的不说，不合乎礼的不干。'颜渊说：'我虽然不聪敏，也要实行您的话了。'"

　　正巧，发生在夏丏尊与弘一法师间，也有一则关于理解和实行这段话的故事，而且由夏丏尊亲自写入了文章，当然在此又必须引录原文了，而且决不能断章取义，必须全文。文章的题目即叫《我的畏友弘一和尚》：

弘一和尚是我的畏友。他出家前和我相交者近十年，他的一言一行，随在都会给我以启诱。出家后对我督教期望尤殷，屡次来信都劝我勿自放逸，归心向善。

佛学于我向有兴味，可是信仰的根基迄今远没有建筑成就。平日对于说理的经典，有时感到融会贯通之乐，至于实行修持，未能一一遵行。例如说，我也相信惟心净土，可是对于两方的种种客观的庄严尚未能深信。我也相信因果报应是有的，但对于修道者所宣传的隔世的奇异的果报，还认为近于迷信。关于这事，在和尚初出家的时候，曾和他经过一番讨论。和尚说我执着于"理"，忽略了"事"的一方面，为我说过"事理不二"的法门。我依了他的谆嘱读了好几部经论，仍是格格难入。从此以后，和尚行脚无定，我不敢向他谈及我的心境。他也不来苦相追究，只在他给的通信上时常见到"衰老浸至，宜及时努力"珍重等泛劝的话而已。

自从白马湖有了晚晴山房以后，和尚曾来小住过几次，多年来阔别的旧友复得聚晤的机会。和尚的心境已达到了什么地步，我当然不知道，我的心境却仍是十年前的老样子，牢牢地在故步中封止着。和尚住在山房的时候，我虽曾虔诚地尽护法之劳，送素菜，送饭，对于佛法本身却从未谈到。

有一次，和尚将离开山房到温州去了，记得是秋季，天气很好，我邀他乘小舟一览白马湖风景。在船中大家闲谈，话题忽然触到蕅益大师。蕅益名智旭，是和莲池、紫柏、憨山同被称为明代四大师的。和尚于当代僧人则推崇印光，于前代则佩仰智旭，一时曾颜其住室曰旭光室。我对于蕅益，也曾读过他不少的著作。据灵峰宗论上所附的传记，他二十岁以前原是一个竭力谤佛的儒者，后来发心重注《论语》，到《颜渊问仁》一章，不能下笔，于是就出家为僧了。在传下来的书目中，他做和尚以后曾有一部著作叫《四书蕅益解》的，我搜求了多年，终于没有见到。这回和和尚谈来谈去，终于说到了这部书上面。

"《四书蕅益解》前几个月已出版了。有人送我一部，我也曾快读一次。"和尚说："蕅益的出家，据说就为了注《四书》，他注到《颜渊问仁》一章据说不能下笔，这才出家的。《四书蕅益注》里对《颜渊问仁》章不知注着什么话呢？倒要想看看。"

我好奇地问。

"我曾翻过一翻，似乎还记得个大概。"

"大意怎样？"我急问。

"你近来怎样，还是惟心净土吗？"和尚笑问。

"……"我不敢说什么，只是点头。

"《颜渊问仁》一章，可分两截看。孔子对于颜渊说：'克己复礼。'只要克己复礼，本来具有的，不必外求为仁。这是说'仁'是就够了，和你所见到的惟心净土说一样。但是颜渊还要'请问其目'，孔子告诉他'非礼勿视，非礼勿听，非礼勿言，非礼勿动'，这是实行的项目。'克己复礼'是理，'非礼勿视'等等是事。所以颜回下面有'请事斯语矣'的话。理和事相应，才是真实工夫，事理本来是不二的。——蕅益注《颜渊问仁》章大概如此吧，我恍惚记得是如此。"和尚含笑滔滔地说。

"啊，原来如此。既然书已出版了，我想去买来看看。"

"不必，我此次到温州去，就把我那部寄给你吧。"

"和尚离白马湖不到一星期，就把《四书藕益解》寄来了，书面上仍用端楷写着"寄赠丐尊居士""弘一"的款识。我急去翻《颜渊问仁》一章。不看犹可，看了不禁呀地自叫起来。

原来藕益在那章书里只在"回虽不敏，请事斯语矣"下面注着"僧再拜"三个字，其余只录白文，并没有说什么，出家前不能下笔的地方，出家后也似乎还是不能下笔。所谓"事理不二"等等的说法，全是和尚针对了我的病根临时为我编的讲义！

和尚对我的劝诱在我是终身不忘的，尤其不能忘怀的是这一段故事。这事离现在已六七年，至今还深深地记忆着，偶然念到，感着说不出的怅惘。

（原载《越风》第 9 期，1936 年 3 月 3 日）

事与理是应该不二的。用现代通用语来表达，不就是理论与实践不能脱节吗。由这段完全写实的故事可以看出：理论与实践应该不脱节而往往脱节，则是自古以来之常事。而一旦理论被考验，已成真理，则必须依之去实行的。弘一法师与夏丏尊都是从小熟背过这《颜渊问仁》的；而且都是一旦坚信了某条真理时，就会坚决去照做的。夏丏尊直至最后，还只是居士，而不能信佛，正如文中所说："佛学于我向有兴味，可是信仰的根基迄今远没有建筑成就。平日对于说理的经典，有时感到融会贯通之乐，至于实行修持，未能一一遵行。"这便是李、夏二人，一皈依一在俗而能相互理解、相互尊重的基础。

关于专为丏尊居士编述"讲义"之事，则更显了各自的性格与信念，相互尊重而决不勉强对方的君子之交的原则。

坚决抗日与明志殉教

1936 年 10 月 1 日，巴金、王统照、包天笑、沈起予、林语堂、洪深、周瘦鹃、茅盾、陈望道、郭沫若、夏丏尊、张天翼、傅东华、叶绍钧、郑振铎、郑伯奇、赵家璧、黎烈文、鲁迅、谢冰心、丰子恺等二十一人签名，在《新认识》第一卷二期，《文学》七卷第四号和《申报每周增刊》第一卷第四期，三处同时发表了《文艺界同人为团结御侮与言论自由宣言》，宣言说：

日本帝国主义之侵略，日甚一日，亡国之祸，迫在眉睫，东北四省既早已沦陷，华北五省与福建又危在旦夕。然而我国各派当局，至今犹未能顺应全国民众之要求，从事实上表示团结御侮之决心。

在此时会，我们所愿掬诚为国人告者：对时局，我们要求政府当局加紧全国的缉私运动，竭力援助东北义勇军，严命冀绥当局坚决保持华北各项主权，并尽量资助华北国军物资上的缺乏。我们要求政府对北海事件与成都事件之交涉，不作妥协之让步，对绥东伪军之侵扰与北海日舰之威胁，迅速以实力应援各该地方之爱国军事长官。

我们希望全国民众尽力参加并辅助政府的缉私工作，援助东北义勇军，加紧一切救国运动。

我们是文学者，因此亦主张全国文学界同人应不分新旧派别，为抗日救国而联合。文学是生活的反映，而生活是复杂而多方面的、各阶层的，其在作家个人或集团，平时对文学之见解、趣味与作风，新派与旧派不同，左派与右派亦各异，然而无论新旧左右，其为中国人则一，其不愿为亡国奴则一，各人抗日之动机或有不同，抗日的立场亦许各异，然而同为抗日则一，同为抗日的力量则一。在文学上，我们不强求其同，但在抗日救国上，我们应团结一致以求行动之更有力。我们不必强求抗日立场之划一，但主张抗日的力量即刻统一起来。

为民族利益计，我们又甚盼同族的文学或爱国文学在全国各处风起云涌，以鼓励民气，我们固甚盼全国从事文学者能急当前之所急，但救亡之道初非一端，其在作家亦然。故在文学上我们宁主张各人各派之自由发展与自由创作。

其次，我们主张言论的自由，急应争得。言论自由与文艺活动的自由，不但是文化发展的关键，而在今日更为民族生存之所系。国民自由发表其救国的意见，文学者自由发表其救国的文艺，在今日已不仅为人民之权利，亦且为人民应尽之天职。除非不要人民爱国，否则，予人民发表救国意见之自由，在今日实属天经地义，无可怀疑。因此我们要求政府当局，即刻开放人民的言论自由，凡是以阻碍人民言论自由之法规，如报纸检查，刊物禁扣等，应立即概予废止。我们深信惟有言论自由，然后能收全国上下一致救国的效果。我们敢吁请全国的学者、新闻记者、作者与读者，一致起而力为争言论自由，促其早日实现。

这个宣言是由茅盾与郑振铎起草，冯雪峰定稿的，当然完全代表夏丏尊的意愿。宣言一发表，即标志着组成文艺界抗日民族统一战线的时机与条件，已完全成熟。

1937年"八·一三"抗日战争爆发，梧州路开明书店毁于炮火。夏丏尊一家从虹口麦加里仓促迁入法租界霞飞坊（今淮海中路淮海坊）3号。当时已整理好了几只箱子，结果也都来不及带走，战火已燃到了麦加里，只有随身的一些与全家人总算幸免于难。其它的书籍家具等，悉毁于火，霞飞坊3号的新家，真是家徒四壁，一切从零开始。不意他竟在此直居住到最后谢世。

青岛的湛山寺是一座新寺，位于市东湛山之西南隅、太平山之东麓。1931年，由佛教界知名人士周叔伽、叶恭绰等人发起，为纪念明代表高僧憨山大师弘法罹难故地——山东青岛而共建一座佛寺，即选址在此，着手兴建，直至1933年方建成，延请东北名僧、倓虚法师为开山方丈。倓虚一莅任，即不遗余力为该寺努力，所以不久即办成十方丛林，闻名四方，弘扬佛法之外，还收藏有佛经六千余册。提倡入寺僧众，坐地参学，并多方延聘高僧来轮流讲经。所以寺虽新，名至大。

1937年4月，湛山寺派专人到厦门万石岩去，延请弘一法师莅寺讲律，弘一法师欣然答应，还带了圆拙、传贯、仁开弟子随行。他在该寺先后讲了律学大意、三皈五戒、四分律随机羯磨等等，并在此完成了律学著作《羯磨随讲别录》等。九月中旬，弘一法师正准备离湛山寺返厦门，正值"八·一三"事变爆发，而自青返厦，上海又是必经之地，多人劝弘一法师暂避战火，而弘一法师以约在先，以及早已适应闽南气候为由，坚决离青。到上海，看到夏丏尊有愁苦神情，即以"有为法，如梦如幻"文意相劝慰。此次过沪仅住二日。弘一法师于是岁岁朝，曾用此意为夏丏尊书写了一条幅，即书《金刚经》偈句："一切有为法如梦幻泡影，如露亦如电，应作如是观。"落款云："金刚般若波罗蜜经偈颂 丏尊居士供养 一音 丁丑岁朝年五十有八。"回过头来看此条幅，似乎法师预先有愁苦遭遇一般。

九月二十七日，弘一法师安返厦门，仍驻锡万石岩。紧接着战局更紧张，已日逼到厦门来。僧众各方，纷纷劝法师离厦内避，但法师均未听从，还自题室曰"殉教堂"，以明其不避战祸之决心。在殉教堂中仍为诸寺院护法，誓与厦门市共存亡。作为一位出世离俗的高僧，尤其憎厌官僚政客的一贯清高者，在民族存亡的重要关头，能持此种态度，他的一颗爱国爱民之心，宛如明镜，依然照彻尘寰。这正是弘一法师的高明处，亦是与夏丏尊居士等能建立牢固友谊的坚实基础之一。

决心与缘法

后来夏丏尊关于弘一法师自青过沪返厦等节，在《怀晚晴老人》一文中有详细载述，还是共同一读其原文为好：

壁间挂着一张和尚的照片，这是弘一法师。

自从"八·一三"前夕，全家六七口从上海华界迁避租界以来，老是挤居在一间客堂里，除了随身带出的一点衣被以外，什么都没有，家具尚是向朋友家借凑来的，装饰品当然谈不到，真可谓家徒四壁，挂这张照片也还不是过了好几个月以后的事。

弘一法师的照片我曾有好几张，迁避时都未曾带出。现在挂着的一张，是他去年从青岛回厦门，路过上海时请他重拍的。

他去年春间从厦门往青岛湛山寺讲律，原约中秋节后返厦门。"八·一三"以后不多久，我接到他的信，说要回上海来再到厦门去。那时上海正是炮火喧天，炸弹如雨，青岛还很平静。我劝他暂住青岛，并报告他我个人损失和困顿的情形。他来信似乎非回厦门不可，叫我不必替他过虑。且安慰我说："湛山寺居僧近百人，每月食物至少需三百元。现在住持者不生忧虑，因依佛法自有灵感，不致绝粮也。"

在大场陷落的前几天，他果然到上海来了。从新北门某寓馆打电话到开明书店找我。我不在店，雪邨先生代我先去看他。据说，他向章先生详问我的一切，逃难的情形，儿女的情形，事业和财产的情形，什么都问到。章先生逐项报告他，他听到一项就念一句佛。我赶去看他已在夜间，他却没有详细问什么。几年不见，彼此都觉得老了。他见我有愁苦的神情，笑对我说道："世间一切，本来都是假的，不可认真。前回我不是替你写过一幅金刚经的四句偈了吗？'一切有为法，如梦幻泡影，如露亦如电，应作如是观。'现在正可觉悟这真理了。"

他说三天后有船开厦门，在上海可住二日。第二天又去看他。那旅馆是一面靠近民国路一面靠近外滩的，日本飞机正在狂炸浦东和南市一带，在房间里坐着，每几分钟就要受震惊一次。我有些挡不住，他却镇静如常。只微动着嘴唇。这一定又在念佛了。和几位朋友拉他同在觉林蔬食处午餐，以后要求他到附近照相馆留一摄影——就是这张照片。

他回到厦门以后，依旧忙于讲经说法。厦门失陷时，我们很记念他。后来知道他已早到了漳州了。来信说："近来在漳州城区弘扬佛法，十分顺利。当此国难之时，人多发心归信佛法也。"今年夏间，我丢了一个孙儿，他知道了，写信来劝我念佛。秋间，老友经子渊病笃了，他也写信来叫我转交，劝他念佛。因为战时邮件缓慢，这信到时，子渊先生已逝去，不及见了。

厦门陷落后，丰子恺君从桂林来信，说想迎接他到桂林去。我当时就猜测他不会答应的。果然，子恺前几天信来说，他不愿到桂林去。据子恺来信，他复子恺的信说："朽人年来老态日增，不久即往生极乐。故于今春在泉州及惠安尽力弘法，近在漳州亦尔。犹如夕阳，殷红绚彩，随即西沉。吾生亦尔，世寿将尽；聊作最后之记念耳。……缘是不克他往，谨谢厚谊。"这几句话非常积极雄壮，毫没有感伤气。

他自题白马湖的庵居叫"晚晴山房"，有时也自称晚晴老人。据他和我说，他从儿时就欢喜唐人"人间爱晚晴"（李义山句）的诗句，所以有此称号。"犹如夕阳，殷红绚彩，随即西沉"这几句话，恰就是晚晴二字的注脚，可以道出他的心事的。

他今年五十九岁，再过几天就六十岁了。去年在上海离别时，曾对我说："后年我六十岁，如果有缘，当重来江浙，顺便到白马湖晚晴山房去小住一回，且看吧。"他的话原是毫不执着的。凡事随缘，要看"缘"的有无，但我总希望有这个"缘"。

弘一法师此番自青返厦路过上海与夏丏尊的因缘，看似平淡，其实意义至深。难中遭不幸，而得到了弘一法师似有远见的抚慰，既平静了心态，又激发了他的抗日热情；多方劝法师暂缓离青，快离厦门等，仍皆不动他爱国诚笃之心。结果随缘去了漳州等地，既明其志，又弘佛法，可谓两全。

弘一法师在十月二十三日致李芳远的信中也同样表露了"誓与厦市共存亡"的决心。信云：

芳远童子澄览：

惠教诵悉，至用感谢。朽人已于九月廿七日归厦门。近日厦市虽风声稍紧，但朽人为护法故，不避炮弹，誓与厦市共存亡。古诗云："莫嫌老圃秋容淡，犹有黄花晚节香。"乃斯意也。吾人一生之中，晚节为最要。愿

286

与仁等共勉之。

弘一上　十二月二十三日

信之最后特用"仁等"替代了"仁者"，其意自明。

六十世寿

　　中国旧习，人活着时都以虚岁计，即生下来即一岁，一过了年，就算两岁，所以过生日时称几岁初度。弘一法师不但一向为挚友门徒们所敬重，更为佛教界和尚居士们所仰佩。大家都早已在期盼他六十初度的早日到来，要好好向他祝寿。为此，法师亦深知这一活动之不可逃避，所以也早在上年，即1938年初，就有所考虑了。

　　正月十九日，以讲稿一篇寄上海蔡冠洛，说明愿与前两篇文字一并出版，总题之为《养正院亲闻记》，嘱明年六十生日时出版，以志纪念。这三篇文字的标题分别为《青年佛徒应注意的四项》、《南闽十年之梦影》与《最后之口口（忏悔）》。信上明确说："能于旧历己卯明年付印为宜。明年朽人世寿六十，诸友人共印此书，亦可籍为纪念也。"

　　闰七月六日，弘一法师在漳州祈保亭写明信片给夏丏尊说："近得子恺函，悉仁者殇孙，境缘恶逆，深为叹息。若依佛法言，于一切境，皆应视如幻梦。乞仁者常阅佛书，并诵经念佛。自能身心安宁，无诸烦恼，则恶因缘反成好因缘也。朽人近来漳州城区，弘扬佛法，十分顺利。当此困难之时，人多发心归信佛法也。……"夏丏尊不愿将一己之苦恼去干扰法师，增加苦恼，而由丰子恺辗转告知了法师。法师即致片夏丏尊，善言相慰之外，复再次劝学佛颂经，以平心态。这样的友谊，是何等的平凡而又深沉啊！

当时弟子丰子恺逃难在桂林，真心诚意想接弘一法师去桂林安养，但法师回丰子恺的信上说：

子恺居士文席：

惠书诵悉，至用感慰。屏联俟后写奉。朽人居闽南已十年，缁素诸善友等护法甚力。朽人年来老态日增，不久即往生极乐。故于今春在泉州及惠安尽力弘法，近在漳州亦尔。诚自惭智识不及，亦藉是以报答诸善友之厚谊耳。犹如夕阳，殷红绚彩，随即西沉。吾生亦尔，世寿将尽，聊作最后之记念耳。漳州弘法诸事尚未能了，缘是不克他往。桂林诸居士若有属书者，乞随时示知。朽人甚愿以书迹广结善缘，与在桂林居住无以异也。谨谢厚谊，并复。不宣。

九月三十日　演音启

对一己之将届花甲，老态日增，只是坦然叙来，却绝无悲观消极之意。之所以谢绝去桂林，只因在闽南已住十年，地熟人熟。借此更努力弘扬佛法，而不克他往，但更愿与桂林诸居士，通过法书来弘扬佛法广结善缘……一切的一切仍都是积极的向上的。

同年旧历十一月十八日，时弘一法师在泉州承天寺，又致书丰子恺云：

子恺居士文席：

前承寄画像，分赠诸友人，欢感无尽。朽人拟在泉州暂时闭关用功

（不定期限，大约数月）。以后仁者若通讯时，乞寄与夏居士，附彼函中寄下。因闭关以后，与寺中人约，唯有夏居士函乃可送入关中也。

前属写各件，俟写就，拟寄与夏居士，暂存沪上。桂林近甚不安，想仁者未能久居彼土。据鄙见，以返沪为最稳妥也。不宣。

十一月十八日　演音启

由此信可看出，弘一法师自与夏丏尊的关系最为不一般，故闭关期间一切信件均不收读，只有夏丏尊信例外。另外，法师对时事即使在闭关期间，也还是非常关切的，所以桂林时遭日寇狂轰滥炸，是知之很及时的。为此法师更劝丰子恺还是离桂林回上海的好。这当然也不现实。因为即已逃难到了内地，哪有中途反而返回敌占区之理。不过亦正可见法师对弟子的真心关切。

这年旧历四月初八，弘一法师离厦门去漳州弘法。四天后厦门即被日寇占领，正是十分危险，差一点遭难或被困沦陷区。他到漳州之初，先住在南山寺。南山寺位于漳州市南郡案山，又名南山，在通津桥南右侧，山之阴。原为唐太傅陈邕的府第，因建筑规制超高，朝廷定为违制，幸由其女金花献宅为寺，本人并入山为尼，才免遭祸，并得赦免。寺中藏经殿左建有陈太傅祠及金花郡主修真净室。宋乾德六年（968）刺史陈文颢重修，初名报劬院，迎请玄应定慧禅师为住持。宋至和年间（1054—1056），僧显微改名崇福寺。明天启年间（1621—1627）改名南山寺。现存寺宇为清光绪年间所修，转道法师曾任主持。这次弘一法师来，是由静慧法师陪同于四月初八到达的，住在石佛殿的边房，稍事休整，于十五日即在该寺演讲一次，听众有近百人之多。不久即移居瑞竹岩了。

瑞竹岩位于漳州市东万松关外，龙海县步文乡梧浦村岐山之巅。唐五代时楚熙祥师始建，初名德云庵。宋大觉琏禅师拓建寺宇。此地为漳州名士林钎、陈天定读书处。明正统年间（1436—1449）僧绝尘重建佛殿，剖竹引泉，枯竹生笋，"竹心不死枝枝绿"，谓为瑞相，因改寺名曰瑞竹。林钎（尊称阁老）及第居，于佛殿右建石云窟，俗呼八角楼。陈天定书柱联："风静潮初满，山空月正中。"清乾隆年间，诗僧成江栖修于此，寺中留有诗刻一方。道光间，智宣禅师曾到此寺。民国后，智峰法师入山，兴复旧迹。弘一法师离南山寺即径来此地，住石室岩上之石室中。他就地了解了该寺的历史以后，还专为之撰写了一篇《瑞竹岩记》，记云：

瑞竹岩名，非古也。昔唐楚熙禅师结茆万松山巅，曰德云庵。宋大觉琏禅师兴建梵宇，仍其旧称。逮及明季，皇子莅山，见枯竹箨萌，谓为瑞相，因题庵名曰瑞竹。而德云庵名，自是不显于世。其时，宰官陈天定暨住持绝尘禅师发愿重建佛殿，移其基址，趣落下方，盘石屏冲，林木蓊郁，视昔为胜矣。又复相传有林阁老者，未第时，读书山中，及跻贵显，乃建介石云窠于佛殿右，今唯存其残址，俗谓为八角楼也。清宣宗时，智宣禅师驻锡瑞竹，禅师为邑望族，梵行高洁，工诗善书，亦能绍隆光显前业，为世所称。厥后道风日微，寖以衰废。泊今岁首，檀越迎请智峰法师入山，兴复旧迹。法师学行夐迈，乘愿再来，夙夜精勤，誓隆先德。复礼大悲忏仪为日课。尝语余曰：为寺主者应自行持，勤修三学，轨范大众，岂惟躬佩劳务已耶。余深服其所见高卓，可谓今之法门龙象矣。余于曩月，弘法漳东，鹭峤变起，道路阻绝。因居瑞竹，获观胜迹。夙缘有在，盖非偶然。

岁次戊寅五月，弘一

法师之所以必须写这篇《瑞竹岩记》，是有原因的。林子青编著《弘一法师年谱》，录此记之后，特附长篇按语，于其因说明至详，今谨录附按全文如下：

《龙溪县志》记载："瑞竹岩，五代僧楚熙结庐于此，刳竹引泉，竹生笋，因名瑞竹。……明季正统年间，绝尘祖师修行于上，作瑞竹楼居，圆寂后遗骨存于寺后'无法续传'石室中舍利塔。"又清乾隆时漳州诗僧隐愚《石林集》，载有宋大觉怀琏与江东桥有关诗篇。怀琏乃北宋高僧，他虽漳人，但终身似未回乡。此说恐系传说附会。大师所撰《瑞竹岩记》，"谓瑞竹岩初名'德云庵'，至明季皇子莅山，见枯竹箨萌，谓为瑞相，因题岩名为'瑞竹'"。想当别有所本，或传闻致误欤？忆十余年前，泉州圆拙法师函告，谓大师居瑞竹岩时，引水竹笕生嫩叶，好事者将其写成"弘一法师逸事"，登漳之《福建新闻》，谓为大师莅山之瑞应。师知之即会某居士致函辟谣，旋即移居他处。《逸事》文中引明末鼓山永觉禅师应温陵开元寺之请，行次洛阳桥，潮水适来，欢迎者谓"龙王参礼和尚"！师于曰："莫诬老僧好。"音公之辟谣，亦此意也。"瑞竹岩记"（下略）下文意似未究，亦未署名，只盖弘一一长印。然为手迹无疑。

读毕林子青这段按语，于弘一法师意在辟谣等节，自然已十分明白。他之所以匆匆离开瑞竹岩而去祈保亭，原因也就比较清楚了。

与冬涵谈艺

　　弘一法师离开瑞竹岩，即又去了祈保亭。祈保亭又名七宝寺，位于漳州市东门浦头。亭始建于明，清嘉道间重修。庙宇三进，入门为前厅，后进层楼为禅房，中堂供奉观音大士，有髯须，俗呼祈保亭佛祖。相传漳州江东桥附近，有工人数百挖山取灰土，山势将倾陷，大家却没有发现。观音菩萨为救众生，乃一示其神力，化为一妙龄少女而有胡子，众工人以为奇，齐跑出挖灰土处去观看，此时山塌，所以一个工人也没有压死。工人们追到祈保亭处，看见观音佛祖有须，方始觉悟妙龄少女乃观音菩萨显灵，为的是普救众生，因此众人合资，兴建了这座祈保寺来供奉观音。弘一法师来此是应寺主严持法师之邀，就住在后楼上禅房。六月十九日为漳州道友和众善信宣讲了《佛法大意》。在寺期间，法师以"祈保"与"七宝"谐音，便为书写一额，即"七宝寺"三字。

　　在七宝寺之南，有一座尊元经楼，原为凤霞宫之崇经堂，始建于清初。凤霞宫是朝西的，崇经堂则面朝东，有楼，但年久而荒废。直至1936年，才由当地居士施氏、黄氏合资修葺，既存旧貌，又换新颜，改名为尊元经楼。楼下中厅供泥塑佛像，楼上为藏经之所。院设有假山，雕有佛经中"八宝地"故事图像，环境淡雅。弘一法师于闰七月十三日到此楼来开讲《阿弥陀经》，正值法师剃度二十周年纪念日，所谓僧腊二十。前来听讲者至夥，因听讲而皈依佛门之士女亦甚众。讲到七月十九日圆满，并手书了《苦乐对照表》，为众善信开示。还敬录了古德语"祇今休去便休去，若欲了时无了时"二语，书赠许宣平居士。居士时任中国农民银行漳州分行行长。

弘一法师直住到九月十三日才离开漳州去泉州，路过同安梵天寺，又住了一周，才前往晋江安海。

梵天寺位于同安县东北大轮山之南麓。创建于隋唐年间，初名兴国寺，原有庵七十二所。北宋熙宁年间（1068—1077）合为一区，改名梵天禅寺。元佑间（1086—1093）僧宗定于寺钟楼后建有婆罗门塔。明洪武十三年（1880）僧无为重建，置有金刚、天王、大雄、法堂四殿。明嘉靖二十二年（1543）僧通皓重修，于大殿立有飞天乐伎浮雕壁画三方、石雕力士跪像一座。1936年，会泉、会机法师重修金刚殿，添建地藏王殿及千佛阁。弘一法师此次路过，由性常法师陪同，就住在金刚殿西房。为千佛阁写了门联。九月二十日离去，前往晋江安海。

弘一法师此次去安海，是应丰德法师之请，留居水心亭之澄渟院。水心亭位于晋江市安海镇西安平桥之上桥中，故云水心，又名中亭。因供奉观音菩萨，所以又有俗名叫观音亭。它正式的全称应该是"水心亭澄渟院"，始建于清道光元年（1821）。传说宋代僧智渊修建安平桥（桥长五里，俗称五里桥），施工中出现险情，得观音大士显圣扶持，得以完工，镇人为崇功报德建院纪念之。弘一法师在澄渟院住了一个月。本拟就在澄渟院内讲经的，考虑到想听的人太多，坐不下，因院宇过于狭隘，所以借了金墩宗祠作讲经场。法师先后讲了三个题目：《佛法十疑略释》、《佛法宗派大概》、《佛法学习初步》。这三份讲稿，后来由安海澄渟院法会汇集起来印成书，书名即叫《安海法音录》，刊印后流布甚广。弘一法师去礼过佛，并应寺主开慈法师之请，题写了篆书匾额"绍隆佛种"四个大字。

弘一法师为水心亭所书一联云："戒是无上菩提本，佛为一切智慧灯。"此联刻于寺门，据林子青《年谱》云，联尚存。

同在这 1938 年，旧历十月二十九日，时弘一法师已早回泉州，住承天寺，写信给马冬涵居士。马冬涵（1914—1975），又名晓清，福建漳州人。可能是在这次去漳州时认识的，他精于篆刻，并得到法师赏识。法师后来还请他刻过章。这封信就谈了不少篆刻、书法等方法的内容。信云：

冬涵居士文席：

惠书诵悉。承示印稿，至佳。刀尾扁尖而平齐，若椎状者（附图略），为朽人自意所创。（可随意制之，寻常之椎亦可用。）椎形之刀，仅能刻白文，如以铁笔写字也。扁尖形之刀，可刻朱文，终不免雕琢之痕，不若以椎刻白

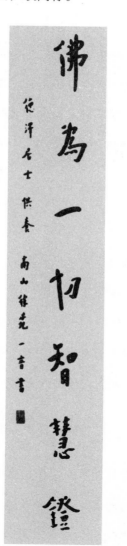

文，能得自然之天趣也。此为朽人之创论，未审有当否耶？属写联及横幅，并李、郑二君之单条，附挂号邮奉，乞收入。以后属书之件，乞勿寄纸，朽人处存者至多也。仁者暇时，乞为刻长形印数方，因常需用此形之印，以调和补救所写之字幅也。朽人于写字时，皆依西洋画图按之原则，竭力配置调和全纸面之形状。于常人所注意之字画、笔法、笔力、结构、神韵，及至某碑、某帖之派，皆一致屏除，决不用心揣摩。故朽人所写之字，应作一张图按画观之斯可矣。不唯写字，刻印亦然。仁者若能于图按法研究明了，所刻之印必大有进步。因印文之章法布置能十分合宜也。又无论写字刻印等，皆足以表示作者之性格。（此乃自然流露，非是故意表示。）朽人之字所示者，平淡、恬静、冲逸之致也。乞刻印文，别纸写奉。谨复，不宣。

旧十月二十九日　演音疏

　　这是弘一法师最重要的信札之一。它代表了出家学佛后，对于篆刻、书法的一些主要看法和基本原则。信虽不长，但所含内容至为丰富，既有实践经验，又有理论依据；既明作书弘法之志，又不乏自明心态之处。洵佳构也。法师致马冬涵信虽仅三通，而皆极重要。第二封信写于1939年正月十六日，时法师仍在泉州承天寺，信云：

晓清居士澄览：

　　惠书诵悉。所刻各印，甚佳。佛像尤胜。仁者将来，可以刻佛像印百方，辑为百佛印谱十卷（每十印及边款共数十叶为一卷），流传世间。亦可以艺术而弘传佛法利益众生。想仁者当甚欢赞也。西泠印社或未迁移，乞先写明信片询问，然后再汇资购书为妥。尊字拟定如下：

若涵字作水释，字曰寒渟。（渟，古义为澄清安静之意。唐沩山佑禅师语录云，譬如秋水澄渟，清净无为，澹渟无碍。寒字，以冬而言。）

若涵字作化育释，字曰慈昱。（昱者，日光也。因冬涵，有冬日可爱之义。冬者岁寒，正是世界黑暗众生愁苦之时，能发大慈心，救护一切众生，犹如果日当空遍照一切，普令众生皆得安乐也。前字幽秀，此字伟大。）

谨复，不宣。

农历正月十六日　演音疏答时年六十

（下略）

这信主要是为马冬涵起字，阐述名与字之间的关系。由此不难看出法师对这位颇有佛根并擅治印之年青人，有多么爱护与关切。对已刻之印加以肯定并表扬，还为他进一步刻百佛印谱十卷出点子。进一步命马晓清刻印因为一己之需要，实亦寓督促使继续努力之意。真可谓用心良苦。

第三封信，仅晚于前信四日，也是感谢马冬涵刻印的。由此亦可看出马冬涵刻印至勤。前信已命刻四印（想必即已刻成呈法师），而此信再命刻四方，不难想象法师对他治印是十分欣赏的。信云：

冬涵居士文席：

惠书诵悉。承刊印，大佳，数日间已印用数十次矣。以后仁者暇时，再乞为刊四印，乞刊白文，印石不须佳也。叶二游（近或改名）居士（晋江人，青眼居士之子），现肄业长泰高中校，旧历年前可返晋江。仁者刊就时，或交彼带下，或俟他日之便皆可。朽人自明日始，为短期掩关数月，以资静养。谨陈，不宣。

正月十九日　演音启

惜笔者孤陋，于马冬涵知之不多，他刻的印想必很好，弘一法师晚年用印中肯定有他的不少作品，但又无法确知哪几方是他刻的，于此谨求高明者以教之。马冬涵是否真遵嘱完成了《百佛印谱》十卷？现在尚存世间否？望早日得到答案。

南屏师生情

　　上海法租界与公共租界（亦称英美租界）成为孤岛，陷入日寇占领区的包围之中，夏丏尊一家当时住在霞飞路霞飞坊3号，即927弄总弄口内西小巷内。那时夏丏尊心情很不好，面临祖国大片土地沦亡的恶境，满腔忧愤难以宣泄，渐渐积忧成疾，竟染了肺结核。但他还坚持天天挤车去福州路开明书店编译所（衍福楼）上班。而法币贬值，生活日益拮据，单靠开明的工资，几乎难于维持开销，养家糊口。夏丏尊又被早期女教育家曾季肃的办学精神所感动，应邀去南屏女中兼课，教国文。语文教学本是夏丏尊的老本行，本来驾轻就熟，所以亦正是兴趣所在。

　　南屏女中的前身是浙江省立杭州女子中学。杭州被日寇侵占后即解散，而部分老师曾季肃、陆仰芬、姚韵漪等，以及部分学生又重聚于孤岛之后，都想到了在沪复学的问题。即由教师集资认股，并在沈亦云的支持下，租下了北京西路常德路口振粹小学的课堂，半天上学。开始只有四个班，七十二名学生，名称即叫"上海市私立杭州女子中学"。继而感觉不妥，而且啰嗦。第二年春沈亦云又慨助胶州路445号的三层楼房作为校舍，后来又用西湖十景之一的"南屏晚钟"之两字来命校名，遂正式定名为"南屏女中"，亦寓思恋故里之意。南屏女中的办校宗旨是："培养具有现代知识、进步思想、具有独立人格和创造能力的时代女青年。"

校长曾季肃是小说《孽海花》作者曾孟朴之妹，十分注重师资力量。她也是夏译《爱的教育》的忠实读者，仰慕夏丏尊已久，而苦于不识荆，辗转托人找到了他，还深怕他不会答应任教。不料一说即满口答应，真让她高兴。夏丏尊一听明白来意之后便说："我本来什么事也不想做了，但以知己之感，我无条件答应。"从此一任职，即在南屏又教了三年国文。

夏丏尊一仍在浙江一师时的作风，实行"妈妈的教育"，所以跟同学们建立了深厚的师生之情。由当年南屏的一位学生笔下，我们更真切地看到了这种情谊：

我一直认为，我一生最大的幸福是遇见了几位好老师，其中之一是夏丏尊先生……夏先生教我们三年，从高中一年级起，一直教到高中毕业，这三年在我是终生难忘的三年。

我在认识夏先生之前，早在小学时代就读过夏先生的许多书，包括他翻译的《爱的教育》。听曾校长告诉我们，教们国文的将是夏丏尊先生时，不禁雀跃三丈，我们兴奋地扳着手指过日子，都盼望着早日见见这位久仰大名的作家。

上课铃刚刚响完，教室的门开了，曾校长让进一位老先生来。

我看他穿了一件深灰色长衫，脚上是黑布鞋，高高的身材，有点胖，皮肤微黑，额头有许多皱纹，眼睛并不大，却炯炯有神，深藏在皱纹堆里，头发比较稀疏，随意地覆盖在头顶上。作为一个十多岁稚气的孩子，我未免感到有点失望。据说文如其人。读了夏先生的文章，我把夏先生想成眉清目秀、身材修长、风度翩翩的儒士。

"我叫夏丏尊。"他开始说一口道地的绍兴话，一面拿起一枝粉笔在黑板上写了"夏丏尊"三个大字。我看这三个字，瘦瘦长长，挺秀飘逸，潇洒多姿，完全不像一个黑胖的老头。

忽然我听到同学一阵笑声，原来夏先生正在就"丏"与"丐"字的区别说明祖国语言文字的丰富多彩，以及正确书写汉字的重要性，以免失之毫厘，谬以千里。夏先生从第一堂课第一句话开始，就是这样活泼生动地向我们进行了语文教育。

——录自《夏丏尊先生在南屏女中》一文

写这文章的学生名叫陈仁慧，她的感受虽多稚气。亦正因为这天真的稚气，使人读到的是一幅"第一堂课"活生生的画面。

夏丏尊在南屏每周虽只六节课，但一周至少要去两次，甚至三次。不论是从福州路开明书店赶去，或下课后回霞飞坊，路都不近，甚至还要换车，但他总是衣着朴素，腋下还夹着个布包，吊三等电车赶来赶去而不辞辛劳。三年如一日，从不迟到早退，也没请过事假、病假。他爱学生胜子女，所以学生也都分外尊敬他。班上的学生每天为他专门搬来软椅，泡好茶，夏天还抢着给他打扇。有时轮上上第一节课的班，还派专人去校门外迎接，忙着拿布包……夏先生为此似乎减少了不少病痛，心情更是为之一畅。

同学们见他老是穿同一件旧长衫，有的同学便顺口说了句："老师可换件新长衫了。"老师亦未悟内中深意，顺口说："新一年，旧一年，缝缝补补还可穿一年。"被老师这种勤俭克己的精神所感动，全班同学共同决定，凑钱买布，自己动手为老师裁制一件新的，作为教师节的礼物赠老师。但如果量尺寸呢？又有同学想出了主意，只说是演话剧需用长衫作道具，夏先生自然支持，不但当即脱下罩衫，还高兴地说："我这件长衫应该说已经物尽其用了。如今能作道具，真是得其所哉！得其所哉！"同学们"弄"到长衫后，即通力合作，赶在教师节之前，缝制完成了新长衫。教师节那天，在老师进课堂前，把用红绿丝线扎好的新长衫，连同旧衣衫一起放在了讲台上，静候老师踏着铃声进课堂。老师一看，愣了，才知作道具是假，为量尺寸是真。大家见他发愣，约定此时全体鼓掌。这时师生激动的场面真是太难用语言文字来表达。夏丏尊一生不轻受人礼，而这次是例外，泪水噙在眶内，激动地说："好了，好了，今天就穿着新长衫上课。下课后，我还要穿回去，给你们夏师母看看哩！"

这三年南屏任教，体力上是辛苦的，精神上却是十分愉快的。这是他的人格力量换来的，在别处是不可能得到的。至今陈仁慧还保存着夏老师写给他的信。这三年重操旧业，又一次洒下了"爱的教育"的不凡种子。

护生与祝寿

丰子恺是李叔同与夏丏尊在浙江一师时的共同高足。两位老师亦都十分器重他。所以丰子恺要出漫画集，求夏老师写序，结果序中尽写的是李老师出家等事（已见前文），足见这师生三人情谊之不同凡响。

丰子恺除上述为李叔同老师的弟子之外，他与刘质平二人，又是弘一法师的佛门弟子。佛教是劝世人不要杀生的，丰子恺既然正式成了佛门居士，弘一法师便劝他以护生反对杀生为题材来作画，他自然应命。第一集出版之时，正值弘一法师五十大寿，画也正好是五十幅。本来也没考虑到还要出第二、第三等集，所以第一集、初集等名称，当时也不可能出现。而到法师六十大寿时为祝寿，丰子恺又画了六十幅护生画，丰子恺进一步发愿，要在法师七十岁时出第三集，画七十幅。直至法师一百岁时出到第六集，画一百幅为止。弘一法师虽阳寿仅六十三，但弟子丰子恺却没有食言，终于完成了他的宏愿（此中故事复杂，已详见拙著《李叔同的后半生——弘一法师》，兹不赘。并于李夏二人之交谊而言，后四集亦已无多）。

在此必须一录的是夏丏尊为《护生画集》（第二集），亦名《续护生画集》所写的《序言》：

弘一和尚五十岁时，子恺绘护生画五十幅，和尚亲为题词流通，即所谓《护生画集》者是也。今岁和尚六十之年，斯世正杀机炽盛，弱肉强食，阎浮提大半沦入劫火，子恺于颠沛流离之中，依前例续绘护生画六十幅为寿，和尚仍为书写题词，使流通人间，名曰《续护生画集》。二集相距十年，子恺作风，渐近自然，和尚亦人书俱老。至其内容旨趣，前后更大有不同。初集取境，多有令人触目惊心不忍卒睹者。续集则一扫凄惨罪过之场面。所表现者，皆万物自得之趣与彼我之感应同情，开卷诗趣盎然，几使阅者不信此乃劝善之书。盖初集多着眼于斥妄即戒杀，续集多著眼于显正即护生。戒杀与护生，乃一善行之两面。戒杀是方便，护生始为究竟也。犹忆十年前和尚偶过上海，向坊间购请仿宋活字印经典。病其字体参差，行列不匀。因发愿特写字模一通，制成大小活字，以印佛籍。还山依部首逐一书写，聚精会神，日作数十字，偏正肥瘦大小稍不当意，即易之。期月后书至刀部，忽中止。问其故，则曰："刀部之字，多有杀伤意，不忍下笔耳。"其悲悯恻隐，有如此者。今续集选才，纯取慈祥境界，正合其意。题词或取前人成语，或为画者及其友朋所作。间有杀字，和尚书写至此，蹙额不忍之态，可以想象得之。和尚在俗时，体素弱，自信无寿徵。日者谓丙辰有大厄，因刻一印章，曰丙辰息翁归寂之年。是岁为人作书常用之。余所藏有一纸，即盖此印章者。

戊午出家以后，行弥苦而体愈健，自言蒙佛加被。今已在甲一周，曰仁者寿，此其验欤！和尚近与子恺约，护生画当绘续绘。七十岁绘七十幅，刊第三集。八十岁绘八十幅，刊第四集。乃至百岁绘百幅，刊第六集。护生之愿，宏远如斯。斯世众生，正在枪林弹雨之中，备受苦厄。续护生画集之出现，可谓契理契机，因缘殊胜。封面作莲池沸腾状，扉页于莲华间画兵仗，沸汤长莲华，兵仗化红莲。呜呼！此足以象征和尚之悲愿矣。

夏丏尊谨序

一九四〇年十月

此序不知何故，《夏丏尊文集·平屋之辑》中竟未收。序中叙及法师写字模写至刀部时，不忍卒写等节，正可与前面有关章节可参阅。法师悲悯之愿，劝善之功，真可谓不遗余力。

丰子恺于1949年6月准备出第三集时，也写过一篇《序言》，今并录其全文如下：

弘一法师五十岁时（1929年）与我同住上海居士林，合作护生画初集，编共五十幅。我作画，法师写诗。法师六十岁时（1939年）住福建泉州，我避寇居广西宜山。我作护生画续集，共六十幅，由宜山寄到泉州去请法师书写。法师从泉州来信云："朽人七十岁时，请仁者作护生画第三集，共七十幅；八十岁时，作第四集，共八十幅；九十岁时，作第五集，共九十幅；百岁时，作第六集，共百幅。护生画功德於此圆满。"那时寇势凶恶，我流亡逃命，生死难卜，受法师这伟大的嘱咐，惶恐异常。心念即在承平之世，而法师住世百年，画第六集时我应当是八十二岁。我岂敢希望这样的长寿呢？我覆信说："世寿所许，定当遵嘱。"

后来我又从宜山逃到贵州遵义，再逃到四川重庆。而法师於六十四岁在泉州示寂。后三年，日寇投降，我回杭州。又后三年，即今年春，我游闽南，赴泉州谒弘一法师示寂处，泉州诸大德热烈欢迎，要我坐在他生西的床上拍一张照相。有一位居士在他生西的床上拍一张照相。有一位居士拿出一封信来给我看，是当年我寄弘一法师，而法师送给这位居士的"世寿所许，定当遵嘱"，赫然我亲笔也。今年正是法师七十岁之年。我离泉州到厦门，就在当地借一间屋，闭门三个月，画成护生画第三集共七十幅。四月初，亲持画稿，到香港去请叶恭绰先生写诗。这是开明书店章锡琛先生的提议。他说弘一法师逝世后，写护生诗的惟叶老先生为最适宜。我去信请求，叶老先生复我一个快诺。我到香港住二星期，他已把七十页护生诗文完全写好。我挟了原稿飞回上海，正值上海解放之际。我就把这书画原稿交与大法轮书局苏慧纯居士去付印。——以上是护生画三集制成的因缘与经过。

以下，关于这集中的诗，我要说几句话：

这里的诗文，一部分选自古人作品，一部分是我作的。第一第二两集，诗文的作与写都由弘一法师负责，我只画图（第二集中虽有许多是我作的，但都经法师修改过）。这第三集的诗文，我本欲请叶恭绰先生作且写。但叶老先生回我信说，年迈体弱（他今年六十九岁），用不得脑，但愿抄写，不能作诗。未便强请，只得由我来作。我不善作诗，又无人修改，定有许多不合之处。这点愚诚，要请读者原谅。

复次：这集子里的画，有人说是"自相矛盾"的。劝人勿杀食动物，劝人吃素菜。同时又劝人勿压死青草，勿剪冬青，勿折花枝，勿弯曲小松。这岂非"自相矛盾"，对植物也要护生，那么，菜也不可割，豆也不可采，米麦都不可吃，人只得吃泥土沙石了！泥土砂石中也许有小动植物，人只得饿死了！——曾经有人这样质问我。我的解答如下：

护生者，护心也（初集马一浮先生序文中语，去除残忍心，长养慈悲心，然后拿此心来待人处世）。——这是护生的主要目的。故曰"护生者，护心也。"详言之：护生是护自己的心，并不是护动植物。再详言之，残杀动植物这种举动，足以养成人的残忍心，而把这残忍心移用于同类的人。故护生实在是为人生，不是为动植物，普劝世间读此书者，切勿拘泥字面。倘拘泥字面，而欲保护一切动植物，那么，你开水不得喝，饭也不得吃。因为用放大镜看，一滴水中有无数微生虫和细菌。你烧开水烧饭时都把它们煮杀了！开水和饭都是荤的！故我们对于动物的护生，即使吃长斋，也是不彻底，也只是"眼勿见为净"，或者"掩耳盗铃"而已。然而这种"掩耳盗铃"，并不是伤害我们的慈悲心，即并不违背"护生"的主要目的，故正是正当的"护生"。至于对植物呢，非不得已，非必要，亦不可伤害。因为非不得已、非必要而无端伤害植物（例如散步园中，看见花草随手摘取以为好玩之类），亦足以养成人的残忍心。此心扩充起来，亦可以移用于动物，乃至同类的人。割稻，采豆，拔萝，掘菜，原来也是残忍的行为。天地创造这些生物的本意，决不是为了给人割食。人为了要生活而割食它们，是不得已的，是必要的，不是无端的。这就似乎不觉得残忍。只要不觉得残忍，不伤慈悲，我们护生的主要目的便已达到了，故我在这画集中劝人素食，同时又劝人勿伤害植物，并不冲突，并不矛盾。

　　英国文学家萧伯纳是提倡素食的。有一位朋友质问他："假如我不得已而必须吃动物，怎么办呢？"萧翁回答他说："那么，你杀得快，不要使动物多受苦痛。"这话引起了英国素食主义者们的不满，大家攻击萧伯纳的失言。我倒觉得很可原谅。因为我看重人。我的提倡护生，不是为了看重动物的性命，而是为了看重人的性命。假如动物毫无苦痛而死，人吃它的三净肉，其实并不是残忍，并不妨害慈悲。不过"杀得快"三字，教人难于信受奉行耳。由此看来，萧伯纳的护生思想，比我的护生思想更不拘泥，更为广泛。萧伯纳对于人，比我更加看重。"众生平等，皆具佛性"，在严肃的佛法理论说来，我们这种偏重人的思想，是不精深的，是浅薄的，这点我明白知道。但我认为佛教的不发达，不振作，是为了教义太严肃，太精深，使末劫众生难于接受之故。应该多开方便之门，多多通融，由浅入深，则宏法的效果一定可以广大起来。

由我的护生观，讲到我的佛教观。是否正确，不敢自信。尚望海内外大德有以见教。

一九四九年六月于上海

丰子恺在此序中谈了他的护生观、佛教观，是比较通达的，是既世俗，又尊释教的，也是一般信徒与居士都能共通接受的。"护生者，护心也"的说法更不是他的创造，也确实是言之成理的。

到 1965 年，丰子恺已提前画好第五集九十幅，又幸有其私淑弟子朱南田居士斥家倮以重价于上海冷摊购回第二集文画原稿，遂有机缘五集合并印于新加坡。广洽法师复为合集作《合刊附言》云：

子恺居士随顺众愿，提早完成护生画第五集，仍由衲办理募印出版事宜，此实法界之盛事，亦众生之福音，深可庆喜者也。抑尤有可庆喜者：护生画原稿，除第四集及第五集原由衲保存外，其余第一、二、三集一向散佚世间，无法收集；数十年来兵燹频仍，存亡尤不可卜。岂知去岁忽逢胜缘，全部发见，并已收集，保存于星洲蓍葡院。此次一至四集重刊，随第五集同时行世，皆依原稿制版者，此诚意外之美事，亦护生界之佳话，不可不为读者告慰者也。查第一集原稿，乃弘一大师手写，一九二八年出版时用后，由出资刊印者上海某君保存，后辗转流传，入放大法轮书局苏慧纯居士之手，但画已损失，只剩文字。第三集原稿，乃叶恭绰居士书写，一九四九年出版时用后，亦由苏慧纯居士保存。惟第二集行迹最奇，其文字亦系弘一大师手写，一九四零年出版用后，先由出资刊印者某君保存，战后其人家遭变故，原稿不知去向。去岁之秋，子恺居士有私淑弟子朱南田居士，向在上海酿造厂供职，而长于诗词，爱好书画，某日告子恺居士，彼于某年在上海旧货摊上发见护生画第二集文画原稿，已经装裱成册，索价甚昂，朱心虽爱好而力不能购，乃将家中沙发椅售去，始能购得。子恺居士深为惊喜，来函道及此事。时衲正计划重刊各集，苦于复制品不甚清楚，不宜重行制版，得此佳讯，喜不自胜，即函请子恺居士向苏、朱二居士借用原稿，乃蒙二居士慷慨捐赠，复由子恺居士发心将第一集损失之画五十幅重新绘制，使成完璧。于是五册护生画集之文字与图画之原稿，全部齐集于蘐蔔院矣。二居士护法之诚，深可赞善；而朱居士为道割爱，尤堪敬佩。衲已另加装裱，妥为保存。今后护生画集重刊时，常可据原稿制版，尽善尽美。此非至可庆喜之事乎？

夫护生之道，功德莫大，可动天地，可惊鬼神。区区纸墨原稿，颠沛流离于数十年来干戈扰攘之世，竟能失而复得，完全无缺，此非偶然之事，盖冥冥之中佛力加被，有以完成此奇迹也。

乙巳（1968）仲夏衲广洽记于星洲蘐蔔院

广洽法师是与弘一法师相交至深的法师之一。《弘一法师全集·书信卷》中即收有大师致广洽的书信五十一通之多。广洽原名熙润，弘一法师为改名普润，福建南安人。弱冠于厦门南普陀寺出家，受戒后参学江浙，后回南普陀任副寺。1928 年弘一法师入闽，广洽亲侍请益，特受器重。后任佛教养正院监学三年。抗战时南渡新加坡，遂定居，在星洲办学弘法。1986 年夏丏尊百年诞辰纪念时，特赶回大陆，参加在上虞举行的纪念大会。笔者有缘参与此盛会，亲见广洽法师，并聆听其讲法，诚三生有幸也。他于《护生画集》之收藏出版多所供献。由上引《合刊附言》中，以难看出他对弘一法师、丰子恺合作《护生画集》的一片虔诚之心。

1941 年，民国三十年辛巳，弘一法师六十二岁时，于旧历六月六日，在晋江福林寺，写信给夏丏尊、李圆晋二位，信中内容仍有涉及《护生画集》者，特录此信全文如下：

丏尊
圆晋　居士全览：

养疴山中，久疏音问。近以友人请往檀林乡中，结夏安居。故得与仁者特殊通信，发起一重要之事。以《护生画集》正、续编流布之后，颇能契合俗机。丰居士有续绘三、四、五、六编之弘愿。而朽人老病日增，未能久待。拟提前早速编辑成就，以此稿本藏上海法宝馆中。俟诸他年络续付印可也。兹拟定办法大略如下。乞仁者广征诸居士意见，妥为核定，迅速进行，至用感祷。

一、前年丰居士来信，谓作画非难，所难者在于觅求画材。故今第一步为征求三、四、五、六集之画材。于《佛学半月刊》及《觉有情》半月刊中，登载广告，广征画材，其赠品以朽人所写屏幅、中堂、对联及初版印《金刚经》（珂罗版印，较再印为优。今犹存十余册）等为奖酬。

一、此事拟请仁者及范古农、沈彬翰、陈无我、朱酥典六居士，负责专任其事。仍请圆净居士任总编辑。

一、预定三集画七十张，四集八十张，五集九十张，六集一百张。每画一张，附题句一段。

一、已刊布之初、二集，画风既有不同，以下三、四、五、六集亦应各异。俾全书六集各具特色，不相雷同。据鄙意，以下四集中，或有一集用连环画体裁，或有一集纯用语体新文学题句，其风亦力求新颖，或有一集纯用欧美事迹。上继杇人随意悬拟，不足为据。仍乞六居士妥为商定，务期深契时机，至为切要。

一、每集画旁之题句，字数宜少。或仅数字，至多不可超过四五十字。因字数多者，书写既困难，缩印亦不便。

一、征求画材之广告文，乞六居士酌定，征求既毕，应审核优劣，分别等第，亦乞六居士酌定。至其画材能适于作画否，乞酥典居士详核之。

一、以上且据登广告征求画材而言。依杇人悬揣，应征之人未必多，寄来之稿亦恐罕能适用。则登广告征求画材一事，将无结果，殊为可虑。不如专请四位负责，每位各编一集之画材，如是或较为稳安也。乞六居士详审之。

以后关于此事之通信，乞寄与性常法师转交杇人，至感。

农历六月六日　音启

圆晋即李圆净。他于刊印《护生画集》事，可谓不遗余力。一、二集之出版，他实际已是总编辑了。所以法师信中有"仍请圆净居士任总编辑"之语。

法宝馆是抗战前由叶恭绰等人发起设立的，地址在上海觉圆净业社内，专收藏佛教文物。

有关《护生画集》事，弘一法师在很多信函中，与多人都论及过，限于篇幅，只能择要引述，其余只能割舍了。

羊毛婚

1942 年，民国三十一年壬午，12 月 16 日，是夏丏尊夫妇四十周年纪念日。同守孤岛诸友，从各自家中带一二味佳肴，都到霞飞坊 3 号夏寓，共祝他俩的羊毛婚。这各自带菜合聚，名之曰"蝴蝶（壶碟）会"，在沦陷区日寇统治下，亦只能如此苦中作乐耳。

王统照先生在一篇文章里对此事有过记述：

夏先生比起我们这些五十上下的朋友来实在还算先辈。他今年正是六十一岁。我明明记得三十三年秋天，书店中的旧编译同人，为他已六十岁，又结婚四十年，虽然物力艰难，无可"祝嘏"，却按照欧洲结婚四十年为羊毛婚的风气，大家于八月某夕分送各人家里自己烹调的两味菜肴，一齐带到他的住处——上海霞飞路霞飞坊——替他老夫妇称贺；藉此同饮几杯"老酒"，聊解心忧。事后，由章锡琛先生倡始，做了四首七律旧体诗作为纪念。因之，凡在书房的熟人，如王伯祥、徐调孚、顾均正、周德符诸位各作一首，或表祷颂，或含幽默，总之是在四围鬼蜮现形民生艰困的孤岛上，聊以破颜自慰，也使夏先生掀髯一笑而已。我曾以多少有点诙谐的口气凑成一首。那时函件尚通内地，叶绍钧、朱自清、朱光潜、贺昌群四位闻悉此举，也各寄一首到沪以申祝贺，以寄希望。记得贺先生的一首最为沉着，使人兴感。将近二十首的"金羊毛婚"的旧体诗辑印两纸分存（夏先生也有答诗一首在内）。因此，我确切明他的年龄。

（摘自《丐尊先生故后追忆》）

可惜此"旧体诗辑印纸"笔者迄未寓目，家父伯祥先生的这首诗更是从未得读。他日有缘一见，当另文补叙之。章锡琛先生在倡和诗前有一则小序，谨录如下：

壬午十二月十六日大寒，为丐公伉俪结褵之四十周岁，西俗称羊毛婚。是夕约伯祥、索非、调孚、均正同集其寓。主宾六耦都十二人，具盘飧都十二簋。有酒既旨，有肴孔嘉，市沽悉屏，不侈而丰，虽在离乱之中，仍申合欢之庆，洵胜事也。继是以往，约以婚日，迭为宾主，有视兹集。命曰鸳会，匪直谋盘杯之欢，亦以增伉俪之笃。率成芜什，聊当嚆引，敬求丐公暨与会诸贤吟正。

章锡琛共作七律四首，其中一首云：

举案齐眉四十年，年年人月喜双圆。
当时共赋三星烂，此日竞夸五福全。
阶下芝兰添更秀，园中松菊老弥妍。
行看腊尽春回早，再祝金婚列绮筵。

此事及诗等传到内地后，诸挚友亦多有和章公这一首的。叶圣陶的和作是：

> 无诗排闷欲经年，提笔祝公人月圆。
>
> 遥审双杯为乐旨，醉吟四韵见神全。
>
> 望中乡国春将近，偕老夫妻情更妍。
>
> 此意同参堪共慰，豫期会日启芳筵。

叶圣陶是夏丏尊的亲家翁，丏翁的小女儿满子与叶翁的长子至善订婚后，即随叶家避寇内地，是在乐山结的婚，自然和作更显亲切。

朱自清与夏丏尊在白马湖春晖中学曾共执教鞭，情谊自不一般，和诗云：

> 举案齐眉四十年，年年人逐月同圆。
>
> 烹鲜佐酒清淡永，伴读当机乐趣全。
>
> 平屋湖山神辄往，小堤桃柳色将妍。
>
> 干戈满地身双健，莫为思乡负醉筵。

诗中不乏对白马湖贴邻时代的拳拳之情，身在内地，心不仅早飞到沪渎诸志友身边，亦每翱翔于上虞山色湖光之间也。

夏丏尊的老友马叙伦（夷初）先生的和诗真切动人。

> 乱离珍重合欢筵，故事从今证彩笺。

红线宿牵如意结，白眉重画入时妍。

眼前风雨骄人甚，室内雍和玉女全。

转瞬金婚歌又奏，鸳盟原缔一千年。

这一次的鸳会与后来陆续收到的和诗，不仅是夏丏尊望六晚年的至可令人欣喜之盛事，亦是现当代中国文坛上的一段佳话。丏翁之兴奋与感慨是十分难得与特别的。他最后也和了一首云：

如幻前尘似水年，佳期见月册回圆。

悲欢磨得人偕老，福寿敢求天予全。

故物都随烽火尽，家山时入梦魂妍。

良宵且忘乱离苦，珍重亲朋此酿筵。

诗后复加跋语云：

壬年腊月十六日为余与老妻结褵四十载纪念，知友伉俪酿有欢宴寓舍，席间雪村唱吟，叠韵再四，和者群起，余亦踵成此章。

此事距今已整整周甲六十年，唱和诸公均早已离开人世，而这些诗、这段情，将会永留人世间，为代代后人所仰慕，尤其不能忘的是当时之黑暗与受敌蹂躏，一群爱国文人阻隔于上江与下江，而对抗战胜利的坚定信心是始终没有动摇过的。这能轻易忘怀吗？！能不为之肃然起敬吗？！

勇猛精进　救护国家

1941 年，民国三十年辛巳，弘一法师六十二岁。九月二十日生日，正值抗战中期，敌焰尚嚣张，物资供应艰难，泉州这样原本极富庶之地，亦大感食物之稀缺。开元寺特备素斋数事，由都监广义、监院传净，及定林、密因二师，端着这一片诚心而简单的食物，步行二十多里，送到福林寺去供养大师，这也是代表众僧对弘一法师的一片敬意。弘一法师恭闻传净监院正礼《法华经》后，为表谢忱，特书写藕益大师的警训一则，来嘉勖传净法师，所写警训与题记云：

专求已过，不责人非。步趋先圣先贤，不随时流上下。

传净法师顶礼《法华经》，书此以为供养。

演音

这年仲冬，弘一法师住在百原寺。百原寺又名百源寺，位于泉州市东南隅百源川池畔。寺始建于明崇祯年间（1628—1644），是泉州进士杨元锡献宅兴建的。清顺治年间，有省外服官的泉州人士，把任内受贿贪污之款悉数购置黄铜，鸠工铸造了佛像十六尊，供养寺内，所以又俗称铜佛寺。现存寺宇为乾隆十七年（1752）施琅的曾孙子施国宝重修的。弘一法师此次来百源寺，应寺主觉彻法师之请，来此静养的，就住在大殿的东厢房。法师嵌寺名撰一门联云："教门千百，喻如梵网；佛教本源，其唯戒光。"法师还在此寺为永春淡生居士梁鸿基证受皈戒，并取法名曰"胜闻"。此后梁鸿基常常到百原来，帮助法师料理一些琐事。梁鸿基善文事，写了不少对联来求法师书写，法师略为之润色，还为之附了一些注释。法师题淡生居士自撰联句附记云：

辛巳仲冬，淡生居士获见"观世音菩萨宝相"，发起信心。自十二月一日始，蔬食茹素。二日余来温陵，居百源禅苑。五日余与相遇承天寺大雄宝殿前。八日皈依三宝，余为证明，立名曰胜闻。尔后日必至百原数次，助余料理琐事。尝自撰联句，请余书写。今将归卧莆林，掩室习静，为附记其往事，聊志遗念云。

题在淡生居士自撰联上的题记则云：

淡生贤首自撰联句属书，略为润色，并附注释其意，以奉慧览。"游衍书绩"者，游衍见《诗·大雅》传记云：自恣之意，绩与绘通。"唾弃名利"者，轻贱鄙弃也。

岁集辛巳嘉平六日，晚晴老人书于百原

亦在此次弘一法师小住百原之时，蒋文泽、杨严洁二居士前来寺参谒法师，请法师开示修持法门。法师即告之以修持当一门深入，久久专修，方有成就。后来蒋文泽在《一公大师开示随闻略录》一文写道：

岁在辛巳腊月十九日，陪杨严洁居士趋百原禅苑，拜谒一公。席次杨居士乞公开示，荷公垂慈，谆谆启导。兹略录其大意如次："修持当一门深入，久久专修，方有成就希望。若心无主宰，见异思迁；正修净土，又欲参禅；旋思学密等，一羼混叨乱参，志向不一，纷纷无绪，何由成功？现今修持，求其机理双契，利钝咸宜，易行捷证者，是在净土法门。可阅《印光法师文钞》及《嘉言录》，尤其是嘉言，分类易阅，开端之处如觉难领会，不妨从中间较浅显处先阅。阅佛书万不可如阅报纸，走马观灯，一过目便歇。须是细心玩索，每日或者一二段，或仅数行，三翻五转，以文会意。牢记勿忘，方得实益。至于打坐炼气，系炼丹法，非佛法也，切不可学。但依《文钞》《嘉言录》，则修持处世等法，取用无尽矣。

不久，弘一法师即去泉州开元寺小住。上海刘传声居士探悉闽南丛林缺粮，恐怕法师会因此而完不成南山律丛书，所以特地托人奉上一千元为供养，法师慨然辞之。关于此事，广义法师在《弘一大事之盛德》一文中写道：

弘一大师，驻锡闽南，十有四载。除三衣破衲，一肩梵典外，了无余物。精持律行，迈于常伦，皎若冰雪，举世所知。此次沪上刘传声居士，探悉闽南丛林，粮荒异常，深恐一公道粮不足，未能完成南山律丛书，特奉千元供养。信由广义转呈，而一公慨然辞之。谓："吾自民国七年出家，一向不受人施；即挚友及信心弟子供养净资，亦悉付印书，分毫不取。素不管钱，亦不收钱，汝当璧还。"广义谓上海交通断绝，未能寄去，师乃谓："开元寺因太平洋战事，经济来源告绝，僧多粥少，道粮奇荒，可由此款拔充，经柯司令证明，余不复信，并写信与彼，由开元寺函复鸣谢可耳。"又谓："民国二十年间，挚友夏丏尊居士，赠余美国真白金水晶眼镜一架，因太漂亮，余不戴，今亦送开元寺常住为斋粮。"约计价值五百余元。该寺遵命后，闻已议决公开拍卖购充斋粮云。辛巳腊月记。

由此文不但得知弘一法师将千元供养转赠开元寺，连夏丏尊早日赠他的眼镜，亦以太漂亮而不戴为由，也一并转开元寺。在国难当头的艰难岁月里，尤其在闽南一带僧人断粮难以为继的年头，托弘一法师之福，方渡难关，这等辛酸往事，后人难道应该忘却吗？！

这位广义法师，乃是弘一法师著名字幅"以戒为师"四字奖品之得主。他为得此奖等事曾写有《一公本师见闻琐记》一文：

十九年我在月台佛学社考试后，法师给我一张"以戒为师"四个字，旁注："敬赠晋江月台佛学社庚午冬季考试品行最优者惠存，以为纪念。一音。"

他自削发以来，对于当年雅称三绝之一的雕刻，很少制作，听说他在万寿岩时，为了智上人刻一颗"看松日到衣"五个隶字，刀法苍古，极为难得。

一公曾撰一联"愿尽未来，普代法界一切众生，备受大苦；誓舍身命，弘护南山四分律教，久往神州"给余。跋云："岁次癸酉正月二十一为灵峰蕅益大师涅槃日，迄二月十五日，讲《含注戒本》及《表记》初、二篇。三月九日迄四月初八日居万寿岩，讲《随机羯磨》。八月二十四日迄十月初三为律祖南山道宣圣师涅槃日，住大开元寺补讲都竟，敬发誓愿，以要心策志资成胜行焉耳。昙昉并书。[甲戌九月，以奉广义法师慧鉴。]"（方括号内为双行小字，补书于印章之上）

是年（民国二十五年，1936）在佛教养正院讲《十善业道经概要》。又教写字方法，须由篆字下手，每日至少要写五百个字，再学隶，入楷；楷成，学草。写字最要紧是章法，章法七分，书法三分，合成十分，然后可名学书。吴昌硕的字并不好，不过有几分章法而已。经云："是法非思量卜度之所能解。"书法亦尔。

二十八年师居普济山中，静修梵典，曾示我一函云："昙昕法师道鉴：惠书诵悉。承寄各件，悉收到，感谢无尽。书幅附奉上，行证拟从缓。不久时事或可平定也。仁者近来行持如何？时以为念。常阅《高僧传》否？诵经念佛日益精进否？仁者系出名门，幼受教育，应常自尊自重，冀为佛门龙象，以挽回衰颓之法运，扶持颠复之僧幢。蕅益大师寄彻因比丘书云：'吾望公甚高，勿自卑'等。又云：'所有不绝如线之一脉，仅寄足下。万万珍重爱护，养德充学，以克荷之。'余于仁者，亦云然矣。（《寒笳集》甚能警策身心，乞常阅之。）不宣。音启。"我拜读之后，不觉大汗淋漓，惭愧无比。

于大师致广义法师信中可看出，对他的期望有多么殷切！"愿尽未来……"一联，弘一法师曾书过多遍，今尚存世者至少就有三幅，书写格式各异，跋语行文亦略有出入，但基本内容一致。

就在这辛巳年三冬，泉州大开元寺结七念佛，弘一法师面对抗战这一国难，特为书写了"念佛不忘救国，救国必须念佛"的警语，以策励之，并作题记云：

佛者觉也。觉了真理，乃能誓舍身命，牺牲一切，勇猛精进，救护国家。是故救国必须念佛。

辛巳岁寒，大开元寺结七念佛

敬书呈奉

晚晴老人

弘一法师一心念佛，寻求觉悟，犹念念不忘以誓舍身命，牺牲一切，勇猛精进之精神，来救护国家，这是何等阔大之胸怀啊！

贫病交加　熬夜译经

1937年"八·一三"之后，上海居民的吃粮问题一天比一天严重起来。开明书店毁于炮火，不得不在福州路重建编辑所，夏丏尊的家亦只得逃难到孤岛上，住在霞飞路霞飞坊（今淮海路淮海坊）3号。天天上班，从霞飞坊到福州路还真不近，加上生活一天天贫困，肺病便一天天严重起来。夏丏尊的朋友同困孤岛，谁也不富裕，却有不知名的好心朋友为他订了牛奶，每天有半磅送到门上，总算还可保证基本的营养。当时链霉素刚刚发明还没有上市，还只是粉剂没有片剂，楼适夷设法从外地弄到少量，还得请药厂制成针剂，方能注射。而夏丏尊面对这样的时局，于1941年2月，长子采文又因肺病去世了，心情可谓一天不如一天。想到尚有寡媳带着三个孙辈住在白马湖上着中学，更是终日愁眉不展，深感"世相如梦，人生实难"。总之，夏丏尊的晚年，处于内忧外患的压抑苦闷之中。

就在如此体弱多病、经济拮据的情况下，夏丏尊想到了安排后事，还是首先考虑的是子孙，并不是他自己。他于1941年2月，写了一式三份的遗嘱，分别预留给长媳金秋云与长孙弘宁、次子龙文与小女满子。其中一份是这样写的：

写付长媳金秋云、长孙弘宁：

余先世小康，后虽中落，所承遗产有屋一间，商股数百元，时值可二千元计。及长子采文、次男龙文、长女吉子、次女满子次第成长，余追念先德以笔耕及薪脩所得，陆续为各储二千元，至成年婚嫁时分别付与。生计能自立者任其自立，不能自立则互相扶助。家人父子之间有无相通，宛如友朋，行之多年，无闲言焉。今者吉子、采文先后亡故，余亦渐就衰老，更经丧乱，资财事业耗损行尽。念来日生涯当益艰苦，儿辈容有纠纷，乃依俗例为立记，以征将来。余现在孙男女四人，各补给教育费千元。白马湖平屋永为吉子居舍，由居住者任祭扫修葺之事。余今尚以教译自活，所持养老之资无几，他日或有余或竟不足，置之勿论可耳。世相如梦，人生实难，古人有云：我躬不阅，遑恤我后，愿儿辈善自为之而已。

中华民国三十年二月

夏丏尊　时年五十有六

而由于时值战乱，通货膨胀，预留给孙辈每人一千元的教育费，几经不断贬值，到头来已几近一堆废纸了。结果就拿长孙弘宁来说吧，才只读了一年半的初中，就只得四处托人找工作做了。经夏丏尊四弟夏质均介绍，进上海泰来钱庄学生意，而这实非夏丏尊之所愿。他虽越来越穷，但还就是瞧不起有钱人暴发户，不愿让孙辈身上沾上了铜臭味，但迫于无奈，只得勉强同意。就在送长孙弘宁去钱庄学生意时，夏丏尊谆谆告诫弘宁说：钱庄里碰到的都是钞票，天天与钱打交道，要洁身自好，不要轧坏俦（音淘，伙伴、朋友之意），防止沾上铜臭味。

1943 年，夏丏尊参与了上海佛教界发起的编译《大藏经》的工作。《大藏经》是重要佛学著作之一，释迦牟尼逝世后，弟子多次编集遗经，把释氏成佛后四十九年中所传授的戒、定、慧，集结成为三藏教典。中国佛教界编纂《大藏经》始于梁武帝天监四年（515），后人以此为蓝本，不断补充、修订、重译，历代共编纂刻过二十多次，所以也就是二十多个刻本，可谓版本繁多而译出多门，但《南传大藏经》始终没有一个完整的译本。于是当时由盛幼盦居士出资，由兴慈、应慈、圆瑛等法师，以及夏丏尊、赵朴初、黄幼希等居士，共同组成《南传大藏经》翻译委员会，组织人选，来合力翻译。具体翻译任务，夏丏尊担任的是《本生经》的一部分。所据底本是东方学家浮斯培奥尔的校订本。《本生经》共有故事 546 则。地下党员楼适夷当然是无神论者，但经夏丏尊的动员与说服，强调《本生经》的文学价值，终于同意与夏丏尊共同合译。经过多人的通力合作，至 1944 年已出版了单行本五种八十二册，终于使这部重要佛教典籍得以在中国流通，经版至尽还保存在南京金陵刻经处。

翻译《南传大藏经》刊印会设在法藏寺，它是上海四大丛林之一，也是上海惟一的天台宗道场。法藏寺历史并不悠久，1923 年方建成。寺内藏经楼藏有明刻《南藏》、清刻《龙藏》、日本《续藏》等，至为丰富。法藏寺曾办过法藏学院、法云即经会等。为译经事，夏丏尊曾多次去法藏寺。可惜由于资金不足，夏丏尊生前只印行了二册，尚有七册都已译完而未能出版，还有三种未能译完夏丏尊就去世了，在他身后由钟子岩先生为之续成。钟子岩在《献给夏老师在天之灵》一文中回忆当时译经事这样写道：

两年以前我在上海从你译经，你亲口告诉我你已经把酒戒绝，我又眼见你带着两三个馒头从霞飞路寓所跑到福州路开明去办公，那两三个馒头就是你的午餐。我又眼见你晚上戴起了老花眼镜，伏在案上译经，你说老了，不中用了，工作时非常吃力。我离开上海之后，你常来信说，因为物价高涨，债台高筑，恐怕无法度日了。我也在极度贫困之中，一筹莫展，对你始终不能略尽绵力……受尽了八年的乱离之苦，胜利终于到来了……你也高兴极了，只可惜身被病魔所缠，所以回信中有"胜利到来而为病魔所缠，读杜老'身欲奋飞病在床'之句，为之叹惋"等语……上月初旬才到上海，心里原想和你畅谈一下，谁知跑来看你时，你已病得很厉害了。因为恐怕妨害了你的病体，始终不敢和你谈天。而你却勉强振起了精神对我说："你来得太迟了，我不能陪你进会（指《大藏经》刊印会）去了。"

抗战胜利前的两三年，夏丏尊的健康情况每况愈下，经济收入又雪上加霜，弄得他几乎活不下去。一度次子龙文亦不在身边，在给龙文的信中曾这样说："沪寓开支较大，薪水所入不够半数，现已戒酒，又得翻译佛经，夜间工作至十二时就寝，预计如此苦干，当能过去。……"如此的艰辛，倒还总算被他一直熬到了抗战胜利，但胜利了又怎样呢？

法师与安人医生、有纪学生

　　弘一法师住在福林寺时，曾与杜培林（字安人）医生邂逅。杜医生是晋江檀林乡人，毕业于某医科学校，医术精湛，学术丰富，是个基督徒。在檀林乡行医多年，是位远近闻名的名医。福林寺就座落在晋江市檀林乡（又名荓林）的东南隅。该寺始建于何时已不详，现存殿宇为清同治五年（1866）重修。弘一法师1941年时曾来过福林寺两次，就在那时结识了杜安人医生。法师在该寺完成了三部佛学著述：《律钞宗要随讲别录》、《事钞略科》及《随分自誓受菩萨戒文析疑》。在该寺还曾以《印光法师之盛德》为题作过讲演。还为专门撰嵌字联云："胜福无边，岂惟人天福；檀林建立，是为功德林。"为该寺的清凉园撰门联云："福德因缘，一一殊胜；林园花木，欣欣向荣。"当时晋江沿海渔村经常遭到日寇军舰的炮击，为此泉州开元寺住持十分担忧，怕弘一法师不安全，所以特派传贯法师带着一束红菊花来慰问弘一法师。法师大受感动，特为传贯法师写了一则五言偈："亭亭菊一枝，高标矗晚节。云何色殷红？殉教应流血。"偈前还写有小序云："辛巳初冬，积阴凝寒，贯师赠与红菊一枝，为说此偈。"由此小事，亦可看出弘一法师持志之不凡。

　　杜医生在檀林乡开一诊所，即命名为安人诊疗所。病人虽交口夸赞他的医道高明，但更多的穷人得了病却看不起病，因为他所收医疗费十分昂贵。杜医生虽信基督，但十分仰慕弘一法师，曾专程去拜会法师。一见之后，果然还深被法师的为人与精神所感动。此时战乱，药品等等自然更加昂贵。弘一法师闻其言，即将自己留着备用的珍贵药品共十四种，全都赠送给了杜医生，并劝他用以普施贫民，还特地做了一副藏头联，写了送给他。联云：

> 安宁万邦，正需良药；
> 人我一相，乃谓大慈。

杜医生得此厚赠之后，自然更为感动。回去后，写信弘一法师说：

弘一法师：

记得去年中秋，我曾因仰慕心的冲动，一度专诚拜谒。那时候虽然是简短的谈话，但是我所领教得来的却句句是金科玉律，句句是立身的座右铭。至今深刻在脑海中的，还是无限的愉快欣慰。我以后数度想要再去受训，只恐未便打扰。所以虽有近在咫尺的机会，毕竟是天涯一般的遥远，抱憾之至。

昨承惠赐良药十四种件，接受之余，万分惭愧。因为在公医制度尚未实行的社会里，所谓医生者，充其量亦不过是一种靠技术换生活，与其他职业无异——为工作而生活，为生活而工作。这种自私自利的心理，还谈得上甚么"本我婆心，登彼寿域"，或甚么"济世为怀"这类虚伪或广告式的言词吗？不过由于领受这次的恩赐以后，我希望良心会驱使我，把我既往的卑鄙、从前的罪恶，在可能范围内，尽量地改革过来，效法师"慈悲众生"的婆心，真正地把"关怀民瘼"的精神培植起业。借符法师去年为我题赠"不为自己求安乐，但愿众生得离苦"之箴言。那么，我所受惠的，其于精神方面的价值，将较胜于物质的百万倍矣。我该用最诚恳的谢忱来结束这张信。

敬颂

康健

檀林杜安人诊疗所杜培材谨呈

卅一年三月十七日

由信的内容来推断，杜医生可能是留过洋的，至少对公医制度有所了解。既信基督，已具一定的善良心，又被弘一法师佛教的身教与言传所打动。不久，弘一法师将离福林寺他去，杜医生又写了封信给法师以示惜别，还撰写了一首赞词来歌颂法师的学养与道德。信云：

弘一法师钧鉴：

自法驾莅檀（即檀林乡），倏将一载。材获自机缘拜谒，不胜欣幸之至。材虽身奉教，然生平受感最深者仅有两次。第一次医学毕业时代，吾师以外国箴言相勖勉。其原词如下：

I shall pass through this world but once, any good or kindness that I can show to any human being, let me do it, let me not defer or neglect it, for I shall not pass this way again. (我只能经历一次人生，让我把全部善良和仁慈献给人类。我毫不迟疑，绝不忽视，因为我不可能再经历一次人生。)

闻友人云：法师通英文，故敢直陈，勿怪是荷。此次法师亦以轻小我重大我之人生观相示，使材知世之宗教仅可视为一规模之团体，而其最高尚标的，不外为共同之美德，如博爱、平等、慈悲等是也。

法师之高尚，曾留居此穷乡僻壤之福林寺。此种富有历史意义之胜地，材拟题匾额一方，借以表扬法师之伟大于万一，亦所以作永久之纪念也。惜材之学疏废，汉文苦无根底，故一时碍难办到，应请谅宥。惟大意如下：

"法师弘一，一代高僧。文章道德，博古通今。环肥燕瘦，书法尤精。荣华富贵，独享无心。空门修行，寒暑屡更。为民度苦，埋头著经。牺牲自我，慈念众生。循循善诱，救世明星。我奉耶教，受感同深。福林一叙，欣常良箴。念兹胜地，发扬嘉音。览游斯寺，必信必欣。超凡入圣，法寿隆亨。"

以上词句，未能表扬法师之伟大。惟于世道人心，冀能有所裨益。材拟请友人斧正，然后付刻耳。

法驾不日他锡，最好传贯师护送，以便沿途及抵地时之照料。至于老师尊恙，虽未克一进康复，然不足为虑也。别离在即，材因英墩事务，恐未克躬送，罪甚。所望不久，法驾再临斯寺，亦附近千万"罪"民所恳切企求者也。肃此奉陈，敬颂

法安

鄙人杜培材敬上

卅一年四月三日

由上引杜医生两信不难看出，一位基督徒文化人，能如此敬仰弘一

法师，法师所拥有的威慑力之感人，是一般力量所难以企及的。杜医生对法师的恭敬也实在不同凡响。他没有食言，后来改定的颂辞，果然刻了一匾，即悬挂于福林寺内弘一法师故居楼上走廊的东边，匾黑漆金字，辞句与初稿几乎全异，亦足证他请友人斧正之诚心，及对法师敬仰之虔诚。改定稿凡十三句，句句入韵，似柏梁体。全文如下：

福林寺纪念

当代高僧，读遍佛经，书法尤精，

贪念不萌，寒暑再更，道岸得登，

与人何争，救世福星，幸观仪型，

时见墙羹，难再同舟，想望葵倾，

不灭不生。

杜安人敬立　壬午年蒲节

将两篇几乎全异的初稿与写稿并读，亦颇有兴味，初稿倒似更多天趣与更富真情实感。写稿中"墙羹"一词亦作"羹墙"，意为深致思慕。《后汉书·李固传》："昔尧殂之后，舜仰慕三年，坐则见尧于墙，食则睹尧于羹。"典即出此。

二月下旬，弘一法师应旧时的门生石有纪之请，到灵瑞山去讲经。石有纪当时任惠县县长，法师与他有约，以君子之交其淡如水为原则，约定不迎不送，不请斋，过县城不停留，迳赴灵瑞山等条件。石有纪都一一答应了。法师才去。灵瑞山寺位于距惠安县五公里之灵瑞山山腰处。五代梁乾化二年（912）僧景犀始建，初名广福寺。北京治平中（1064—1067）

改名圆常寺。南宋时以山名名寺。明代惠安名士张岳读书处就在此寺中，张岳举入行科后，寺名遂大振。为惠邑重阳登高最佳去处。此次登灵瑞山，已是第二次。1935 年 11 月间，弘一法师就应寺僧妙拔法师之请，莅寺讲经弘法并受徒。此次来灵瑞山，则由惠安佛教会会长觉圆法师陪同，再次讲经说法，在山上整整住了一个月。在此期间，门人石有纪曾三次上山奉谒，备极礼敬，并作诗二首呈法师。石有纪关于此事，曾用剑痕笔名写过《弘一法师》一文，文中关于这次上山的前前后后这一段是这样写的：

廿八年夏天，他（弘一法师）从泉州赴永春桃源寺习静。两三年来，我既栗碌风尘，东奔西走，他亦经钵飘零，行踪靡定，仅岁时佳节，偶通音问而已。去冬重到泉州，即闻法师挂锡铜佛寺，因驻身拜谒，一进大门，觉圆法师（铜佛寺住持）向我拱拱手说："老法师偶然看报，知道你来惠安，非常欢喜，原说今天要写信去的，现在他出门去了，大半午后可以归来。"我即和他约定下午三点钟再来。久别重逢，说不尽的愉快，可是法师的容颜，较前衰老得多了，我心里这样想只不敢说出口来。他告诉我，明后日即拟还驻石狮檀林寺。我听不清楚，拿着笔写，他用着我的自来水笔，在我的日记本上写了"檀林"二字，手有些发抖。我看他眼力有些差，因问道："近来目力可好？"他回说："还好，平常人五十岁的眼力身体呢，也着实可以，还能走三十里路。"他虽然如此说，我总有些为他的健康不放心似的。我请他到惠安来住些时，以便朝夕领教，他答应开春以后，天气暖一点再说。后来，我又托曾词源先生专程赴石狮迎迓，他回信说，过了二月二十日（阴历），天气放晴，即便动身，末附数条云："一、君子之交，其淡如水。二、不迎不送，不请斋。三、过城时不停留，迳赴灵瑞山。"我当然是尊重老人家的意旨的。

在惠安一个多月，我一共上山去三次，他进城来一次。我带我妻和我的女孩子去见他，他很欢喜。我们曾经拍过一张照。他劝过我茹素念佛，他昭示我做人应该"存诚"，做官不可"嗜杀"，他评改过我的诗，他指点过我的字。我觉得他是多才多艺，和蔼慈悲，克己谦恭，庄严肃穆，整洁宁静。他是人间的才子，现在的弥陀。他虽然避世绝俗，而无处不近人情。汪煌辉前辈对我说："弘一法师毕竟由儒入佛，不比一般和尚。"

五月十一日的早晨，他从灵瑞山下来，在曾词源先生家里，吃过了斋，动身返泉州去，我送他坐上黄包车。到现在，我的脑海里还深深印着他老人家在车上的后影。

石有纪还以《参谒弘一法师》为题，作有七律两首，并作有小序云：

壬午生辰，适值礼拜。与汪澄之、康元为、曾词源、卢清苑、黄恩诸君，同上灵瑞山参谒弘一法师。师以"胜缘巧合"，书"无量寿佛"一幅见遗，受宠若惊，慨然有感。冒雨下山，衣履尽湿。是晚内人为治薄馔，邀诸同事欢饮。纪也千里飘零，一官靴系，茫茫身世，百感交并。忆母怀人，尤增痛楚。率成二律，不知是墨是泪也。石有纪未是草。

诗二首云：

三十八年转瞬过，学书学剑悔蹉跎。

离家已近三千里，别母于今两载多。

无补时艰空许国，欲酬壮志且横戈。

年年此多伤怀甚，酒尽灯残一曲歌。

三春风雨怅凄其，稽首灵山拜老师。

如此胜缘如此巧，一番参叩一番遗。

当年名士今朝佛，满腹牢骚两首诗。

最是满堂哄笑夜，挑灯独坐意如痴。

诗意真切。无真切之感慨，决写不出感人之诗句。弘一法师为书"无量寿佛"字幅，亦是证师生情谊之真切。结合前引《怀弘一法师》之文一并研读，更可由此平淡的师生情谊中，悟到君子之交的真谛。石有纪也是浙江一师时的学生，却走上了为官的道路，当然还不是什么大官，所以法师并未以官视之。但仍频频教他要做好官，要戒杀。学生受教后的态度亦然，还是那样真切，所以这不仅像作者所说的不知是墨是泪，还真不知是痛是乐啊！

遗书诀别

1942年10月31日，星期六，夏丏尊一如既往按惯例挤车到福州路开明书店编译所去上班。刚坐下，管庶务的余先生笑嘻嘻地交给他一封信，说弘一法师又来挂号信了。弘一法师与开明书店大有缘，寄给夏丏尊信，多迳寄开明书店，所以开明上上下下的同仁们都知道法师。在夏丏尊左右上班的人，更是得天独厚，因为仰慕与敬爱法师，尤其法书，宛似亲见其人，心头顿生静适，眼目为之一亮，所以夏丏尊拆书读毕后，几乎全办公室的人都要传观一遍。笔者之家父王伯祥自然是其中之一。这次的信封又是厚厚的一叠，以为又是附来不少结缘的书法作品。谁知信的正文第一句即是"朽人已于九月初四日迁化"，不免为之一惊。信明明是法师的亲笔，他本人又怎能来写自己何月何日去世呢？！再仔细看，"九""初四"三个字不是法师的笔迹，而且是用朱笔后填上去的。这说明，信是亲笔，而确切的迁化日期当然难以预测，是嘱咐身边其他法师在迁化后填写进去的。本来么，弘一法师从来不跟夏丏尊开玩笑，要闭关就直说闭关，说不让人与他通信亦然，就直说请别写信，怎么会自报迁化作挡驾的手段呢？屈指一算，九月初四是阳历的10月13日，而接信时已是10月31日，为何此信走得如此慢呢！明明本星期一还刚接到弘一法师阳历10月1日发的信，

馬蘭居士文席 書人己於 九月 初四日

邇化曾賦二偈附錄於後

君子之交 其淡如水 執象而求 咫尺千里

問余何適 廓尔亡言 華枝春滿 天心月圓

謹達 不宣 音啓

二月一兩記月日傅依農辰曆 又白

不是说双十节后要闭关，一切还都好好的吗?！惊呆了良久的夏丏尊，脸色也有些变白了。有位同事把信封中尚未抽出的另一附件一看，原来是大开元寺性常法师的信。信上更明确地写着，弘一老人已于九月初四下午八时生西，遗书是由他代寄的。首先读性常信的那位便大叫道："弘一法师圆寂了！"此时夏丏尊不禁潸然泪下。原来弘一法师在得重病前，特地预写好两封遗书，头一封即是写给夏丏尊的，第二封则写给入室弟子刘质平的。这两封遗书的内容与格式完全一样。正文（包括上款）只占八行笺的五行，第六行是"又白"，七行下侧钤"弘一年六十以后所作"白文印。遗书全文如下：

丏尊居士文席：

　　朽人已于九月初四日迁化。曾赋二偈，附录于后。

　　君子之交，其淡如水。

　　执象而求，咫尺千里。

　　问余何适，廓尔亡言。

　　华枝春满，天心月圆。

　　谨达不宣

音启

　　前所记月日系依农历　　又白

　　夏丏尊失去这样一位至情至性的挚友，真是万感交迸，正如弘一法师自己绝笔所写的那四个字——悲欣交集，所以夏丏尊力遵法师遗意，悲痛之外，亦有为法师生西极乐的欣的一面。他当即作书致远在内地四川的亲家翁叶圣陶，略云：

卧病只三日，吉祥而逝。即于九月十日茶毗。春秋六十三，僧腊二十四。此老为法界龙象，而与弟尤有缘，今闻噩耗，顿觉失所依傍，既怅惘又惭愧，至于感伤则丝毫无之。遗书为渠最后之纪念品，偈颂俊逸，俨然六朝以前文字。

叶圣陶在得知消息后，在日记中记道：

余极赏其末二语，描写死之境界，殆可前无古人。然亦惟艺术家而宗教家之弘一法师，始能作是想，有是言也。

不久，夏丏尊即撰《弘一法师的遗书》一文。在全文引录大师遗书冠于文章之首后，写道：

十月三十一日星期六上午，依例到开明书店去办事。才坐下，管庶务的余先生笑嘻嘻地交给我一封信，说"弘一法师又有挂号信来了"。师与开明书店向有缘，他给我的信，差不多封封同人公看。遇到有结缘的字寄来，最先得到的也就是开明同人。所以他有信给我，不但我欢喜，大家也欢喜的。

信是相当厚的一封，正信以外还有附件。我抽出一纸来看，读到"朽人已于九月初四日迁化"云云，为之大惊大怪。惊的是噩耗来得突然，本星期一曾接到过他阳历十月一日发的信，告诉我双十节后要闭关著作，不能通信，且附了佛号和去秋九月所摄的照片来，好好地怎么就会"迁化"。

338

怪的是"迁化"的消息怎么会由"迁化"者自己报道。既而我又自己解释，他的圆寂谣言在报上差不多每年有一次的，"海外东坡"在他是寻常之事。这次也许因为要闭关，怕有人再去扰他，所以自报"迁化"的吧。信上"九""初四"三字用红笔写，似乎不是他的亲笔，是另外一个人填上去的。算起来农历九月初四恰是双十节后三日，也许就在这日闭关吧。我捧着一张信纸呆了许久，竟忘了这封信中还有附件。

大概同人见我脸色有异了。有人过来把信封中的附件抽出来看，大叫说"弘一法师圆寂了"。这才提醒了我，急急去看附件。见一张是大开元寺性常法师的信，说弘一老人已于九月初四日下午八时生西，遗书是由他代寄的。还有一张是剪下的泉州当地报纸，其中关于弘一法师的示疾临终经过有详细的长篇记载，连这封遗书也抄登上面。证据摆在眼前，无法再加否认，唉，方外挚友弘一法师真已迁化，这封信是来与我诀别的，真是遗书了，不禁万感交进，为之泫然。

据报上记载：师于旧历八月廿三日感到不适，连日写字，把人家托写的书件了讫；至廿七日已不进食物。廿八日下午还写遗嘱与妙莲法师，以临命终时的事相托；至九月一日上午还替黄居士写纪念册二种，下午又写"悲欣交集"四字与妙莲法师；直到初二才不再执笔；算起来不写字的日子只有初三初四两天。这封遗书似乎是卧病以前早写好在那里的，笔势挺拔，偈语隽美，印章打得位置适当，一切决不像病中所能做到。前一封信是阳历十月一日发来的，和阴历对照起来，那日是八月廿二，恰好是他感到不适的前一天。信中所说，如"将于双十节后闭关"，"以后于尊处亦未能通信"，且特地把一张照片寄赠，谆谆嘱咐后和诸善知识亲近，从现在看来，已俨然对我作了暗示了。预知时至，这两封信都可作为铁证，不过后一封是取着遗书的形式罢了。

师的要在逝世时写遗书给我，是十多年前早有成约的。当白马湖山房落成之初，他独自住在其中，一切由我招呼。有一天我和他戏谈，问他说："万一你有不讳，临终咧，入龛咧，荼毗咧，我是全外行，怎么办？"他笑说："我已写好了一封遗书在这里，到必要时会交给你。如果你在别地，我会嘱你家里发电报叫你回来。你看了遗书，一切照办就是了。"后来他离开白马湖云游四方，那封早已写好的遗书一定会带在身边，不知今犹在否。猜想起来，其内容当与这次妙莲法师所得到的差不多吧。同是遗书，我未曾得到那封，却得到了这样的一封，足见万事全是个缘。

这封信不但在我个人是一个珍贵的纪念品，在佛教史上也是非常重要的文献，值得郑重保存的。

本文方写好，友人某君以三十年二月澳门觉音社所出《弘一法师六十纪念专刊》见示，在李芳远先生所作送别晚晴老人一文中，有这样一段："去秋赠余偈云，'问余何适，廓尔亡言，华枝春满，天心月圆'，下署晚晴老人遗偈。"如此则遗书中第二偈是师早已撰就，预备用以作谢世之辞的了。又记。

作于 1942 年 10 月

夏丏尊在写此文时，虽亦追忆到拆读这封遗书时的激动与悲恸，但早已将一己之心态调整到十分平和淡泊的境地之中。而他对弘一法师的敬重之心，却更上了一层楼。的确，弘一法师是佛教史上的重要人物，岂仅是中国的，更应属世界的。所以说这遗书是"在佛教史上也是非常重要的文献"，一点也不过分的。

坚贞不屈

　　1943 年，当弘一法师示寂一周年的时候，为出版《弘一法师永怀录》，夏丏尊为写序文云：

　　弘一大师示寂之周年，上海纪念会同人搜辑各方记述懿行及哀诔之作，编为一集，以寄追怀，名曰《弘一法师永怀录》。师之芳轨盛德，于此可见梗概焉。四方多难，邮书阻梗，兵燹以后，旧刊荡然。兹之所收，容有未尽，搜遗补阙，期诸方来。综师一生，为翩翩之佳公子，为激昂之志士，为多才之艺人，为严肃之教育者，为戒律精严之头陀，而卒以倾心西极，吉祥善逝。其行迹如真而幻，不可提摸，殆所谓游戏人间，为一大事因缘而出世者。现种种身，以种种方便而作佛事，生平不畜徒众，而摄受之范围甚广。集中作者不尽为佛徒，其所仰慕者，或为师之气宇，或为师之才艺，或为师之德行。其与师之关系，或为故旧，或为师弟，或则竟无一面之缘，徒以景仰师之高风亮节致其私淑之忱于不自知者。凡所论述，皆各抒所感，伸其敬慕，不必悉合佛法，亦不必一一以寻常佛法绳之。一月当空，千潭齐印，澄清定荡，各应其机。读斯编者作如是观可也。癸未九月，夏丏尊序。

序文虽短，言简意赅。把李叔同到弘一法师的判若二人的经历，从多才多艺的儒生到潜心持戒苦行后半生为高僧，直至吉祥涅槃的过程，全都有所交代。又从世人如何看待他的种种角度，亦一一有所阐述。道来心平气和，安详得体，自非有如此精深而平淡之交情者莫能言宣。

就在弘一法师声学示寂一年刚过不久，亦即写这篇序文后不久，1943年12月15日凌晨五点不到，一帮日本宪兵摸黑闯入霞飞坊3号夏丏尊寓所，悄悄地将夏丏尊逮捕。

夏丏尊临行时对夏师母说："向章老板说一声。"不知日本宪兵中有懂中文的，还是其中就杂有汉奸，一听此话，马上追头问："章老板是谁？"并当即逼夏丏尊派家人陪同去找章锡琛。章家在霞飞坊35号一楼，笔者当时就住在二楼，年方八岁，虽在睡梦中未被惊醒，但事后知道，当时章伯伯（锡琛先生比家父大一岁，从小就一直叫章伯伯）从热被窝中拉出，时值隆冬，他是穿两双袜子的。结果第一只脚上已穿了三只袜，第二只脚的另一只袜当然找不到了……由此可见他临事之一时的懵懂，但仍相当镇静。或许正利用穿错袜，抓紧时间在思考对策。夏丏尊、章锡琛二人被逮走后，夏、章两家还留有宪兵看守，家人不得自由行动。我们兄弟出门上学本多穿越一楼客堂，而这些天都只能从后门出入了。

夏、章二先生在宪兵部本部被关押时，都表现出民族正义的大节，十天中就被"审"了五次。他们知道夏丏尊是留日的，章锡琛亦通日文，使用日语与他们会话，但他俩都不用日语回答，受到逼迫时，仍从容地说："我是中国人，我说中国话，你们有翻译人员，翻译就是了。"在凛然正气面前，日寇也无奈了。日寇问章锡琛：是不是主张抗日？章锡琛当即回答：

342

"这先得问你们的行为是不是侵略，谁都主张抗你们！"日寇被反问得目瞪口呆，也实在理屈词穷了。

关押期间，给他俩吃的是的掺了大量的砂石的饭，章锡琛高度近视，只得把手绢铺在地上，人也趴在地上，饭倒在手绢上，眼镜几乎贴在地上仔细的挑拣了石子才能勉强吃。夏丏尊只是看着这没法下咽的石子饭发呆。章锡琛便问夏丏尊为什么不吃？夏回答说："尽是砂石，吃了死，不如饿死。"章没再接其茬，只是默默地将已拣去砂石的饭递到夏丏尊手里，轻轻地对他说："肚子要填饱，还有重任在身，必要时得向内地转移，这条命不能自由支配。"夏丏尊被章锡琛短短的三言两语所感动，又将章锡琛已拣"干净"的饭轻轻地推还给章，说："我自己会拣，我眼睛比你好，你鼻子都粘着饭粒，看你趴在地板上，像什么，使人哭笑不得。"

夏、章二先生在狱十天，却受尽威逼与利诱，但他俩始终不卑不屈。经过内山完造的多方奔走，终于营救出狱。

出狱后，夏丏尊曾向友人于在春说：打算写一篇记叙蒙难经过的文章，不详叙始末，但只描写几个在那里接触到的人物，包括难友、日本宪兵和翻译之流。可能是忙于其它事，也许因为蹲了十天监狱，病体更加虚弱，这篇文章始终没有写成。

夏、章二人出狱后，对郑振铎等人都说过："经过十多天非人生活后，简直什么苦都可以吃得消。粗茶淡饭的生涯，不啻是人间天堂。"

章锡琛出狱后，作了三首律诗，既记载了狱中非人生活之实情，又重申了威武不屈的精神，诗云：

其　一

日食三餐不费钱，七时早起十时眠。

一瓯香饭拣石子，半钵新茶泼雨前。

汤泡琼波红艳艳，盐霏玉屑碧芊芊。

煤荒米歉何须急，如入桃源别有天。

其　二

一日几回频点呼，喵凄尼散哈栖枯。

低眉敷座菩提相，伸手抢羹饿鬼图。

运动憧憧灯走马，睡眠簇簇罐藏鱼。

剑光落处山君震，虎子兼差摄唾壶

其　三

执戈无力效前驱，报国空文触网罗。

要为乾坤扶正气，枉将口舌折侏儒。

囚龙筴凤只常事，屠狗卖浆有丈夫。

惭愧平生沟壑志，南冠亏上白头颅。

　　由诗中即可略知夏、章二人在狱中之一斑。尤其这第三首，两位在日本宪兵威逼下的高大形象，已充分表现了出来。章锡琛是笔者家父的亲家翁，他曾将这第三首写给家父，并且是与夏丏尊写的长沙小诗之一在同一幅纸上，都是笔者从小就仰观并熟读的。老一辈这种正气凛然的大节，一直在教导着我，指引着我。写至此，儿时的一幕幕依稀跃动眼前，好像又见到了夏、章二公的高大形象。

友谊长青

夏丏尊与日本友人内山完造的多年友谊，也是至为深切而笃厚的。上节已说到内山完造为了营救夏丏尊与章锡琛出狱而多方奔波，已表现出他们情谊之不同凡响。

内山完造于 1913 年来到中国上海，当时他已二十八岁。1916 年与井上美喜子结婚，两人在北四川路山阴路口开设了一爿书店，即名内山书店，为中日人民间的友好与文化交流，着实做了不少有益的工作。弘一法师手书佛经等，为了与日本佛教界广结善缘，就是通过内山书店，转运日本的。内山不仅营救了夏、章二人出狱，不少革命志士也都是通过他设法营救出来的。夏丏尊当年住虹口狄思威路（今溧阳路），离内山书店很近，所以常到书店去走走，除购书外，有时则纯粹是会友，坐下闲聊聊，喝喝茶，所以与内山夫妇都很熟，成了很亲密的朋友。

太平洋战争爆发后，上海进一步沦为孤岛。夏丏尊积极参与各种抗日文化活动，内山完造是完全支持的。他同情中国人民遭受日本军国主义的侵略。

1944 年底，内山夫人美喜子得了重病，夏丏尊还专程前去探望。不幸到次年，1945 年的 1 月，美喜子就去世了。内山先生特地派书店总管王宝良，到霞飞坊 3 号夏先生家通报噩耗。由于内山夫妇与中国人民的深厚情结，决定遗骨不葬回日本去，就葬在他们生活了半辈子的上海的万国公墓。将来内山逝世后，亦决定合葬于此。内山完造敦请夏丐尊为他俩写墓志铭，夏丐尊写道：

以书肆为津梁

期文化之交至

生为中华友

殁作华中土

吁嗟乎

如此夫妇

大理石墓碑刻成一本打开的书，这六行简明朴素的墓志铭就分刻在两页上。即表明了他俩以贩书为行业，从事中日间文化交流的活动；又表达了他俩与中国人民不可分割的深厚情结。文是夏丐尊的文，字是夏丐尊的字，稔知者一看便明白，所以夏丐尊没有落款，也没有写年月。其中自然也有原因，当时上海是沦陷区，在日寇的统治之下，当然还是以不落款为宜，干脆年月日也不写。

1946 年 4 月，夏丐尊病情转重，在去世前四五天，内山完造特地从当时的日侨集中居留地得到允许，赶到霞飞坊 3 号来看望夏丐尊。因为当地抗战已胜利，日寇已无条件投降，所以把上海的日侨集中了起来，等候遣送回国，一般是不允许离开集中居留地的。内山完造还带了名翻译，其实他与夏丐尊对话是用不着翻译的，或许一路上遇到检查与乘车时有用吧。

在进三号门时是先由翻译来通报的。当时正好小女婿叶至善在病榻上陪伴岳父，听说内山先生来，便迎了出去。此时也没有人搀扶，夏丏尊得闻内山看他，竟独自奋力坐了起来。内山则毕恭毕敬坐在床边的椅子上。两人流利地用日语对答，那翻译根本插不上嘴，只能坐在远处方桌边听他俩说。因内山来，夏丏尊特别兴奋，话语如连珠般涌出，真有必须倾吐一切似的，只是语音已不如以前清楚了。内山多为一声一声地应着，频频点着头，竟很少插话，好像很难插上话似的。谈了约半小时，直到临辞别，才站起来向夏丏尊说了几句，嘱咐保重什么的。

送客时叶至善特地问翻译，夏丏尊说得那么多，究竟说了些什么？得到的回答是却是："前言不搭后语，听不懂说了些什么。"这翻译或许倒真的满"忠诚"，难道内山频频点头也是在含糊其辞，没听懂什么吗？

等女婿回到病床边，夏丏尊早已又自行躺下，只见他闭着眼睛，连连地喘着气——他实在太累了。

4月23日夜间，夏丏尊与世长辞，25日在上海殡仪馆入殓，内山完造又特地请了假赶来吊唁。对着长眠的夏丏尊先生，他注视了良久，然后低下头，嘴角微微有些颤动，好像默默叨念着什么。站了好几分钟后，才又默默地退下。这是一直守在灵前的叶圣陶看在眼里，记在心头。当天在日记里，叶圣陶记道："内山完造沉默致哀，亦可感动。"

建国以后，内山完造仍热衷于日中友好事业，多次访华。1959年5月，他又以中日友协负责人的身份，再度访华，因心脏病突发，在北京逝世。上海对外文化协会按照他生前遗愿，将他的骨灰与夫人合葬在上海万国公墓。

如今墓木已拱，而夏丏尊为他俩题写墓志铭的坟墓依然完好，并不时有人前来瞻仰。

山阴路内山书店旧址虽已被工商银行山阴路储蓄所占用，但 1980 年 8 月 26 日上海市人民政府正式公布为上海市纪念地。1998 年 10 月上海虹口区文化局在内山书局原址门前，立了块石碑，文字极简，仅"内山书店1917—1945"几个字，并腾出二楼来，辟为纪念室，陈列着内山完造与鲁迅、郭沫若、夏丏尊等友好生前与他交往的史迹与照片等。

书店虽小，现在的纪念室更是不大，但它却是中日友好史上文化交流的一个永恒纪念。内山完造夫妇这一对中日友好的使者，不仅毕生从事日中友好事业，还把遗骨埋在中国上海，这真是一种伟大的国际主义精神。愿中日两国人民间伟大的友谊长青。

胜利，到底啥人胜利

漫长的抗战八年，终于熬过来了，总算以全面的胜利、日本无条件投降，结束了这场灾难。

夏丏尊在漫长的八年中基本上没离开过上海，天天都在盼着胜利的早日到来。而一旦胜利来了，展现在夏丏尊面前的，又是什么样的"胜利"呢？一直高官厚禄躲在内地的政府官员们，此时摇身一变，成了胜利后的接收大员，还到处耀武扬威，动不动还一拍胸脯："老子抗战八年……"而一直在日寇铁蹄下的沦陷区老百姓，又得到了些什么呢？上海市面上到处充斥着美国货，从什么玻璃牙刷到剩余军用物资，几乎挤掉了一切国货。美国宪兵喝醉了酒，搂着女人，开着吉普，到处横冲直撞，而国民党官员们还跟在他们屁股后头也大肆胡作非为起来……

凡是有正义感的中国人看到上述这一切，无不恨之入骨。家父王伯祥听到满耳的"Victory"声，感慨良深地将它音译兼意译为"维刻多累"，这大概正反映出以上海为代表的沦陷区百姓的心声。

夏丏尊见到这种所谓的胜利，一团欢心遭到深深的摧残，心情一下子由极度兴奋，跌落到失望的深渊，整天长吁短叹。在写给丰子恺的信中说："物价高昂不已……舍下五人每月开销需三百元以上，薪水本来无几，凑以版税，不足则借贷支撑。浙东不通如故，欲归不得，在上海也恐活不下了，只好不去想他，得过且过再说矣。……"得过且过是直逼处此的不得已而为之，这"只好不去想他"能做得到吗？根本不可能。此时夏丏尊的心情可谓坏透了。悲观、失望，时时刻刻笼罩着他。

1946 年初，夏丏尊那时已基本卧病，由于老友兼亲翁叶圣陶及小女满子等由内地特乘坐木船东归抵达上海，而给他带来了莫大的欣慰。八年乱离，一旦聚首，能不兴奋吗！此时《中学生》杂志又在上海复刊了。夏丏尊抱病写了《寄意》一文，发表在《中学生》复刊一月号上，全文如下：

我是《中学生》创办人之一，从创刊号至七十六期止，始终主持着编辑等社务。所以在我，本志好比一个亲自生育、亲手养大的儿女。

一九三七年"八·一三"战事起后不多日，在校印中的本志七十七期随同上海梧州路开明书店总厂化为灰烬。嗣后社中同人流离星散，本志也就在上海失去了踪影。

两年以后，我在上海闻知开明同人已在内地取得联络，获得据点，本志也由原编辑人叶圣陶先生主持复刊了。消息很使我快慰，好比闻知战乱中失散的儿女在他乡无恙一般。——实际上，我真有一个女儿随叶圣陶先生一家辗转流亡到了内地的。从此以后，遇到从内地来的人，就打听杂志在内地的情形。两地相隔遥远，邮信或断或续，印刷品寄递尤不容易。偶然从来信中得到剪寄的本志文字一二篇，就同远人的照片一样，形影虽然模糊，也值得珍重相看。

直到胜利到来，才见到整册的复刊本志若干期。嗣后逐期将在上海重印出版。上海不见本志，已有八个多年头，一般在上海的老读者见了不知将怎样高兴。

　　我曾为本志写过许多稿子。可是在内地复刊以后，因为邮递不便，和个人生活不安、心情苦闷等种种原因，效力之处很少。记得只寄过一篇译稿。我的名字已和读者生疏了。从今以后，愿继续为本志执笔。近来我正病着，如果健康允许的话，一定要多写些值得给读者看的东西。

　　这最后的愿望有多么良好，但天不假其年，此后夏丏尊仅只写了一篇《双声词语的构成方式》刊发在 3 月 20 日出版的《国文月刊》上，以后再也没有拿笔写任何文章。

　　四月初，夏丏尊病情逐步加重。据《叶圣陶日记》记载，三月十七日"至丏翁家，翁近日仍气喘，有热度，进食不多"；三月廿四日"小墨（叶至善小名）、满子归来，云丏翁忽便血甚多。丏翁之身体在逐渐转坏，大可忧虑也"；三月三十一日"小墨、满子今日复往霞飞坊，归言丏翁热度益高，至 39 度半。共谓衰病至此，恐难久延，思之凄然"；四月九日"丏翁曾略言后事，云已托定某和尚，入殓之事，由和尚主之，家人不必过问，闻之怅然"；四月二十二日记"至霞飞坊探视丏翁，肺炎已见好，而心脏转弱，大为可虑。语言甚模糊，为余言'胜利，到底谁胜利，无从谈起'"。

　　由上引片断叶圣陶的日记可看出，夏丏翁病情恶化自三月中旬起十分迅速。而他直到最后，自己身体已力不可支的情况下，最担心的却不自己，还是国家、民族、广大老百姓。四月二十三日下午，叶圣陶最后一次去看望他，他已眼睛也睁不开了，只剩下抽气了。到当夜九点四十五分，几位信佛的老朋友围坐在夏丏尊的病榻前，点燃着藏香，由他自己亲自请业的法师助念佛号，就在这缭绕的烟云与喃喃的佛号声中，夏丏尊带着满腔忧民的焦虑与悲愤，宁静肃穆地离开了人世，终年仅六十岁。夏丏尊直至病危都没有住医院，就在霞飞坊3号自己的寓所中病逝。他虽只是居士，自然不能如僧迦般涅槃，但请僧人助念佛号而终，一如弘一法师归西之法。

叶圣陶四月二十三、二十四两日之日记，于夏丏尊逝世的情况记载较详，二十三日日记云：

午后，小墨自霞飞坊来电话，言丏翁已危殆。即偕彬然驶往。至弄口，闻念佛声与木鱼声、磬声。叩门入，丏翁已挺然僵卧，闭目，呼吸急促，手足渐冷，似无痛苦状。念从此将分别，各处一世界，不禁流泪。念佛者有唐敬杲，某君及丏翁之二媳，及其内侄女。丏翁信净土，预言临终时须有人助念南无阿弥陀佛，故然。观其状，似临终即在今明。坐一时许，仍回店中，与诸公商定公告启事，并撰消息交通讯社，一俟其命终，即行发出。六时到家，酒后昏昏，意兴不佳。

二十四日日记记道：

小墨从清晨往霞飞坊，七时半来电话，言丏翁已于昨夕九时四十五分逝世。昨日下午一面，竟成永别。前日数语，为其最后语余之言矣。天雨，冒雨到店。九时，守宪来，与诸友共议，决于明日在上海殡仪入殓，上午十时至下午二时，为瞻仰遗容之时间。报纸广告及新闻消息立即发出。下午三时，与洗公、芷芬乘车抵殡仪馆，遗体已移至，方在洗濯。及毕事，移入陈尸室。观其容貌，颇为安宁，无惨痛之象。《中央日报》记者来，为遗体摄影，摄多张，将选用其一。

因广大《中学生》读者敬仰与关心夏丏尊先生已久，叶圣陶复代表《中学生》社同人，即以《夏丏尊逝世》为题，撰文刊登在《中学生》1946年5月第175期之上。文云：

我们要告诉读者诸君一个哀痛的消息，夏丏尊先生在四月二十三日下午九点三刻逝世了。他害了肺病，一直没有注意，不知道染上了多久。发觉害病在去年夏秋之交，休养了一些日子，到胜利消息传来的时候，已经好起来，当夜的过度兴奋使他没有睡觉。再度发病在今年一月间，起初是不能出门，后来就不能离床，延续三个月，终于不治而死。他享年六十一岁。

本志在十九年（1930）创刊，夏先生是创刊当时的主编人。他与我们一班朋友不办旁的杂志，却办《中学生》，老实说，由于我们不满意当前的学校教育。学生在学校里，应该名副其实地受教育，可是看看实际情形，学生只得到些僵化的知识。僵化的知识可以作生活的点缀品，这也懂得一些，那些懂得一些，就可以摆起知识分子的架子来，但是，僵化的知识不能化为好习惯，在生活上终身受用。夏先生写过一篇《受教育与受教材》。阐明的就是这层意思。我们想，尽我们的微力，或许对于学生界有些帮助吧，于是办起《中学生》来。我们自知所能都很有限，不敢处于施与者的地位，双手捧出一套东西来，待读者诸君全盘承受。我们只能与读者诸君处于同等地位，彼此商商量量，共学互勉，就在这中间受到一些名副其实的教育。我们说"帮助"，意思就在于此。这个作风是夏先生开创的，后来杂志虽然不归他编了，作风可没有改变。现在夏先生离开我们了，我们自然要继承他的遗志，凭本志给学生界一些帮助，永远不改变。

在目前的读者诸君中，认识夏先生的想来不多。但是，由于本志，由于他所著译的《平屋杂文》《爱的教育》等书，由于他参加创办的开明书店，心目中有个夏先生在的，为数一定不少。现在我们宣布夏先生逝世的消息，诸君该会恻然伤神，悼念这位神交的朋友。在这儿，容我们叙述关于夏先生的几点，供诸君悼念他的时候参考。

夏先生幼年在家塾读书，学作八股文，十六岁上考了秀才。十七岁开始受新式教育，考进上海的中西学院，只读了一学期。十八岁进绍兴府学堂，也只读了一学期。后来往日本留学，先进宏文学院普通科。没等到毕业，考进东京高等工业学校。不到一年，就因费用不给回国，开始当教员，那时他二十一岁。他受学校教育的时期非常之短，没有在什么学校毕业，没有领过一张毕业文凭。他对于社会人生的看法，对于立身处世的态度，对于学术思想的理解，对于文学艺术的鉴赏，都是从读书、交朋友、面对现实得来的，换一句话，都是从自学得来的。他没有创立系统的学说，没有建立伟大的功业，可是，他正直的过了一辈子，识与不识的人一致承认他有独立不倚的人格。自学能够达到这个地步，也就是大大的成功了。如果有怀疑自学的人，我们要郑重的告诉他，请看夏先生的榜样。

夏先生当教师，没有什么特别的秘诀，用两句话就可以概括：对学生诚恳，对教务认真。人生在世，举措有种种，方式也有种种，可是扼要说来，不外乎对人对事两项。对学生诚恳，对教务认真，在教师的立场上，可以说已经抓住了对人对事两项的要点。所以他的许多学生虽然已届中年，没有不感到永远乐于与他亲近的。分处两地的写信给他，同在一地的时常去看望他，与他谈论或大或小的事，向他表示种种的关切。偶尔有几个见解与他违异，或者因为行为不检，思想谬误，受过他当面或背后的指斥，他们仍然真心的爱他，口头心头总是恭敬的叫人了"夏先生"。在他殡殓那一天，他的一位学生朱稣典先生走进殡仪馆就含着眼泪，眼圈红红的，直到遗体入殓，没有能抑制他的悲戚。朱先生五十光景了，已经留须，牙齿也有脱落。看见这么一位老学生伤悼他的老师，真令人感动，同时觉得必须是这样的老师才不愧为老师。目前的教育要彻底改革，已经毫无疑问，可是教育无论如何改革，总得通过教师才会见实效。我们期望像夏先生这样的教师逐渐多起来，配合着今后政治经济种种的改革，守住教育的岗位，对学生诚恳，对教务认真。

上月二十二日上午，距离夏先生逝世三十四小时半，夏先生朝社友叶圣陶说了如下的话："胜利，到底啥人胜利——无从说起！"说这话以前，他已曾昏迷过好几回，说这话的时候却是清醒的，病容上那副悲天悯人的神色，令人永远不忘。胜利消息传来的那一夜他兴奋的睡不成觉，在八个月之后，在他逝世的前一天，却勉力挣扎说出这样的话来，可见几个月来他的伤痛很深。他那伤痛不是个人的，是我国全体老百姓的，老百姓经历了耳闻目睹以及身受的种种，谁不伤痛，谁不想问一声"胜利，到底啥人胜利？"自私自利的那批家伙太可恶了，他们攘夺了老百姓的胜利，以致应分得到胜利的老百姓得不到胜利。但是我们要虔敬的回答夏先生，胜利终会属于老百姓的，这是事势之必然。老百姓要生活，要好好的生活，要物质上精神上都够得上标准的生活，非胜利不可。胜利不到手，非努力争取不可。努力复努力，争取复争取，最后胜利属于老百姓。夏先生，你安心的休息吧，待你五年祭十年祭的时候，我们将告诉你老百姓已经得到了胜利的消息。

这既是篇悼念夏丏尊先生较为全面的文词，更是篇向恶势力、向窃夺老百姓胜利成果的战斗檄文。果然，还不到四年祭，老百姓还真的夺回了胜利果实，上海解放了，全国解放了，新中国诞生了，的确是告慰夏丏尊先生在天之灵了。此乃后话。

叶圣陶一直为没有回答夏丏尊先生临终前的那几句话而感到不安，所以还特地写了篇考题为《答丏翁》的文章，登在 1946 年第 7 期《中学生》上，全文如下：

四月二十二日上午，去看丏翁，临走的时候，他凄苦地朝我说了如下的话："胜利，到底是啥人胜利——无从说起！"这是我听见的他的最后的声音。二十三日下午再去，他已经在咽气，不能说话了。

听他这话的当时，我心里难过，似乎没有回答他什么，或者说了现状诚然一塌糊涂的话也说不定。现在事后回想，当时没有说几句话好好安慰他，实在不应该。明知他已经在弥留之际，事实上说这句话之后三十四小时半就去世了，不给他个回答，使他抱着一腔悲愤长此终古，我对他不起。

现在，我想补赎我的过失，假定他死而有知，我朝他说几句话。我说：

胜利，当然属于爱自由爱和平的人民。这不是一个空洞的概念，不是一句喊滥了的口号，是事势所必然。人民要生活，要好好的生活，要物质上精神上都够得上标准的生活，非胜利不可。胜利不到手，非争取不可。争取复争取，最后胜利属于人民。

把强大武力掌握在手里的，耀武扬威。把秘密武器当作活宝贝的，奇货可居。四肢百体还繁殖着法西斯细菌的，摆出侵略的架势，独裁的气派。乃至办接收的，发胜利财的，一个个高视阔步，自以为天之骄子。这些家伙好像是目前的胜利者。正因为有这些家伙在，才使人民得不到胜利，才使你丐翁在将要离开这个世界的时候，消释不了你心头的悲愤。但是，他们不是真正的胜利者。如果把他们目前的作为叫做陷溺，那么他们的陷溺越深，他们的失败将越惨。他们脱离人民，实做人民的敌人，在爱自由爱和平的人民的围攻之下，终于惨败是事势之必然。这个"终于"究竟是何年何月，固然不能断言，可是，知道他们不是真正的胜利者也就够了，悲愤之情不妨稍稍减轻，着力之处应该特别加重。你去世了，当然不劳你着力，请你永远休息吧。着力，有我们没有死的在。

丐翁，我不是向你说教，我对于青年朋友也决不敢说教，何况对于你。我不过告诉你我的简单的想头而已，虽然简单，可的确是我的想头。

你对于佛法有兴趣，你相信西方净土的存在。信仰自由，罗斯福先生把他列为四大自由之一，不是说罗斯福先生说的就一定对，信仰的确不该受他力的干涉。因此，我尊重你这一点，而且，自以为了解你这一点。不过我有一句诗"教宗堪慕信难起"，要我起信，至少目前还办不到，无论对于佛法，基督教，或者其他的教。我这么想，净土与天堂之类说远很远，说近也近。到人民成了真正的胜利者的时候，这个世界就是净土，就是天堂了。如果这也算一种信仰，那么我是相信"此世净土"的。

我比你年轻，今年也五十三了。对于学问，向来没有门径，今后谅来也不会一朝发愤，起什么野心。做人，平平，写文字，平平，既然平平了这么些年，谅来也不会在往后的年月间，突然有长足的长进。至于居高位，发大财，我自己剖析自己，的确不存丝毫的想望。总而言之，在我自己，活着既无所为，如果死了也不足惜。可是在"临命终时"以前，我决不肯抱玩世不恭的态度，因为我还相信"此世净土"，觉得活着还有所为。丐翁，你以为我的话太幼稚吧？我想，如果多数的人都存这种幼稚的见解，胜利的东家就将调换过来，"此世净土"也将很快的涌现了。

我回到上海来不满三个月，由于你的病，虽然会面许多回，没有与你畅快的谈一谈。现在我写这几句，当作与你同坐把杯，称心而言。可是你已经一棺附身，而且在十天之后就将火化成灰。想到这里，我收不住我的眼泪。

此文发表于当年四月二十八日。如此的答丐翁，真是不得已而为之。叶、夏二公因抗战违隔西东长达九年之久，一旦重逢，该有多少话要倾诉呢？总算还赶到了活着见了面，但夏公病体已沉，终无缘与他倾吐衷曲，只得以笔代口了。而叶公所向望的"此世净土"，通过全国老百姓的通力合作，终于在三年后就初步实现，这事实，倒的确真是始料所未及的。

尾　声

　　夏丏尊先生火化后的骨灰，于 1946 年 11 月，移灵于他的老家，浙江上虞白马湖，他亲手营建的平屋后面的山坡上，面对着春晖中学。

　　马叙伦（夷初）先生为夏公撰写了碑铭：

　　乌乎此夏丏尊先生之墓，厥友马叙伦为之铭，词曰：

曹娥江侧　产是祥麟

岳岳其德　熏然慈仁

望之无畏　就而自亲

思通百代　焕若泉新

文心有获　岂惟去陈

志屏绅冕　教瘁其身

教惟以爱　众归如春

侵我疆理　实彼狂邻

縶我贞士　操劢松筠

幽厄既脱　困天乐贫

疾婴肺核　遂萎斯人

友徒跳告　相视泣沧

遗言火体　兹藏其烬

刊此坚石　与世无泯

时惟中华民国三十五年　　月

叶圣陶先生为夏公撰碑文云：

夏先生名铸，字勉旃，又字丏尊，以丏尊行。上虞崧厦人。生于丙戌五月十四日，考之阳历，实为民国前二十六年六月十五日。其生平行诣，见于马夷初先生所为铭词。以民国三十五年四月二十三日卒。夫人金氏，长于先生四岁，生子三女二。长子采文三十七岁而卒，妇金秋云。次子龙文，女韩玉严。三子早殇。孙弘宁、弘奕，孙女弘琰，俱采文出。弘宁娶王洁，生曾孙光淳。孙弘正，孙女弘福，俱龙文出。长女吉子，二十二岁而卒。次女满子，适吾子至善。先生殁后二十日火化，是年十一月葬骨灰于兹丘，越一年有六月，立表志为坟。

吴县叶绍钧撰记并书

夏丏尊先生生前就最喜欢白马湖，故营建平屋于此。骨灰得安葬于平屋之后面对白马湖，亦其平生之愿也。

夏丏尊先生逝世一周年的时候，开明书店的同仁举行纪念集合。《中学生》杂志176期，为悼念夏丏尊先生还辟了一个专栏，登了一组悼念文字，有：徐调孚的《夏先生和中学生》，周振甫的《夏先生思想的点滴》，张沛霖的《由悼念丏尊先生想起》，楼适夷的《我和夏先生》，丰子恺的《悼丏师》，傅彬然的《怎样才对得起夏先生对得起自己》，贾祖璋的《丏尊师是永生的》，钟子岩的《献给夏师在天之灵》，等等。叶圣陶以《丏翁周年祭》为题作七律一首云：

> 神灭形销既一年，于心宁觉隔人天。
>
> 谁欤胜利犹无对，国尚蜩螗只自煎。
>
> 闻讯更当长叹息，摧肠应作九回旋。
>
> 算来一语差堪告，未改襟怀守益坚。

叶圣陶在第三句后自注云："丏翁病革时屡言'到底啥人胜利了？'"夏公临终前最后与叶圣陶说的这句话，真是他抱恨终身的写照啊！

夏丏尊先生逝世后不久，座落在北四川路川工路开明新邨的开明书店自建了一座三层方形编辑所楼房建成，同仁们共拟楼名，最后定名为"怀夏楼"，即怀念夏丏尊先生之义。关于此楼之命名，叶圣陶在 1948 年 11 月 3 日的日记里这样写道：

新建编辑之楼屋，墙壁已砌至第二层，同人议为此楼题名。余拟名为"丏尊楼"，伯祥主改"怀夏楼"。"怀夏"之音响好，决用之。今日余书篆字，并附短跋，将刻于白石，砌入二层楼之正中，书不惬意，更易多次，而后勉强作数。

"怀夏楼"匾额的短跋云：

开明创业之二十有二年始得自建斯楼为编辑藏书之所。公议题曰《怀夏楼》，以纪念尽瘁于此之夏丏尊先生云。叶绍钧。

"怀夏楼"至今仍在，而建国以来屡经变迁，开明书店也早已不存于世，楼主几易，而这志块白石匾刻因镶于墙上，居然安稳而未遭残损。经夏丏尊长孙夏弘宁与楼主商议，现已取下，作为叶圣陶重要遗墨之一，移置苏州吴县甪直叶圣陶纪念馆。这真是夏、叶二公的最好纪念，也永志着开明同仁对夏丏尊先生的一份最好纪念。

1986年4月，为夏丏尊先生诞生一百周年，又是逝世四十周年。北京、上海、杭州等地的夏公前友好叶圣陶、巴金、胡愈之、夏衍、赵朴初、俞平伯、钱钟书、吕叔湘、朱光潜、吴组缃、柯灵、唐弢、楼适夷、丁玲、王力、周振甫、叶至善等于1985年12月联合写信给浙江省文联与浙江省人民政府，希望在夏公原籍浙江举行纪念会。结果如期在夏公的老家召开纪念会，并参观了夏公的平屋与春晖中学。笔者有幸参加了这一盛会，还谒拜了夏公墓。弘一法师之好友广洽法师亦从新加坡特地赶来参加，盛况空前。广洽法师是印全《护生画集》的主持者，全部原稿的收藏者，他与弘一法师、与夏丏尊翁，都是交谊至深的。参加纪念会的还有钱君匋、段力佩、黄源等等许多人。与会者共千五百人之多，可见共仰夏公之人众矣哉。纪念会上还举行了平屋捐赠仪式，捐给了上虞县人民政府。

此后又过了若干年，夏丏尊等人为弘一法师在平屋旁边建造的晚晴山房得到了修茸，这样，弘一法师与夏丏尊永远长青的友谊，在上虞白马湖得以永久保存，世代后人都可来此瞻仰这两所普普通通的小屋，却是实实在在为人师表的友谊的见证。

　　夏丏尊先生一生视为珍宝的弘一法师墨迹，包括 1912 年 8 月至 1940 年 2 月的书法作品二十件，及书信一百通的原件真迹，由其家属全部捐献给上海博物馆。2000 年 9 月上海博物馆将上述书法作品与书信，由华宝斋书社正式出版，作为对弘一法师诞生一百二十周年的一种纪念，书的标题为《夏丏尊旧藏弘一法师墨迹》，线装一册一函。这书之出版，实为对弘一法师与夏丏尊二公一生交谊的颂扬与纪念。

　　弘一法师与夏丏尊这样的既十分深厚，又其淡如水的君子之交，是万世共仰的。二公对中华文化之贡献永放光芒！

2001 年 10 月 10 日始写

2002 年 9 月 30 日毕初稿

王湜华记于北京小雅音谷

后 记

　　我是从小跟着姐姐哥哥们唱着李叔同的歌曲长大的。我父亲伯祥公与夏丏尊是上海开明书店编辑部的老同事，也是弘一法师的崇拜者。从我懂事起，我家就住在霞飞坊（今名淮海坊），与夏丏尊家是近邻。李叔同的《中文名歌五十曲》是开明书店出版的，小时候听姐姐哥哥们唱，听着听着自然也就会唱并记住了。遗憾的是，从未见上弘一法师之面。而法师与夏丏尊淡如水的交情，随着年龄的增长，深深地印入我的脑海。这样的生死之交，却又如此淡如水，一直是我仰慕而敬佩不已的。我想，这样的君子交，不应该轻易忘却，应世世代代传扬下去，故在《李叔同的后半生——弘一法师》一书写成之后，即纵笔完成了此书。今由华艺出版社出版问世，诚此书之幸也。两位责任编辑殷芳先生与郑再帅先生为此书付出了不平凡的劳动，更是令人感动。而弘、夏二公之间的友谊，我知之并不多，还望知情者，也能多写写，能使世人知之更多更详。书中定多缺点与不足，还望读者们多多指教。

王湜华

2015 年 9 月 26 日